天下第一奇書

毒手・蠱屍

紫青雙劍錄 6

倪匡 新著

還珠樓主 原著

目錄

【本冊簡介】

本卷情節，同樣豐富之極——事實上，每一卷的情節，都極其豐富，想作簡介，每有不知如何下筆才好之嘆。

一開始是霞兒借寶，引出大荒二老的經過，再由枯竹老人身上，引出昔年和紅髮老祖的一段恩怨，據佛、道兩家，尤其是道家的哲理，把靈魂和肉體之間的關係闡釋得極其透徹，其中枯竹老人曾命紅髮老祖削平長江三峽中的險灘一段，想像力更加豐富，而「化血神刀」、「桃花仙瘴」這兩件法寶之神妙，也看得人驚心動魄。

幻波池的情節，在本卷又有進一步發展，本卷卷名中的「毒手」，指毒手摩什；「豔屍」，自然指豔屍崔盈。卷中許多妖婦，崔盈是妖婦中的妖婦，寫得她美豔無匹，而又狠辣無比，精采之極。

毒手摩什是軒轅法王的第四弟子，法力神通，已是如此可觀，軒轅法王本身，自然更是邪派中數一數二的人物，可是在原著中，這個邪派第一人物始終未有正面出場過。到了本人續寫，才讓他出現，氣勢自然及不上原作者那樣磅礡了。

峨嵋諸人被化血神刀所傷，必需北極陷空老祖的萬年續斷來醫治，又引出後來陷空島求藥一大段情節，由情節產生情節，一環套一環的結構，把故事推向一個又一個高潮，真是好看煞人！

本卷最奇妙一段，寫神法無邊，智公禪師開關結緣，和以前寫過的西天普度金輪度人，有異曲同工之妙，謝氏雙女得了七寶金幢，自然天下無敵矣！

數不盡豐富精采的情節，請先定一定神，再慢慢細看。

——倪匡

【上卷提要】

芬陀大師以無邊佛法，用小轉輪三相神法使僬僥小民沙沙、咪咪立變大人。二人便帶同神鳩，隨凌雲風、楊瑾、葉繽往凝碧崖參觀開府，兼佈陣待大敵冥聖徐完前往尋仇。

仙都二女謝瓔、謝琳私往峨嵋觀開府盛典，卻誤闖毒手魔什的靈樹谷、雖得李寧相救，仍與妖人結怨。二女逃時匆忙，又偏飛往大雪山，見著神尼忍大師，知悉自己身世原和忍大師、謝山及葉繽有關。毒手摩什追二女至峨嵋，為紫玲等合力趕走。二女和李英瓊、癩姑等一見如故。徐完

隨後掩至，卻為神鳩剋制，敗逃。

峨嵋開府在即，群仙齊集，各備賀禮，怪叫化凌渾更請來靈嶠宮的赤杖仙童阮糾、甘碧梧及丁嫦。也有想搗亂的妖人混在其中，卻為眾仙所制。只血神子鄧隱魔法厲害，把自身煉成血影，撲向生人身上盡吸元神精氣，然後借用被害人原身去害同道，使人防不勝防。血神子在峨嵋雖沒有釀成大禍，但他乘時逃掉，卻是異日禍根。

開府後，眾弟子須先通過十三限或火宅嚴關的考驗，才能下山行道。過關須道心堅定，才不至為魔頭所擾。齊靈雲、李英瓊、癲姑、易靜等先後通過，餘下不能通過的便留在峨嵋閉關潛修。

第一回

潭底鬥法　島底禍胎

那小沙彌正是阿童，行時故顯遁光，給天癡師徒看了一眼，買上個好。飛出十來里路，便隱去身形，沿途查看，並未見有矮胖少年蹤跡。峨嵋仙府上空彩雲層已經在望，一會兒飛到。自以為對頭定被隱身法瞞過，沒誤師命，又大看熱鬧，還免一場苦吃，心中高興。因已到達仙府，更無可慮，便把隱身法收去。正要按師兄所說，由雲層中穿入仙府，猛聽背後有人說道：「小師父剛來？」

心疑是仙府中人，回頭一看，卻是那矮胖少年，不禁吃了一驚。一面暗中戒備，沒好氣問道：「你是誰？我到凝碧仙府去見掌教真人，素不相識，問我做甚？」

白眉禪師要阿童暗中相助天癡上人之際，因乙休脾氣古怪，千叮萬囑，要阿童小心，不可露出形跡，此際阿童只當自己行跡已被乙休看穿，乙休派那少年來對自己不利，是以語氣大有敵意。

少年似知他誤會，笑道：「小師父，疑心乙師伯要對你有什麼舉動麼？那只防你多事，故意說說罷了。那白眉老禪師是他老友，如何肯對你過不去呢？他知我有點事，暫時無人可託，又知你要來仙府，可以就便奉託。正好借著授我機宜，取瑟而歌，想你繞道來此，以免從中作梗。我受了指教，便來相候。小師父誤會我有惡意，那就錯了。」

阿童見他人極和氣，話頗中聽，喜道：「原來如此。我們師門都有淵源，不是外人，這裡仙府想必常來，請先領我進去。有甚事用我，只要我力所能及，無不應命。」

少年道：「這下面仙府雖然有我師長在座，但我乃本門待罪之人，如能進去拜見各位師長，也不來求你了。」

阿童驚問何故。少年笑道：「話說起來太長，一時也說不完。我所奉託的事不難，只請小師父向家師掌教真人說，弟子申屠宏待罪七十八年，已歷三劫兩世，所差不過三年之限。每日懷念師門厚恩，又聞開府在即，亟於自效，情甘異日為道殉身，多受險難，敬乞提前三年，早賜拜謁，重返門下，以便追隨眾同門師兄弟下山行道，將功折罪。如蒙恩允，只向諸葛警我師弟一說，他自會有法子傳給我知道。明早家師和各位師長起身以前，我便可以進府拜見，相隨同行了。」

阿童道：「就這樣帶幾句話有什麼用處？我還代你力求就是。」

少年喜道：「昔年我隨家師往謁禪師，小師父大約尚未轉世，想是度入佛門年尚不多，竟有這樣高的神通法力，如非福緣根骨俱極深厚，向道堅誠，修為精進，哪能到此！家師最喜這樣後進之人，老禪師又是前輩聖僧，兩世至交，小師父一言九鼎，此事十九可望如願了。」

阿童聞言越發喜他，忍不住問道：「乙真人和諸位令師長也是至交，情面甚大，道友既是轉劫兩三世的舊門人，掌教真人對門下素來恩厚，能得此老一言，當無不允之理。你既和乙真人常見，怎不託他代為求情呢？」

申屠宏嘆道：「前事荒謬，本不想提。既承殷殷下問，我且略說一二好了。家師對門人恩如山海，但家法至嚴，毫無通融。七十八年之前，我因交友不慎，受人撥弄，和一位師兄一起，在南海殺了一雙散仙夫妻，本要追去靈光，打入輪迴，再三苦求，定了八十一年期限，在此期限應歷三劫，還須努力修為，夙根不昧，始允重返師門。乙師伯在我二次轉世時為我說情，被家師婉言拒絕，此老性剛，十分不快，已絕不肯再為此事開口。」

兩人正在說著，忽見一道光華突破雲層飛來，落地現出一位道長，正是峨嵋長輩醉道人，即忙跪倒行禮，口稱師叔。醉道人道：「你莫高興，還有難題你做呢。姑看乙真人與小神僧的情面，許以立功自效，此時要入仙府拜見師長，尚不能夠。必須看你百日之內能否勉為其難，才可如願，你自照書行事吧！」說罷遞過一封柬帖。

申屠宏見是師父親筆，愈發欣慰，喜溢眉宇。先向仙府恭恭敬敬拜了九拜，口中默說了一陣。重又向醉道人、阿童分別拜謝。

阿童笑道：「我話並未給你帶到，謝我則甚？」

申屠宏道：「家師神目如電，心動即知，小師父盛意，早知道了。你沒聽醉師叔傳述，師父也看小師父情面麼？異日如見老禪師，能再為我致意謝恩，愈發感激不盡。」

阿童隨和醉道人互相見禮，醉道人說另有事，請阿童先下，阿童料他要向申屠宏敘闊，並示機宜，自己也亟欲進府，便即舉手作別，穿雲直下。到了殿上見著妙一真人夫婦和在座眾仙，說完白犀潭鬥法之事，隨同落坐。

朱由穆先問道：「小師弟你在上面遇見申屠宏時，他臉上有一片紅光，可曾見否？」阿童答說：「未見。」髯仙李元化笑對妙一真人道：「無怪乎此子敢來求恩，那重冤孽居然被他化去！並還歷劫兩世，始終元靈不昧，受盡邪魔冤孽糾纏，竟未墮落迷途，這等堅苦卓絕向道誠毅，委實是難得呢！」

跟著眾門人相繼由左右兩關飛到，阿童因金石二人年歲和己差不多，人又天真，一見投緣，有意結納，阿童又把前事談了一個大概。靈雲聽完喜問道：「小神僧與申屠師兄相遇前後，可曾見有一個年約十五六歲，面相清秀，重瞳鳳眼，目光極亮，著青羅衣，腰懸長劍，左手戴有兩枚指環的少年麼？」

阿童答說：「無有。」

靈雲笑道：「申屠師兄幸得重返師門，阮師兄比他人還要好，家父和諸位師長從未提過他的近況，不知光景如何？」

眾同門大都不知「阮師兄」何指？紛紛請問，靈雲道：「當初家父門下只得二人，一是申屠師兄，還有一位姓阮名徵，自他犯過逐出師門在外待罪，曾經拚受家父責罰，和霞兒妹子一同尋訪他的蹤跡，並無結果。」

眾人飲食言笑了一陣，又陪阿童把全景遊了一遍，三數日光陰一晃即過。仙府忽傳鐘聲，男女眾弟子聞聲齊集前殿平臺之上。

石生將玉磐連敲，妙一真人升座，命眾人入見，說道：「大方真人已到銅椰島三日，先頗獲勝，後來天癡上人發動先天元磁大陣，引使入網。大方真人自恃玄功變化，法力高強，煉就不壞之身，無所畏忌。不料天癡上人暗中還有木精桑姥姥之助，利用本身乙木混亂先天五行方位，大方真人入陣稍一疏忽，誤走死戶，等到覺察，身已陷入地肺之中！」

眾弟子聞言，莫不心驚，妙一真人又道：「大方真人竟拚著甘冒大罪，豁出釀成大禍，把地火勾動，並以法力會合燒毀磁峰，一面攻穿地肺脫身出去，此舉雖非容易，以大方真人道行法力，也沒有多少耽延。現在雙方都是弓強力猛，棋逢敵手！長眉祖師遺謁之中，曾有留言，雙方各走極端，易滋滔天巨禍，我們同去調解，事完無須同歸，除易李諸徒須在百日之內前往苗疆去見紅髮老祖致歉外，餘人各按道書柬帖所示日期地點行事便了。」說罷起身。

眾弟子仍是一律穿著開府時所賜仙衣，妙一真人夫婦、玄真子三人率領長一輩眾仙，連同「采薇僧」朱由穆、李寧、姜雪君、玉清大師、楊瑾、阿童等眾仙賓，一同去至殿外平臺。眾弟子仍然排列兩旁，只金石一人仍在靈幢上等候。

妙一真人笑對眾仙道：「各位道友遁光快慢不一，眾弟子更無多人能追上我們，為求一同趕到，不如由大師兄和貧道兩個略施小技，用玄門靈光遁法送了去吧。」

朱由穆笑道：「我們俱為主人出力，自然應由主人送往，別位料也無此神通，就請施為吧。」妙一真人、玄真子同說：「道友何必太謙，貧道兄弟獻醜就是。」說罷將袍袖一展，立時滿臺俱是金霞，簇擁著長幼群仙數十餘人，連同金蟬、石生一齊向空飛起。晃眼越過飛虹橋、紅玉坊，破空直上，穿出凝碧崖上七層雲封，升上高空。妙一真人把手一指，一聲輕雷響處，金霞連閃，比電還疾，流星過渡，逕直往銅椰島飛去。飛遁迅速，瞬息千里，沒有多時，便到了銅椰島附近海上。

眾仙在雲空中運用慧目遙望海空遼闊，滄波浩蕩，水天一色，渺無涯際。銅椰島方圓千里，偌大一片地方，還有那麼高直一座磁峰，直似一枚翠螺中間插上一根碧玉簪子，靜靜地浮沉於滔天巨浪之中，並無絲毫異狀，令人見了，也不由得不感嘆造物神奇，吾身直似恆沙倉粟，過於渺小了。

晃眼工夫便自飛近島上，島上峰嶺迴環，形勢奇秀，到處嘉木成林，鬱鬱蒼蒼，加上萬千株獨有的銅椰靈木，參天排雲，一株株筆也似直矗立於海岸和宮前盆地之上，顯得景物越發莊嚴雄麗。全海上靜蕩蕩的，休說不似有過猛惡陣勢，竟看不見一個人影。

眾弟子正覺情景不類，忽聽「追雲叟」白谷逸笑道：「想不到天癡老兒還會弄此狡獪。這類障眼法兒，也能欺瞞我們耳目嗎？」

妙一真人老遠便把遁光隱去，說時，眾仙也已飛到銅椰島的上空，妙一真人把手一揮，眾仙便照預擬機宜，各按方位列開，各隱身形，分停空中等候。

眾弟子隨在妙一真人身後，聽追雲叟一說，才知敵人已然行法將陣勢隱蔽。幾個目力好的，正運慧眼四處觀望，忽見中央妙一真人把手一揚，一聲輕雷響處，發出千百丈金光照耀天地，連附近海水都映成了金色，天宇霞綺，齊閃奇光，絢麗無儔。

跟著金光斂去，眾仙仍隱，只妙一真人與眾弟子一同現身。再看下面，已非適才景象，只見全島到處都是殘破火燒痕跡，天癡上人所居洞府已然崩裂，洞頂也被揭去。銅椰靈木也沒先見的多，只東面洞後有十餘株較小的尚還健在，餘者全都斷的斷、燒的燒，不是化為劫灰，便是連根斬斷，橫七豎八，東倒西歪，狼藉滿地！

那磁峰連同附近四、五十里方圓以內，由峰尖斜射向下，撐起一片五色煙幕。環著煙幕分列著數十個著青白半臂短裝的天癡門人，各持長劍小旛指定峰上，一個個滿面憤激，有的身還負傷。峰前不遠有一玉石法臺，大只方丈，天癡上人站在當中，手持長劍、寶旛主持陣法，面上神色愈發憤怒吃緊。臺前則有一圓光，青芒閃閃，四下斜照，頻頻轉動。

離臺三十丈高下，在三十六丈方圓以內，按九宮方位，分列著九個門人，各有一片青雲托足，手中各持一面形如古鏡的法寶，看去非金非玉，色作深灰。

天癡上人目注臺前圓光所照之處，一覺有異，立即行法倒轉陣圖，手中長劍一指，空門中人隨將手中寶鏡一晃，鏡面上便有一道由小而大的五色煙光朝那所照之處射去，不照時卻是暗無光華。此外離地丈許，全島都是一片灰濛濛的煙霧佈滿，「神駝」乙休蹤跡不見。

天癡上人運用全力，行法正亟，忽聽雷聲有異，忙即回顧，只見金光萬道，上燭雲衢，所設迷景竟自被人破去，知道來了勁敵，不禁又急又怒！

天癡上人也不顧觀察來人是誰，急欲先發為強，左肩一搖，由肩頭葫蘆內飛出一道極強烈的青光，晃眼展佈空中，先將眾門人連法臺一齊籠罩，一面急倒轉陣圖，將手中長劍向空連指，九面寶鏡齊放光華，朝一處地面射去。自覺防備甚嚴，二次方欲回顧，忽聽聲後有人說道：「天癡上人別來無恙！」

上人定睛一看，滿地金光已斂，一片祥光簇擁著老少三數十位羽衣星冠、霞帔雲裳的男女仙人。為首一人正是一別數十年，新奉長眉仙敕，開闢凝碧仙府，繼承道統的峨嵋派教祖妙一真人！知是敵人乙休患難至交，不禁心中作忙，又急又怒，因見對方似是先禮後兵，不便遽然發作，也不出位相迎，逕在法臺上把首微點，強作笑容道：「聞得道友新承大任，開府建業之始，必甚賢勞，今日緣何有此清暇光陰光降荒居？」

妙一真人聽他口氣，知是開府不曾邀請，心有芥蒂，又疑己來助乙休與他為難，中懷疑忌，暗中好笑。心想此人好勝量狹，與乙休一樣各有一種古怪脾氣，還不如給他來個開門見山倒好。任他發完了牢騷，才笑答道：「前讀家師仙敕，十二萬九千六百年元會運世，中間每萬二千九百六十年必有一次大劫，雖不至於天地混沌重返鴻濛，但也能使萬千里方圓地域海嘯山崩洪水橫流。劫事今日已臨，正應在此島上。此劫因是定數，大禍伏於無形，一觸即發，遇劫肇禍的局中人不論有多高法力，事前一意孤行，絕不知悉！再有片時大劫便須發動，此劫浩大，僅比洪流之始略為稍遜，一旦發生，不特山崩地裂，全島陸沉，而地火一起，烈燄上沖霄漢，熔石流金，萬里汪洋齊化沸水。所有生物無一倖免。全世悉受波及，到處地震為災！而沸流狂溢，通海之處多受波及，奇熱所被，瘟疫流行，草木枯焦，鳥獸絕跡，不知要有多少萬萬生靈葬送在內！為此奉命來此挽回這場浩劫，使二位道友休要各走極端，致令浩劫一發不可收拾！」

天癡上人聽了，疑信參半，一想此地底情形原所深知，磁峰正壓地肺之上。現時乙休已吃那空中九宮寶鏡所發五行真氣射入地底將他緊緊困住，通往峰底地肺之路又被行法隔斷，被困已一日夜，當已力竭神疲，如何還能起甚巨災浩劫？再者自己修道多年，似此關係成敗吉凶大事，期前無論如何該有警兆，怎絲毫無所覺察？聽對方之言，除峨嵋長幼諸同門外，並還約有別派有力外人同來，隱身伺側，不曾出現。分明約人同來救援，故意編造這些說辭，心想你既設辭愚弄，我便將機就計，也和你來軟的，看你用甚方法證實前言！身是一教宗主，絕不能說了不算！

上人主意想好，先朝四空注視，果有好幾處雲影分明有人隱停在彼，因是隱形神妙，不用目力留心察看決看不出，心中有氣，冷笑一聲道：「貧道法力淺薄，不能前知，想不到這萬二千年小元大劫竟應於此，不過我聞這類天劫大抵兩間凶煞之氣，日積月累，千萬年來蘊蓄一處，大劫之源當在地底。道友神通廣大，法力回天，何不傳聲告知駝鬼，指明禍源，令其引發，諸位道友施展法力禁制使其緩緩宣洩出來，不致蔓延為災，流毒生靈，豈不是好？」

妙一真人知他用意，沉笑答道：「道友之意，以為乙道友真個被困地底麼？道友已為乙道友化身所愚。卻不知他此時正用極大法力，玄功變化，已然攻入元磁神峰之下地胏之上。再穿通下去千三百丈，便是毒火發源的火眼！地胏中包孕毒火的元胎，猛然爆炸，乙道友隨以玄功變化借著火遁上升，全島立即粉碎，崩裂陸沉，上半揭向天空，萬里方圓內外，沙石泥土滿空飛舞，毒火上沖霄漢，劫雲烈焰，佈滿宇內。全海成為沸湯，騰湧如山，毒熱之氣，中人立死。除卻我輩有限幾人，稍差一點修道之士便難禁受，令高足們恐不免於難。災區蔓延達三萬里以上！此外較遠之地億萬生靈雖不至於當時死亡，而熱流毒氣流播所及，天時必要發生劇變，水、旱、瘟疫、酷熱、奇寒種種災禍相次襲來，只有極邊遼遠之區或者不被波及，大劫一成，再有多大法力也無可挽回了！」

（按：這一段描述中的巨災，彷彿如百枚氫彈同時爆炸。值得注意的是，當原作者寫這段文字之際，世人尚不知有核武器其事。）

天癡上人先頗心驚膽寒，留神靜聽，默然不語。繼一想到以前仇人種種欺凌侮辱，又復惡氣難消。雖見妙一真人詞莊色重，漸漸有些相信，終覺未必如此厲害，暗忖既要假手仇人去引發毒火，使之宣洩，仍可將計就計，報仇洩恨，何不假意應諾？等到仇人將火引發出土之際，冷不防下手，好歹出了這口惡氣再說！

上人沉吟不語，妙一真人早已知他心意，且不說破，又笑道：

「那地肺中所蘊玄陰毒火，又名太火，本是元始以前一團玄陰之氣，終年疾轉不休，混沌之初，這類元氣凝成的球團遍布宇宙，為數億萬計，多半陰陽互為表裏，滿空飛舞流轉吸收元氣，永無停歇。此時天地混沌，元氣濃厚，天宇甚低，經千萬年後，混元之氣俱為這類氣團吸去，日益長大，不久乾坤位定，天宇日高，這類氣團飛升天上，齊化列宿星辰，以本身陰陽二氣吸力牽引，不停飛轉，各從其類，以時運行，終古不變。內中獨有幾團陰惡之氣，質既重濁，不能飛升天宇，當天地大混沌時便被包入地肺之中，如今道友圓光中所現景象乃是乙道友所弄狡獪，真身早已深入地層之下！」

天癡上人明見乙休在地底陣圖內行法抵禦，四處亂竄逃遁，後來好容易師徒多人合用全力，用禁法將他困在西南方死門上，以自己法眼觀察，所得決無差謬，幻景化身哪有這等神通！妙一真人偏說是已快將地肺攻穿，上人自然認作虛語，聞言方欲回答，倏地金光耀眼，全島大放光明。同時九道金光霞彩，以自己法臺為中心，分九面直射下來。空中輔佐行法諸弟子，連那磁峰法網全在金光籠罩之下。

忙抬頭一看，空中四方八面俱有法力高強之士現身，齊朝自己含笑點頭為禮。除卻九宮方位外，那全陣機樞中央三元主位上也有浮空三片祥光，上擁三人：一是峨嵋派中第一位名宿長老「東海三仙」中的玄真子，一是掌教夫人荀蘭因。還有一位是唇紅齒白，貌相俊美，氣度安詳的小和尚，雖然初遇，卻與前聽同道提說過的「采薇僧」朱由穆貌相、神情、裝束一般無二，既與玄真子、妙一夫人並立中央主位重地，自然定是此人無疑，久聞他乃前明天潢貴冑，生具仙根仙骨，幼即好道，被白眉神僧度去，授以真傳，已成了白眉衣缽傳人，法力高強，幾乎無人能敵，異派妖邪多半聞名喪膽，又聽說是駝鬼好友，今既來此，其意可知！

又再看那九宮方位上，有的不止一人，共有十二、三人。見過的只得一半，已無一個是好惹的，不相識的尚不在內。才知來人實是為此大舉，先禮後兵，連九宮方位和中樞要地，早已暗中被人制住！好便罷，不好便即反顏相向，合力夾攻，憑自己師徒如何能是對手！不禁心中著起急來。

天癡上人始而又急又氣，繼一想：「照敵人如此大舉，分明所說浩劫不是虛言，如為專救乙休，決不致如此勞師動眾。多年修為，又經走火入魔，費了許多心力，今始修復原身，煞非容易。明明強弱相差頗遠，何苦為此一時意氣，闖此慘禍？異日和仇人同遭天戮，豈非不值？何況這駝鬼實在法力高強，玄功變化，有鬼神莫測之機，先前已然嘗到他的厲害。反正制不了他死命，就無這些幫手，也未必能夠將他永禁地底。仇怨已深，一旦脫出，決不甘休，也是難鬥。平心而論，自己委實也過於剛愎自大，任性行事，才招出這多沒趣。與其敬酒不吃吃罰酒，轉不如向這些人賣個情面，就勢收科，既可化災害為祥和，落下交情，結識好些高明有道之士，並還可以乘此時機與駝鬼釋嫌修好，免去未來隱患，以便將來藉他與眾人之力同禦四九天劫，省得仇怨相尋，糾纏不清。反正虧已吃過，索性放大方些，連那『九天十地辟魔神梭』一齊交由妙一真人帶還，好在對方並未露出強制之意，自己又未現出絲毫怯敵詞色。仇人被自己壓入地底，怎麼都講得過去，不失體面。」

念頭一轉，心氣立即平和，也不查看地底，立即哈哈笑道：「道友一言九鼎，何況又有諸位道友光臨，便不關此空前浩劫，也無不遵命之理！道友一派宗主，領袖群倫，道妙通玄，無隱弗矚，焉有虛語。適才沉吟未報，並非遲疑。只因與乙道友鬥法兩次，乙道友脫身以後，難保不仍修舊怨；同時又須隨諸道友挽回這場劫運，權衡輕重，本不應與之計較，而乙道友每喜逼人過甚，又所難堪，為此躊躇罷了。」

「矮叟」朱梅見他首鼠兩端，盡說遁詞，在空中喝道：「癡老兒，齊道兄已然對你情至義盡，只管扭捏則甚？別看你受點閒氣，為此挽回一場浩劫，你也功德不小。否則將來四九天劫，誰來助你脫難？駝子比你爽快知機得多，只一點頭，決不再難為你，盡說閒話則甚？要被駝子知道，他也不要積甚功德，不闖這禍，另想法子一走，也不毀這銅椰島，給你留下一個禍包在地底，早晚發作，那你才糟呢！」

天癡上人被他說得滿臉羞慚，勉強笑道：「朱矮子慣一巧使別人上當，自己卻置身事外說便宜話，當著諸位道友，誰來理你！」隨將手一指，身外煙光盡斂，請妙一真人入內，指著面前臺上陣圖說道：「道友既明九宮三才妙用，區區末技料已早在算中，貧道暫且退過，敬請道友施為如何？」

妙一真人攔道：「道友且慢，此陣雖然略知大概，但那乙木戊土真氣外人不能運用，須我二人合力倒轉陣法，反下為上，一面仍借土木之氣阻住四側，好使乙道友專攻中央。還有太陰毒火由地底上升，雖然防禦周密，不致成災，聲勢威力也極浩大，稍有疏忽仍是可慮，必須與諸位道友合力禁制，送入靈空交界之處由乾天罡風化去毒質，再以法力化為沙土由天空倒灌下來沉入海底受潮汐沖刷，去其惡性，死灰永不重燃，方保無害。此陣運用仍須借重道友和貴高徒之力相助，與來諸道友無干。」

天癡上人聞言，知道妙一真人不令同來諸人代庖干預陣中之事，極力保全自己面子，設想固是周詳，對於人情更是體貼入微，無怪乎人多謂其嶽負海涵，淵渟嶽峙，玄功奧妙，道法高深，智計周詳，有鬼神不測之機，領袖群倫，萬流景仰，尋常修道之士如何能與比擬！心中敬佩感服，連聲應諾，便請施行。

妙一真人仔細朝那陣圖一看，禁制神奇，五遁循環相生，果是厲害，故此「神駝」乙休那麼高深法力，急切間亦為所困。隨即行法使對面圓光大放光明，一面手指地下，運用慧目透視地底，一面將陣圖倒轉。查見「神駝」乙休面容深紫，想因被困怒極，氣得眉髮皆張鬚髯如戟，遍體金光包沒在風雷環繞之下，左手掐著訣印，右手上發出一朵金花，正朝地底衝去。

金花萬瓣，大約畝許，宛如飆輪電馭，急盡飛轉。所到之處地層下那麼堅厚的地殼全成粉碎，化成溶汁沸漿四下飛濺，看去猛烈已極！便對天癡上人笑說：「此方是乙道友真身，替身現在那旁，道友且看有無分別？」

天癡上人朝那指處一看，又是一個「神駝」乙休，照樣金光護體，適才在自己師徒合力用陣法禁制的地下東馳西竄，好似為法所困。如不兩相對比，細心觀察，卻看不出。自愧弗如，好生暗佩！問還有多少時刻始行發難？

妙一真人道：「道友已能上體天心，轉禍為福，時甚從容，決可無害。不過乙道友玄機靈妙，他正憤極拼命，施為正急，此時如將元磁神峰移去，恐為覺察，一被推算出來，就許延誤，別生枝節，再想下去便非容易。好在至少還有半個時辰，道友只看我把手一招，即將神峰移去，我自有法開通地穴，引那毒火上升，並接應乙道友上來好了。」

第二回 盧嫗枯竹 大荒二老

說時，妙一真人又照預定手勢向空連揮，空中九宮方位十餘位男女仙人各發出千百丈金色祥霞，聯合一起，做成一個十頃方圓的光筒，由存身之處直矗高空，將下面一片地域凌空罩住。又隔一會，妙一真人手朝神峰一揮，天癡上人隱聞地嘯之聲漸漸洪厲，早有了戒備，一見手勢發出，忙即行法向峰一指。那參天排雲的神峰，連同環峰守伺的眾門人，剛剛拔地飛起，猛聽峰腳原址震天價一聲爆響，當中十畝方圓一片地皮首先揭起，直上天空。

同時地面上陷一大洞，碎石驚沙宛如雨雹一般四下飛灑，一股極濃厚的黑煙撐天黑峰一般由那陷洞中突湧上來，見風立化成深紫暗赤色的毒焰，詭幻百變，五光十色，比箭還疾，直往當空射去，聲如轟雷，洪洪發發，震撼天地，全島都在搖動，大有震塌之勢！其時天色被映成紫血顏色，煞氣瀰漫，聲勢驚人，端的古今罕見！

天癡上人師徒已在磁峰移去時避過一旁，空中九宮方位上十餘位仙人早有準備，一聽地嘯之聲，毒火裂地而出，便把先發出來的大圈金光往上一合，隨著上長數百丈，恰似一個光城，由地面齊火穴往上三百餘丈，將那大火毒焰緊束在內，使其直射遙空，不致波及四外。

當中陣位上三位仙人立得最近，責任也極重大。地穴一陷，玄真子和妙一夫人立照預計施展玄門最大法力，同在祥霞護身之下，一個由側面指定一團青霞，搶出毒焰之上；一個手持一柄寶扇往上扇去，一前一後，隨著焰頭電一般往空中飛升上去。同時「采薇僧」朱由穆放出一圈佛光環繞全身，衝煙逆火而上，直往火穴之中投去。

剛剛飛入火穴，便聽霹靂連聲，「神駝」乙休披頭散髮，瞋目揚眉，鬚髯蝟立，周身俱是金紫光華圍繞，兩手往外連揚，雷光電射，震天價霹霹靂連珠也似往上亂打，凶神惡煞一般，正由地穴濃煙之中衝將上來！

兩下恰巧撞上，「神駝」乙休未及開口，朱由穆知他還不知道此舉關係定數，幾乎發生空前浩劫，更不知眾人在上施為。只容他攻穿一個百畝大小火穴，以資宣洩，四外地皮俱被法力禁制，堅逾精鋼，只因被困時久，怒火中燒，尚嫌未將全島陸沉，還在連發神雷，為毒火助威。此老性情古怪，急切間也無法勸止，便不由分說，手指處，佛光迎將上去，連他一齊圈住，往上升起，神雷立時無功，乙休通體也自清涼，晃眼二人飛出毒焰金光之中。

乙休本和朱由穆交好，見他這樣行徑，先還以為他知道自己在地底被困，特意趕來相助。一出地面，瞥見煙外有數百丈金光，環立如城。等飛出金光圈外，又看出妙一真人以次，峨嵋師徒長幼兩輩，還有嵩山二老、李寧、楊瑾、姜雪君、玉清大師等好友，總共竟有數十人之多，俱都在場，並還列陣相待，各以全力施為。乙休道法高深，原有識見，起初被困怒極，又是應劫之人，嗔念太重，神智已昏。這時浩劫已經眾仙之力挽回，化為祥和，災星已過，身又不在困中，靈智已復，自然一望即知。心念一動，立運慧目抬頭仰望，不禁看出凶危，省悟過來。這一驚真個非同小可，暗中直道：「僥倖！」滿腔怒火立即冰消，忙請朱由穆撤去佛光，去尋妙一真人詢問。

朱由穆答說：「道兄身中陰毒，雖仗你道力高深，不致大害，到底不免苦痛，暫時你還出去不得。」話還未了，妙一真人已自飛來，剛說了句：「乙道兄請隨我來。」猛瞥見一道金光宛如長虹刺天，疾逾電射，由東南方暗雲紅霧之中破空而來。

朱由穆笑道：「乙道兄仙福無量，此物來得正是時候，請隨齊真人去吧！」

朱由穆剛剛收口，那金霞已然飛到，現出一美一醜兩個少女，一前一後向三仙行禮。「神駝」乙休見來人正是齊霞兒和她新收弟子米明孃，未及開口，妙一真人笑問：「霞兒怎此時才到？總算還未誤事，也虧你師徒呢。」霞兒起立恭答：「女兒此行頗有險阻，幸是帶有徒孫明孃同往，否則二寶只有一處肯借，靈藥更不會與，便不免於誤事了。」

妙一真人道：「你師徒數日之內往返大荒九萬里，也頗勞苦，此時無暇詳說。好在大功告成，且去一旁歇息，等我走開，便隨他們巡防，少時喚你過來再說罷。」霞兒應聲，隨將手中所持一個手掌大的蚌殼，一個蕉葉捲成的三寸許小筒奉上，帶了明孃恭身退下，向峨嵋眾弟子叢中飛去。

「神駝」乙休一聽霞兒往返大荒，必是為了自己所受傷毒而去，笑問道：「道兄真個肝膽，為我一人勞師動眾之外，又遣令嬡衝越險阻，遠涉窮荒，連那兩個老怪物也找到麼？」

妙一真人笑答道：「此次關係亙古未有之慘劫，要傷無量生靈，應在道兄發難，所以道兄那麼高深的道力也未預識先機。天癡道友起初也頗負氣，自經小弟告以利害，立即心和氣平，認為倖免於難，不復再計意氣之爭，只道兄心願釋嫌，便可修好。因恐道兄初出不識細底，業已率門人暫避，道兄海岳之量，想必以我為然哩！」

乙休哈哈大笑道：「齊道兄，你我多年患難至交，沒有說不通的事，怎對我也下起說詞來？有何嫌怨不可分解！」

妙一真人道：「道兄從善若流，令人欽佩。此時內子正隨大師兄引火升空，我三人正好無事，道兄體內陰火已被『巽靈珠』照滅，只等『吸星神簪』將毒吸去，立即復元如初，適見天癡道友師徒也有受傷，且去他洞府一同施治吧。」

乙休早在霞兒師徒去時脫出佛光之外，妙一真人一邊說話，一邊早將手中蚌殼張開，由裡面發出碧瑩瑩、亮晶晶七點酒杯大小冷光，射向乙休身上，隨著妙一真人手動之處，環身滾轉，上下翻飛，毫無停歇。

三仙說完前事，乙休便令收去。妙一真人笑說：「火毒尚未吸出，暫時不收，到底清涼得多，道友自己運用還要好些。」乙休已知中毒頗深，珠光照後，身雖不再火燒，體生清涼，真氣仍不敢運行全身。便把蚌殼接將過來，手指七點寒光，如法運轉，三仙隨同往天癡上人洞府飛去。

天癡的洞府地勢甚廣，石室千百餘間已被乙休先用法寶毀卻十之八九，只剩盡後二層兩進石室。天癡上人不但恨消，反倒僥倖，只恐乙休見面便予以難堪，又以門人受傷頗多，未及施治，知道「神駝」乙休與眾仙相見必有許多話講，正好抽空施治，便率未受傷的眾弟子一同避入後洞，正在一面療傷，一面向眾徒曉諭。不料一會三仙便自尋上門來，忙率弟子出來迎接。

乙休不等他開口便說道：「癡老兒，我們枉自修煉多年，仍受造物主者播弄，身墮劫中毫不自知。如非諸位道友神力回天，我兩人正不知伊於胡底！現在想起前事，實有不合之處，我駝子生平沒有向人認過錯，現在向你負荊如何？」

天癡上人笑道：「我二人一時嗔念，肇此大劫，幸蒙齊道友與諸位道友回天之力，得免於難，如今噩夢已醒，還有何說？前事再也休提！倒是你在地底所受火毒至重，只大荒二老怪各有一件異寶可治。你繞身冷光頗似昔年傳說的『巽靈珠』，盧家老嫗有名乖謬，不近人情，她那『吸星神簪』也曾借到麼？」隨說隨同往裡走進，分別揖坐。

妙一真人接口答道：「二寶均經小女借到，適見蕉葉之中還有一十五粒靈丹。借時情形尚未及向小女詢問，此丹盧道友甚是珍貴，居然得了許多，真出人意料之外哩。」

天癡上人聞言大喜，方要答話，朱由穆瞥見北榻上臥倒八、九個著青白半臂的門人，有的似為「太乙神雷」所傷，有的手足斷落，殘剩肢體放置各人身旁，面色個個青紫，苦痛已極。知道天癡上人正在施治，忙道：「乙道兄真狠！這般後輩能有多大氣候，何苦也下此辣手！」

乙休道：「彼時也是有激而發，情不由己，好在殘骨未失，以我四人之力，又有十幾粒盧嫗靈丹，還不難使之復元，就請齊道兄為首，先給他們施治罷。」

妙一真人道：「有此靈丹便不費事，他們輕傷好些已被天癡道友治癒，這類重傷共有九人，就煩天癡道友取九粒靈丹，照此法醫治好了。」

天癡上人正因重傷諸徒急切間只能用本門靈丹定痛，復元卻難，知道盧嫗「九轉百煉靈丹」能脫胎換骨，起死回生，長還肢體，靈效非常，能分潤兩三粒已有復元之望，竟允每人給一粒，自是欣喜，極口稱謝，接將過去。

那蕉葉除包這十五粒靈丹並書明用法外，內中還有一根道冠上用的簪子。眾人久聞此寶神奇妙用，各自注目觀望。其質非金非玉，非角非木，不知何物所製。色黑如漆，黯無光澤，形式卻極古雅，如非眾仙慧目法眼，看出內裡氤氳隱隱，層層流轉，道力少差，便以凡物視之，決不知是件前古稀世奇珍了。

妙一真人將蕉葉遞與天癡上人看過，便把餘丹仍舊包好收起，持簪在手，走向乙休身前說道：「盧嫗私心，寧贈靈丹，不傳此簪用法，只能吸去火毒，好些神奇妙用無法賞鑑了。」隨說隨將手中簪向乙休頭面上擦兩擦，那簪便自亂動，乙休傷處立覺一陣奇痛，鑽膚而出，簪內便有幾縷血絲般影子往裡滲進，由顯而隱。約有半盞茶時，火毒才得吸盡。拿在手裡定睛一照看，只有細如牛毛幾絲血花，被內裡雲氣裹住，疾轉不止，漸漸消失無蹤。

妙一真人方在讚賞，忽聽一老婦聲音發話道：「此寶用畢，請以簪頭東指，照中間加彈三下，自能飛回，幸勿久留。」而聲音就在簪上。妙一真人知簪上附有寄聲之法，此寶與她心靈相通，以彈指為號，這裡一彈，寶主人立即警覺，行法收回。隨即走向門口，依言行事，彈了三指，手托相待。隔不一會，眼看那簪微一振動，忽然化成一溜銀色火星，長才數寸，尾發爆音，破空直上，疾逾電掣，往正東方飛去，晃眼便自無蹤。

妙一真人重又歸座。乙休已是復原，笑道：「盧嫗真個小氣，誰還好意思留她東西不成？這等情急。」朱由穆道：「此實難怪。此寶是她命根，如何不看得重？性情又那麼古怪，肯借寶贈藥，已是極大面子了。你只見她收回忒急，先時間兩個往借的人，借時正不知是如何艱難呢。」

乙休也笑道：「此話誠然。休說此寶，這靈丹平日要想一粒也難如登天，不知怎會一贈十五粒！久聞這老婆子有鬼神不測之機，只是性情乖僻，如無所求助，輕易不肯助人，此事奇怪，其中必有緣故！我現在靈元初復，難於用心，齊道友玄功奧妙，何不算他一算？」

妙一真人道：「大荒二老好為詭異之行，贈丹之時已將陰陽倒轉也說不定，事有定數，算他何用？少時尚須助大師兄和諸位道友行法，只等天癡道友治癒高足，便須同往。劫灰所布之處占地甚廣，助手越多越好，暫時無暇及此，由他去吧。」

說時天癡上人已照蕉葉上所畫用法，將每粒靈丹分化為二，一半令受傷人服下，另一半放回傷口，手托殘肢，兩頭都接好了榫，運用玄功一口真氣噴將上去，那半粒靈丹，立化成一團青氣由傷口溢出，將外面包上一圈，內裡便自火熱，漸漸接骨生肌，精血流行，約有盞茶光景，外圈青煙漸漸隱入肉裡不見，傷口立即生長復元，和好人一樣。

似這樣挨個治將過去，妙一真人和乙休、朱由穆又在旁相助，並將天癡上人適才未及治完的幾個輕傷門人分別施治，共總不到半個時辰，全都治癒。那九個重傷殘廢的也各將肢體接好，恢復原狀，令在洞中歇息靜養，暫勿走動，未受傷的一干門人，也只准在後洞門外遙望，不許隨往，然後一同走出洞外向空一看，那地底蘊蓄的大火毒焰，兀自尚未噴完，聲勢反倒較前愈發猛烈！

這時玄真子和妙一真人已直上雲空，不見人影。九宮方位上的十餘位前輩仙人，各以全力運用玄功，聯合指定火口上面那一團金光，鎮壓穴口，緊束火勢，使其衝空直上，以免橫溢。峨嵋眾弟子為防意外之變，又各持飛劍法寶，縱遁光飛升上空，環繞了九宮陣位四下查看，只見數十百道光華，宛如經天彩虹環繞在數十丈金光之上，三個一叢，五個一夥，離合變幻，電駛星流，往來如梭，滿空交織，相與輝煥，上徹雲衢。除卻當中一根上冒血焰的擎天黑柱外，四邊天空的愁雲慘霧，連同下面漫無際涯的茫茫碧海，全被映照成了雲霞異彩。比起先前毒焰初由地底噴起時，又是一番奇景。

天癡上人留神查看這些峨嵋門人新進之士，不特功力根骨無一凡品，而所用法寶更是神奇靈異，妙用無方。方自點頭暗中稱讚，猛瞥見適才大荒借寶初回的霞兒同了四個根骨最好的少女做一起飛行巡視。霞兒居中，一手指一道金光，另一手托定一鼎。

另四個少女中，當頭一個紅衣少女身與劍合，手持一面寶鏡，發出百丈金光，四處亂照。左邊一個手指一道青虹，右邊一個手指一道紫虹，正是長眉真人當初斬魔、鎮山之寶：青索、紫郢二劍。末後一個手指一道金虹奇光，竟與以前所聞達摩老祖遺傳的南明離火劍情景相似。眾門人俱在九宮陣位內往復飛翔，獨這五人在陣位之外做梅花形環陣而駛。暗忖莫怪峨嵋勢盛，休說這些後輩新進仙根仙骨，單這幾口仙劍就沒地方找去！

只見齊霞兒等五女弟子正飛駛間，倏地同聲呼叱，當頭紅衣少女寶鏡往斜刺裡一偏，五女隨即同指飛劍、法寶追將過去。天癡上人料有變故，運用慧目一看，鏡上金光遙射之處，竟飛起兩個面目猙獰、身材高大的魔鬼影子。內中有一個獨腳的，才一現形，揚手便是一片灰白色的火星，迎面打來，吃齊霞兒搶上前去，一指手中寶鼎，鼎口內便飛出一紅一白兩股光華，神龍吸水般朝前捲去。同時紫郢、青索、南明，紫、青、紅三道劍光也電掣而出！

那兩魔影似自知不敵，雙雙一聲怪嘯，刺空遁去。五女忙縱遁光向前急追，晃眼全都沒入天邊霞影之中不見。那魔影來勢既凶且急，飛遁尤為神速，天癡上人看出好似傳說中的雪山老魅「七指神魔」和「妖屍」谷辰，妙一真人和乙休二人不動聲色，必還另有妙策。果然念頭才轉，先瞥見五女同駕遁光，急駛飛回，快要飛到面前降落，三仙忽然同時把手往上一指，立有百丈金光、千團雷火往上空打去。兩魔影突又在當空現出，吃神雷一震，接連翻滾了幾下，神情狼狽已極。再吃五女飛回，五道劍光一同飛射下來，迎截一絞，立將兩魔影雙雙絞散，電也似疾分向四外投去！

雙方動作原極神速，晃眼便沒有蹤跡。紅衣少女還在用鏡四照，妙一真人喚令下來。五女聞呼，一同落下，恭身侍立於側。天癡上人笑問道：「適見妖魔頗似『妖屍』谷辰與雪山老魅，三位道兄如此神通，何不就勢將他除去？」

妙一真人道：「妖屍真個凶毒險詐！竟想乘隙隱形入地，運用邪法妖術，使那未噴完的毒焰，同時爆發，裂地而出！無如妖屍氣運未終，太火毒焰尚未噴完，一切善後也未停當，不能以全力施為。總算霞兒同四女弟子尚還機警神速，紫郢、青索與南明離火三劍同是二妖屍等的剋星，急趕回來，聯合賞了他們一劍，使其重創而去。雖被遁走，但他們元氣大傷，只能回轉老巢；要想照他們預計，這裡凶謀無成，乘我仙府空虛，又去峨嵋侵擾，便不能了。」

霞兒在旁，含笑躬身稟告道：「並非女兒能早知機，還是全仗枯竹老人事前指教，才得先行戒備。就這樣，仍因應變稍遲，又為所愚，未如預期將妖屍除去，只傷了他們一劍，隱患未消，白費心力了。」

乙休問道：「那大荒兩老怪物俱是古怪脾氣，尤其是盧嫗，乖謬不近人情，此次為何這等賣好，賢侄女會見時可有什麼言語麼？」

妙一真人見火勢尚早，妙一夫人、玄真子尚在靈空交界處運用乾天罡煞之氣消散毒焰，又知「神駝」乙休和天癡上人此次無心中脫逃出一場形神皆滅的大劫，大荒二老行徑，最所關心，急於詳詢，便令霞兒把借寶經過全說出來。

霞兒領命，從頭一說。原來齊霞兒自從那日在凝碧仙府領了妙一真人之命，接了柬帖，帶了新收女弟子米明孃立時起身。因事關重大，往返九萬里，道途遼遠，中途阻滯甚多。快到大荒山境還有萬里方圓一片海洋，內有數十萬島嶼和浮沙，多半藏伏著精怪妖邪，一見人過，群起為仇。最難是這類妖物十有八九俱被大荒二老收伏，不便率意傷他。二老中的盧嫗更在這些島嶼上面設有一道極長的禁制。禁法十分神奇，杳無跡象可尋，橫亙海中，宛若天塹，除她自願延見，來人如若由彼經行，那禁制立生無窮妙用，能隨人上下左右，繼長增高，阻住去路，休想飛越過去！

師徒二人飛出仙府，加急飛駛了千餘里，便擇一個隱僻無人的山谷落下商議。米明孃道：「大荒山南星原，弟子昔年隨先師前往拜訪盧仙婆，曾經去過一次。雖以緣福淺薄，盧仙不肯賜見，快要走到所居靈谷之中便被逐回，當地情形知得一個大概。並曾在神獺島上結識一個海中精怪，名叫『魚仁』，是盧老仙婆所豢，乃是人魚轉世，師父因其異類，不願與之交往，過時弟子往見，不知可否？」

霞兒沉吟片刻，未置可否。重又起程，一氣飛到東濱極海，天還未亮。前行不足萬里便是大荒山的所在，所有險阻也全在這末了一段路上。霞兒按落遁光，取出柬帖一看，只有一張去大荒山陰山陽兩條路徑的草圖。霞兒略一尋思，便告明孃引路，先往神獺島一行，並說此行並無成算，只是隨機應變，到時也許分開各奔一方，再往前去便憑心領神會，不再多言，免被對方警覺誤會。師徒二人商定以後便即起身，遁光神速，先飛越過東海角，入了東荒極海。只見海天混茫，萬里無涯，吞舟巨魚，與荒海中千奇百怪水族介貝之類成群出沒，水氣洶騰，上接霄漢，波濤益發險惡，天日為昏！

那神獺島是去大荒的頭一關，不消多時便自趕到，島不甚大，卻極高峻。遠看宛如一個脅生雙翅，千百丈高的怪神，披髮張翼，矗然獨立於無邊遼海之中，看去十分威猛。霞兒靈警慎重，見島勢如此險惡，明孃與魚仁久未相見，早蓄戒心。二人遁光原本合在一起，便把自己身形隱去，一面暗令明孃小心。

遁光剛一飛近，正待下降，忽聽颼的一聲，千百丈方圓一蓬藍晶晶的光網，其疾如箭，由島面上直噴上來！變起倉猝，便二人久經大敵，也沒料到有這類大神速的埋伏，如何抵禦得及！以霞兒的飛遁神速，本可挾了明孃一起遁走，偏在到時把遁光分開，一個措手不及，明孃竟被網去！還算是霞兒法力高強，事前又有戒心，一見那東西不是飛劍所能剋制，立即升空遁走，未遭羅網。

百忙中回顧下面，明孃連人帶遁光吃那光網裹住，一路強掙飛舞而下，去勢更比飛起時神速，目光到處，已是降落，不禁大怒，揚手忙把「太乙神雷」連珠般發將出去時，人影已自無蹤。霹靂連聲，枉自打得天搖地震，雷火橫飛，更無動靜。島上妖物始終不曾現形！

霞兒改用法寶護身，手持「禹鼎」施為，一直降到島上，妖物光網仍未出現。細一查看，那島通體石質，一色渾成，草木不生，更無一個可以容人棲止的洞穴。

那島當中頂有一天生石柱，上有「東溟門戶」四個朱書古篆。另外有一茅篷，蓬前有一石壇，已被「太乙神雷」震裂粉碎。到處山石崩裂，俱是適才雷火之跡，別的一無跡兆可尋。越想越氣，意欲用神雷將全島粉碎，繼一想這島上刻有「東溟門戶」四字，可知是頭關重地，現下有求於人，如何能毀去！也許明孃與二老無緣，不准前往，只許自己通行也說不定。

想到這裡，便平心下去，默運玄機一算，明孃果然無害，並還似有奇遇。心中大喜，見時候已有耽擱，不敢再留，把明孃撇下不管，逕自往大荒山陽無終嶺一路飛去。

飛行了一陣，慧目遙望，最前面無邊雲霧中已有大山隱現，知將到達地頭，忽見驚濤浩渺中三三兩兩現出好些島嶼，遠近不一，正當去路。

正留神觀察間，倏地狂風大起，陰霾四合，海水山立，白浪滔天，上下四外更有無數冷雹漫空打來，中有無數水怪，洶湧而來。便將手中「禹鼎」一指，鼎中九首龍身的怪物立發怒嘯，隨著一片金光霞彩，飛舞而出。那「禹鼎」本是水怪剋星，物各有制，那些埋伏島上的精怪膽戰心驚，望影而逃，跟著霞散煙消，重返清明。

霞兒緊催遁光，趕到山陰，那無終嶺乃大荒山陰最高寒的所在，窮陰凝閉，上有萬年不消的積雪堅冰，雪迷霧湧，亙古不開。雙方素無淵源，對方又住在這等荒寒陰森之地，心性乖僻，不通人情，可想而知！

枯竹老人住在半嶺山坳之中，地圖草率，只有簡略途向，並不詳細，那嶺又高又大，岔道甚多，歧路縱橫。外觀大同小異，內裡卻是移步換形，勢態奇詭，險峻幽深，窮極變化，無一雷同，使人置身其間，神眩目迷，無所適從。

尤其老人所居更是曲折隱秘，多細心的人也難找到，霞兒又首次到達，見嶺上徑路回環，正待上去，忽所腳底不遠有人喚道：「小姑娘，嶺上乃東天青帝之子巨木神君宮闕，冒犯不得！照你這樣走法，誤越靈境禁地，就是你能夠脫身，何苦嘔這閒氣呢？此外全嶺只我一人，自來無人尋找，我也不肯見人。那神君比我還怪，最好聽我的話回去吧！」

霞兒聽那語聲柔嫩，說得又慢，宛如兩三歲嬰兒。乍聽甚近，細一聽，竟聽不到相隔多遠，語氣卻老到，知道此山只枯竹老人一人在此隱居，那「青帝之子」已是聞所未聞，聞聲立即停步，側耳恭聽。聽完才躬身答道：「賜教的可是枯竹老仙麼？」

那嬰兒口音好似奇怪，微「咦」了一聲，問道：「你是何人，難道是來尋我的麼？」

霞兒暗忖久聞大荒二老最善前知，三萬里內事略運玄機瞭若指掌，就說父親行法隱秘，顛倒五行，也只隱得前半一段，自己連越盧嫗所設關口，與水怪爭鬥，怎會不知來意，當是明知故問！心中尋思，隨答道：「弟子峨嵋山凝碧崖齊真人之女霞兒，奉家父母之命遠越遼海，專誠拜謁，敬乞老仙指示去仙府的途徑，以便趨前拜見，實為感謝。」

說完，對方停了一停，忽笑答道：「你是齊瀨溟道友的令嬡麼！我因生性疏懶，隱此千餘年，每一入定，至少便是二十四年，最多時還有把兩三次併一起，借著入定到人間走上一遭的。遇到這等入定時便和死了一般，什麼也不知道，所以三十年前令尊三次訪我，正值我寄神人世，均未得晤。你向前走，約六百里，見到現出三百六十五座石峰，疏密相間，暗合周天，我那迷陣便設此地。我看你年紀雖輕，頗具功力，必知陰陽消長之機，可用懷中靈符見機施為，便能走入神竹中相見了。」

霞兒一聽由此去他那裡有五、六百里之遙，老人竟如對面晤言，好生驚佩，忙答：「弟子緊記。」

老人笑道：「我在六百六十里外和你對談，此乃旁門下乘之法術，何足為奇，見我時，我身後之物先收起來，再走向前，行至兩半山交界處再行取視，令尊所索之物，過海再看。不可忘了。」

霞兒依言向前飛去，約有半個時辰才行飛到。只見前面一片平陽，迎面石碑也似孤零零一座參天危壁，阻住去路。飛將過去一看，所謂三百六十五峰，共只不過大小七座現在眼前。便把懷中靈符如法施為，略一招展，立有一片祥光擁著全身緩緩飛向前去，越峰而過。過後再一回顧來路，腳底添出數十座玲瓏雄奇的大小峰巒，波浪一般向後面倒去，暗中計數果有二、三百座之多。等數滿三百以外，面前倏地一亮，竟是清光大來，頓換了一個世界，一掃沿途陰霾昏沉之氣。忙收靈符降下一看，只見兩旁雙峰對屹如門，身已入了一片極平衍的幽谷之中。

向前走去，正面是座削壁，光滑瑩潔可以鑒人，除近頂石隙中倒掛著十幾叢幽蘭，崖下有十根竹樹，白石清泉，綠竹梅花，危壁如玉，幽蘭吐芳，端的仙境清絕，點塵不到。老人卻不見面，全境大約已盡於此，心方驚疑，瞥見第三排當中有一株極大的竹椿，頓觸靈機，知道神竹設有禁制，人在其內，外觀不見。忙先拜倒行禮，請老人撤去禁制容其入見，然後起立暗中戒備，試探著往裡走進。

那根枯竹只比人高出兩頭，皮色深黃，十分光潤。身才入林，竹便無聲自裂，作兩半向兩旁隱去，地上現出一個鮮竹葉編就的蒲團，上坐一個身材矮小，形若枯骨，又瘦又乾的老人，身著一件極清潔的深黃葛衣，頭梳道髻，橫插一根玉簪，精光四射，赤著雙足，雙手當胸環抱。最奇是十指爪甲由前胸起，兩旁交叉，環繞全身，各有數匝，縱橫交錯，少說長亦過丈，光色如玉，甚為美觀。眉長也有尺許，分披兩肩，卻不甚密。見了霞兒，只把眼皮微抬，瞳子略動，開合之間，精光射出數尺。

霞兒方悟竹林中必有禁忌，即端肅下拜呈上書信，只在心中祝謝，不發一言。老人面色似有喜容，也未見有動作，書信便自化去不見。霞兒拜罷隨身後一看，就在老人腦後有兩大片竹葉凌空而浮，上有「半嶺開視」四字。葉上一個五色花環編成的錦囊，料是所借「巽風珠」在內。躬身一請，葉囊一同落下，藏入法寶囊內，又去前面拜辭，老人面容又是一喜。霞兒罷剛退出林，便見煙光亂閃，耀眼生輝，回顧身後，神竹已全隱去，化成一片飛瀑。

霞兒走到谷外，仍用靈符護身飛出陣地，由此御遁飛行往山陽南星原飛去。這次霞兒走的是山陰到山陽的直徑，但是大荒山為東方天柱的主峰，地域廣大，方圓三萬餘里。無終嶺和南星原兩地還是兩半相隔最近之處，照直前飛無須繞越，也有四千餘里之遙！

卻說明孃在神獺島上，原來是被盧嫗弟子白癩以寶網網去，帶回南星原，盧嫗已在相候，一見明孃便道：「齊道友是我故人，既派他女兒來此借我鎮山之寶，又不是不知道枯竹老怪是我對頭，為何先去尋他！如非我有借重齊道友之處，也絕不允！你借此寶回去功勞不小，你一末學後進，我給你這大人情，將來有事相尋，不可延誤！」

明孃聞言喜出望外，忙說：「家師奉祖師之命，本定先來此地，一則無終嶺相隔本遠，枯竹老人與家師祖素無淵源，萬一不允借寶，還須另外設法。仙婆與家師祖舊友，必可賜借，弟子又自告奮勇，是以分途前來。」盧嫗冷笑道：「你休掩飾，我與枯竹老怪不和，你師父不是不知，如今我等她來，看有何話說！」說罷，身形立隱。

明孃知她性情古怪，從來好勝，說到必做，求說無用，聽此口吻已然立意為難，師父恐難從容進退，好生愁急！

正在此際，遙聞破空之聲，挾著一道金光電馳飛來，抬頭一看，霞兒已然落下，面向谷口禮拜道：「弟子齊霞兒，奉家父妙一真人之命趕來大荒，向仙婆和枯竹老人各借一件法寶，本定先來參謁，因過神獺島，小徒為島主擒去，知道仙婆寬宏，島主不奉命不敢加害，又以時機緊迫，只得先行，和小徒分道行事。尚望仙婆俯允，暫借『吸星神簪』一用，俾弟子師徒完成大命。」

話剛說完，忽見谷中奇光明滅，雷霆大震。約有半盞茶時，聽一聲如破鑼的老婦口音說道：「令尊是我故人，你奉命借寶，過門不入，跡近輕侮，本來應少儆戒！幸我適以慧光查照，得知借寶因由，你又說得這般至誠，不問是否全真，雖不再與你為難，但你自那老怪物裡走來，我終不願見你。你那徒弟倒是與我有緣，人更至誠，可命你弟子米明孃入內，作為你師徒分途行事，各完使命便了。」

霞兒暗笑：「你明是見我靈符藏胸，神光外映，恐令入谷墜了聲威，借我幾句話自行收風。只把法寶借到，交誰不是一樣！」隨口恭答：「弟子愚昧無知，恐誤時機，遂致失禮，多蒙仙婆大度包容，謹當遵命。」

話剛脫口，忽聽厲聲喝道：「誰不知我剛愎量小！你卻說大度包容，譏嘲我麼？」

霞兒忙道：「弟子不敢放肆，仙婆鑒宥！」又聽獰笑一聲說道：「我昔年寧失天仙位業，致令千年以來多生煩惱，便為本性難移，不肯改卻。米明孃可即進來見我取寶，另外還有別物相贈！」

明孃聞言忙下跪稱謝，起身走進。霞兒知不投機，視若妄人，不願多言，靜立在外相候。約有半個時辰，才見一個頭大身扁，巨目翻睛，滿頭黃髮，頭與頸一般粗細，上身甚短，下身頗長，手長過膝，掌大如箕，腿細腳大，穿著一身黃錦短衣褲，臂腿全裸，露出一身緊繃繃的白肉，東一塊紅，西一塊紫，通體斑斕，似人非人，似怪非怪，奇醜無比的少女，引了明孃一起說笑走出。明孃進內一瞥即隱，出時也一瞥即現，以霞兒的道力法眼，竟未看出一點跡象，心中也頗佩服。

當下由明孃向雙方引見，霞兒實嫌白癩醜惡，略一致謝，問知明孃借寶到手，還得了十五粒「九轉百煉靈丹」，是仙婆以天癡門下有多人重傷殘廢，非此不治，全贈妙一真人應用，下餘的留備未來之需。霞兒喜出望外，忙率明孃拜謝，盧嫗也未還言。

師徒二人便同駕劍光飛起，趕到銅椰島，果在限定日內。

霞兒說完經過，眾仙自是嘉獎有加。妙一真人知道妖屍敗逃，更無妖邪再敢犯險。毒火噴完，劫灰便須下降，海中數千里方圓地域尚有無量生物，欲早日行法移向遠海，免致傷害。便請乙、朱、天癡三人相助，以銅椰島為中心，各向一方分四面行法移運。

四仙隨議定方略，各擇一面，開始運用仙釋兩家道法，由本島起將方圓五千里以內大小生物一齊移向遠海中去。天癡上人本來好勝自負，又以素擅五行禁制，以為此舉必比三人先完。哪知大謬不然，四人同向一方同時動手，仍是妙一真人與朱由穆二人最早畢事，也最完善無遺。天癡上人空自大顯神通，運用「五行挪移大搬運法」，費了許多精神，結局勉強步武「神駝」乙休。

但是禁法稍猛，不能順物之性，有好些年久通靈的水族受了傷害。經此一來，才知功力仍是不濟，處處相形見絀，不是可以勉強，心中好生愧服，把平日驕矜之念為之一怯。這次行法，因是量多物雜，一意保全，也費了一日夜功夫。一晃三天，火穴中煙勢日衰，已成強弩之末。

妙一真人見大功即將告成，到了明早日出以前，劫灰便須下降，笑對天癡上人道：「前次小徒易鼎、易震無知冒犯，尚有法寶遺留磁峰之上，不知可能推情擲還麼？」

天癡上人忙道：「前日相見便欲奉還，只為連日追隨諸道友行法，未暇及此，適才已命小徒樓滄洲去取了。」

妙一真人又道：「此役本係天劫所使，遂致諸位道友各有誤會，鼎、震二小徒因隨眾弟子奉有職司，致遲請罪，乃祖易周先生與道友本係知交，事已過去，貧道已與通函說明此劫經過，所望看在薄面，互釋前嫌，勿再介懷，如何？」

天癡上人連聲允諾，並為易、震上次吃了一鞭致歉。妙一真人一笑置之，隨喚易鼎和易震兄弟一同降落，向主人請罪賠禮。天癡上人連忙喚起，極口慰勉，樓滄洲已將所失之寶取來交還易氏兄弟。

時已深夜，天到子正，穴中毒火便自噴完，只剩絲絲殘煙搖曳上升。一會，殘煙也自噴盡，妙一真人便照預計發令，將手一揮，穴上深井一般的大光筒便自撤去。眾弟子立駕遁光散出陣外，分佈空中九宮方位上，十餘位仙人也各降下與乙休、天癡上人相見，說笑一陣。

眾仙遙看殘月西斜，海中魚蚧生物全都遷徙，海面上靜蕩蕩的只剩波濤向海岸沖擊，吞吐嗚咽。仰望空中，玄真子與妙一夫人不見一點形影，那毒煙烈火破空直上，所發風雷之聲也早靜止，顯得夜景分外幽寂，與日前猛惡之勢迥乎天淵之別。眾仙俱都紛紛祝賀，共慶功成，只等東方微明，便起施為。

一會工夫，啟明星耀，東方漸有曙色。妙一真人剛喚得一聲：

「起！」便聽高天空裡異聲大作，宛如無數天鼓當空齊鳴，更有千萬神兵、鐵甲、天馬，萬蹄雜遝自天殺來！便是萬霆暴震，聲勢也無如此猛烈。說時遲，那時快，眾仙已先飛起，晃眼數十百道金光霞彩，滿空交織，大地立現光明，那巨練般的金霞閃電也似在空中略一掣動，便即互相聯合，分作了上下三層，每層相隔約數百丈，其長何止千丈！宛如三道經天長虹交叉，橫亙空中。

一面眾弟子也把各人飛劍聯成了四道較短的光虹，分四面圍列在末層的金虹之外，妙一真人、朱由穆與「神駝」乙休三人早飛出最高一層金虹之上相待。空中異聲越來越近，隱見無數火星明滅亂迸，聚在一起，大如山嶽，瀑布也似往海面上倒瀉下來！眼看越來越近，妙一真人為首，喝一聲：「疾！」一道極大的金光離手飛上前去。那火星便是空中太火毒焰，被罡風消滅以後所剩劫灰，吃玄真子行法禁制，合成一股其大無比的灰瀑，自萬丈高空倒瀉下來，灰沙互相磨擦激盪，發出無量火星，由下望上，和火山飛墮一般，加上異聲怒吼，驚天動地！

妙一真人一道金光迎頭一裹，擠得那灰瀑勢益猛惡，由金光環繞中直瀉下去。眾仙所結三道經天長虹早已列陣相待，最高一道金虹首先迎住，兩邊金光往上一翹，將劫灰盛住。左邊一頭便漸漸往前伸去，劫灰齊往金河中注入。只聽轟轟發發之聲，金光閃耀，霞彩橫空，上接一根通天火柱，頓成亙古不見之奇觀。

約有盞茶光景，頭道金河一動未動，一頭已伸長了二、三百里，漸漸低垂斜注海中，劫灰由金河中順流而下，海水立即怒沸，駭浪如山！

妙一真人手指一道金光，緊束後尾往東方移去，空中劫灰仍自往下怒瀉，那第二道金虹便迎上去接個正著，仍是如法炮製，一頭向西方伸長，漸漸注入海，所到之處，海水盡沸。這時紅日正由天邊升起，朝雲曉霞一層層齊幻金光，上有金虹斜掛，下有駭浪飛騰，端的氣象萬千，奇麗無儔。第二道金虹伸得漸遠，「神駝」乙休便放出一道虹光，束著光尾向遠方海中移去，第三道金虹又復接上。前兩道金虹本離島伸長二百里以外方始下注，近海邊百餘里內尚無劫灰注入。

朱由穆手揚處，飛起一團佛光將灰瀑圈住，只喝：「諸位道友各顯神通，點綴一個奇景如何？」這第三道金虹本是法力最高的幾位仙人主持，聞言會意，立即將金河展開，化成一張華蓋，越展越寬，外邊俱都向下，將全島罩住，離海面不過兩三丈。

那灰柱由佛光中直瀉下來，分向四邊流墜瀉入海中，散佈勻淨已極，由下往上，宛如一頂碩大無朋的金幕，四邊火珠如潮，滾滾飛落；由上望下，又似一朵萬丈金蓮，挾著無量星沙自天倒掛，煞是奇觀。因是離開海面做一大圓圈同時下注，朱由穆又頻使神通，使那無量星沙遠近飛布，激得掀天巨浪潮湧而起，令人心驚目眩，又是一番奇景。

天癡上人趁機向妙一真人請問，前次他率眾往白犀潭之際，途中相助之人是誰，真人便把白眉和尚命朱、李二人暗助之事說了，並說那小沙彌便是阿童，現在相助行法等語。上人聞言方始明白，連道慚愧不迭。真人仰望高空，光華閃動，知將告成，便縱遁光迎上前去。多半日光陰過去，空中灰沙雖仍下降，勢已大殺，數千里方圓海底已快佈滿。

隔了一會兒，遙望海上金輪忽散，化作十餘道金光，飛起空中，略一掉轉，相繼飛來。晃眼近來，光華斂處，玄真子等十來位仙人一齊現身。妙一真人忙率眾迎上前去，分別禮謝，互相又慶賀了一陣。

天癡上人向眾仙致謝，說後洞已令門人備有水酒，為諸位道友及門下高足慶功慰勞，堅留小住。眾仙見其意誠，又喜他人本端正，也樂得交此教外之交，同聲稱謝，允留一日。上人隨延眾入洞。席間雖無多兼味，但有島上所產千年銅椰靈果和十餘種乾鮮果脯、竹實、首烏之類，並有數百年仙釀，無一不是輕身益氣，脫骨換胎，可致長生，於修道人有益之物，只是前洞為乙休所毀，後洞石室稍小，長幼兩輩須分兩起飲宴罷了。

長一輩賓主言宴方酣，「矮叟」朱梅笑道：「乙駝子，你把人家鬧了個河翻海轉，你自己也吃了些苦頭，算是折過，不要你賠還了。現在一切歸之劫數，你和主人已然打出和好，是朋友了，他島上這些銅椰靈木難道好意思打你手裡毀掉不管，袖手一走便了事麼？」

天癡上人初意以自己的法力，修建洞府極為容易，只待仙賓一走，移回磁峰，即可興修。最主要的還是乙休所斬斷的大小數百株銅椰仙樹，但是東方乙木之精與己有極深淵源，一呼即至，滿擬使其回生易如反掌，全未在意，及聽朱梅一說，才想起乙休斬銅椰的是道碧光，元磁真氣收攝無效。前聽人說乃婆韓仙子有一至寶名「寒碧刀」，如是此寶卻非糟不可！對方雖已化仇為友，到底釋嫌不久，又不好意思出口，心正犯愁，乙休已笑道：「朱矮子！你最刁巧！起先慫恿我和天癡道友為難，今又來作好人，我怎肯使這天生靈木絕種！」

朱梅笑道：「駝子少發急，沒有我，能有今天這場盛舉麼？當初我怎對你說來？如尋天癡老兒赴約，須把我和白矮子約上，三個打一個還差不多，你偏偏倔強任性，獨個兒到此，怨得誰來？」

天癡上人不知乙、凌、白、朱四人交深，嬉笑怒罵成了家常便飯，恐有爭執，借著解勸，乘機問道：「乙道友那日所用諸般法寶均非磁峰所能收攝，法力高強，大出意外，內有一道雙尾碧光，從未見有相似之寶，可是那『寒碧刀』麼？」

白谷逸在旁笑道：「駝子為你磁峰專攝五金之寶，恨不能把當初給韓仙子的聘禮都借了來，不是此刀還有何物！」

天癡上人道：「果是此寶，那就莫怪全島靈木都如枯朽，一觸即折了。」

乙休看出天癡上人似頗情急又不便出口相煩神氣，笑道：「自來矮子多是人小鬼多不好惹，他倆素來貧口薄舌，裝乖取巧。幸而島上有靈泉，且為主人醫完神木再來叨擾餘酒吧。」

上人忙起致謝，意欲陪往，並令門人隨侍聽候驅策。乙休道：「俱都不消，我前邊還有峨嵋門下幾個小友有話要說，你自作主人吧。」

朱梅也攔道：「他是娃娃頭，如今峨嵋眾弟子下山，他不知又要出什麼花樣教人惹事，也許還約兩個在海邊過棋癮，你由他去，醫不好靈木時再和他算帳。」

朱由穆大笑道：「你兩個可是仙人？直成市井無賴，專以口舌為勝了。」

朱梅笑道：「我們無賴，你這小和尚收心才幾天，就準是好人麼？」

朱由穆佯怒道：「矮鬼如再放肆，叫你回不得青城去！」

朱梅笑道：「諸位道友看他這樣火氣，像守清規的和尚麼？」引得眾仙都忍俊不禁。

朱由穆說道：「你是個魔頭，我具降魔願力，作獅子吼，不能算犯嗔戒。」眾仙互相又笑了一陣。

第三回 綠毛少女 紅髮妖苗

只聽一聲雷震，門人入報：「銅椰全已重生，乙真人正和諸位小道友談鬥法之事，不肯歸座。」

天癡上人大喜，意欲親出謝迎回座。

白谷逸笑道：「朱矮子說他娃娃頭，實在不差。他最喜有根骨的少年男女，一投緣便永久扶持，此時必正有興。他怪脾氣，人去也請不來，道友何苦強他呢。」上人只得中止不往。

原來一干小同門多半俱喜和乙休親近，乙休也最喜愛他們，尤以司徒平夫妻、金蟬、石生、英瓊、英男、向芳淑、甄氏易氏弟兄為最，岳雯弈友更不必說。這次眾門人聞他有難，個個關心。見時當著師長不便請問，悶在心裡，乙休自然看出。特借醫治靈木之便走出，往前洞去尋金、石、甄、易等六小弟兄，別的幾個和乙休最熟的門人也相繼追了來，聽乙休講鬥法經過，人人興高采烈。

正說間，韓仙子忽然飛來，說在岷山聞人說起被陷之事，忙帶法寶來救援。中途遇見夙仇，欺韓仙子元神出遊，合力夾攻。韓仙子和那仇人若鬥了兩日一夜，方得獲勝。

乙休向例無德不報，知眾弟子少時分手便要各去修積，適才席上想到，立借醫治靈木為名走出，欲向眾弟子定彼此相會時地，有事如何向已告急求救，免眾弟子於難。不料老妻忽來說起遇仇之事，暫時須代韓仙子去尋那仇人，無暇及此，只得罷了，略說前事，便即回洞歸座。

天癡上人問：「韓道友既然來此，如何不肯臨貺？」

乙休笑答：「有一仇人途中相遇，必須即時回山，匆匆和我說了幾句話便自走去，等山荊復體重生再回來拜望吧！」

白谷逸笑道：「駝兄劫後重逢，語言文雅乃爾？子何前倨而後恭也！」眾仙聞言半笑出聲來。

朱梅道：「白矮子不要開他心了，須知雙鳳山兩小與兩個老殘廢交往頗密，他夫人遇見一個便鬥法兩日夜，駝子前去尋他，未必便能順手呢。」

乙休把怪眼一翻，正要答話，朱由穆接口問道：「你說的『老殘廢』可是天殘地缺麼？我和姜道友正要去尋他呢。『雙鳳山兩小』又是何人，敢捋乙道兄梁孟虎鬚？我只靜坐了些年，竟有這許多無名妖孽猖獗！乙道兄如不嫌我二人，攜帶同去，拿他們試試多年未用的手段如何？」

乙休道：「這兩小賊乃山荊未遭劫以前的仇人，老弟怎會不知？」

姜雪君怒道：「邢家兩個忘恩小賊尚在人間麼？我們太無用了！我知乙道兄向不喜人相助，但這兩小賊卻恨之入骨，非加誅戮不可，不允同往卻是不行！」

乙休道：「二賊詐死多年，我夫妻竟自忽略，直到他新近出世才得知悉。」

餐霞大師道：「如論邢天相、邢天和兄弟，不知是何居心，身非邪教，已將成就，無端背師叛友，比匪行兇，人只與他相交，必為所賣。天殘地缺憐他窮無所歸，百般袒護，我看此是凶星，將來兩老恐也不免被他連累呢！」

眾仙已談說一會，便各告辭。天癡上人知各有事，難再挽留，殷勤送將出去，眾弟子已在外侍列恭送，眾仙隨向主人作別。

除乙、朱、姜、李寧四人往尋仇外，玉清大師、楊瑾二人做一路，早有前約，白、朱二老也各回山，峨嵋眾仙自回仙府。只一個小阿童沒有去處，先想和二位師兄同往雙鳳山去，朱由穆不許。

阿童道：「那我看大家全都回山去打坐，等師父好了。」

朱由穆道：「你想跟金蟬、石生他們結伴惹事麼？留神我稟告師父，要你好受。」

阿童膽小，賭氣答道：「這也不許，那也不許，叫我到哪裡去？你看人家師兄弟互相攜帶，偏我受欺。」

朱由穆道：「師父叫你下山修外功，是要你和人湊熱鬧麼，不會自己找地方去？」說時，阿童見峨嵋眾仙、白朱二老等已紛駕遁光飛走。

十餘道金虹高射遙空，電閃星馳，一瞥即逝。

金蟬假作和石生、甄、易弟兄六矮一起相商去處，乘朱由穆旁看，把俊眼一眨，心中會意，答道：「那我就單人走吧。」

乙休早見金蟬和阿童對使眼色，也不叫破，道：「管他同誰一路，我們走吧。」

朱由穆道：「你不知家師的話聽去似不經意，一句也違背不得！我在前一世比他還膽大任性，那苦就吃多了。畢竟李師弟有識見經歷，師命無違，終日戒慎，半路出家，才入門幾年，能到今日，是容易麼？我是為他好，阿童不聽良言，定有苦吃！」

阿童只笑嘻嘻一語不發。

乙、朱、姜、李四人飛去，天癡上人因阿童曾有前惠，意欲留他小住。阿童見峨嵋眾弟子已自將行，再三辭謝。上人只得贈他一口「神木劍」，傳以用法。

阿童喜諾，傳完，隨眾辭別。行至海邊，湊近金、石二人笑問：「二位道友要我一路麼？」

金蟬道：「一路多好！為何不要？你佛家對師兄怎麼這等怕法？」

阿童笑道：「你不知我這位大師兄，看似一個小和尚，厲害著呢！以前師父為他世緣未淨，前生又多殺孽，特意令他轉劫重修，又為他費了許多事，念經懺悔。聽說以前鬧事太多，可惜我彼時還未出生，不曾得見，只在師父教訓他時聽過一句半句，那同他走的姜雪君，大約便是他前生情侶呢！」

眾人紛紛問故，阿童一見人多，不肯當眾宣揚，笑答道：「說來太長，傳說開去，師兄知道不過罵幾句，那姜雪君最難說話的，豈肯與我干休！不說也罷。」

秦寒萼道：「小師父，你已說出他二人是情侶了，本來光明正大的事。以白眉老禪師和瑛姆的得意高足，難道還有什麼逾分越禮的事做出來？你這一吞吞吐吐，好像有甚不可告人似的，轉不如說將出來，省得別人胡猜左想，反而不好。」

金蟬、石生和李英瓊、余英男、癩姑、「女神嬰」易靜等六人本在互相敘別，訂約後會，恰又都不喜聞問人的隱私。見阿童走來一不留神說漏了口，寒萼巧語盤詰，阿童被她逼得臉已發紅，老大不以為然。

金蟬、英瓊心直口快，接口說道：「人家私事與我們何干，別的不說，單看師尊對他二位的禮貌和他的法力已可看出那前生是發情止禮的了，不然哪有今日！怎會因小師父不說便起猜疑呢？天已不早，閒話無益，我們辭別主人走吧。」

金、李二人俱是相同口吻，無意中正刺中寒萼的心病。金蟬性子更急，說完便拉阿童道：「小師父走吧。」說罷，同了石生、甄、易弟兄連阿童共是七人，朝送別的人一舉手，便駕遁飛去。

寒萼也是好事已慣，無心之言鬧了個大無趣，總算近來性情已然大變，雖未記恨生嫌，由此想起日前通行火宅所受教訓，如非乙師伯一力成全，幾乎失陷在內，道心不靜，俱由於紫玲谷失去元陰之故，心中好生難過。

這時天癡上人已然自回洞去，由門下弟子送客。峨嵋眾男女弟子除齊霞兒、諸葛警我、岳雯三人隨侍師父暫且還山待命外，凡是奉命下山的，俱都隨來島上，各按所去之處分別起身。不提。

且說易靜、英瓊、癩姑三人一路，催動遁光往歸途急駛，趕到峨嵋後山凝碧崖上空不遠，正值天陰欲雨滿山雲霧迷濛中，遙見袁星駕了神鵰由遠處飛回，兩下一同降落一看，米劉二徒也在洞門外相待，見了三人上前拜見。一問，才知各位師長已然早回，到後便命岳雯傳諭米、劉、袁星三人和神鵰各自出洞，等主人一回來即代為傳命，速往依還嶺覓地虔修。英瓊等人便往依還嶺飛去。

易靜、英瓊上次往嶺上幻波池醫治神鵰，並探聖姑仙寢，雖曾到過一次，因值開府在即，急於還山，來去匆匆，不曾盡情遊賞。這時同了良友門人舊地重遊，知道這座洞天福地不久便要辟作自己仙府，長時修煉之所，自然不免加意觀察。

沿途所見可供清修的洞穴甚多，英瓊說：「左右無事，且把全嶺遊完，看明形勢再行擇居。」

易靜更想往幻波池一看，便同往中段走去。

癩姑笑道：「易師姊，師父手諭不是說我們在此建立別府，不可往幻波池去麼？」

易靜道：「我不過是想讓你和米、劉、袁三弟子觀看此間靈蹟，在池旁一遊。我們只在上面看看，又不下去，有甚要緊。」

英瓊想起自己所得手諭，也有「幻波池不到時機不可輕往」之言，方想勸阻，癩姑已先把仙示說出，易靜仍是要去。知她素來說到必行，心想：「既不下去，看看何妨？」便未再說。

一會走到，下餘四人俱未來過，見前面生著一大片異草，綠茸茸隨風起伏，宛如波浪。

癩姑方問：「此草何名？我這地理鬼居然會未見過。」

英瓊笑道：「這就是幻波池哩。」

癩姑想起日前英瓊所說池景，笑道：「底下是空的麼？」

易靜道：「妙就在這片草上，那大一片水竟全數遮密，不知底細的人便近前也看不出。」說時，易靜手指處，那數百畝方圓一片茂林立往下面彎折下去，眼底跟著一亮，銀光閃閃，現出大片池塘。眾人定睛看時，原來上面並非綠草，乃是大片奇樹，約有萬千，本環池而生，俱由池畔石隙中平伸出來，虯枝怒發，互相糾結，將全池面蓋滿，通沒一點縫隙。

樹葉卻和綠草一樣又繁又密，每葉長有丈許，又堅又銳，犀利如刀，人獸所不能近。那水源便在環湖一圈樹下石隙縫中直噴出來，水力奇勁，直射中心。到了中央激成一個漩渦，飆輪疾轉，浪滚花飛，上面看去一片波瀾，離水面數尺以下直落千丈，卻是空的。癩姑連聲稱妙。

易靜笑道：「這池水口整齊，又極平匀，射到中間再由漩渦中往下飛墮，落到池底一個深穴以內，再順石脈水路逆行向上循環噴射，人在池底朝上仰望，好似一根千丈長的水晶柱子，那才真叫是奇觀呢！」

眾人看了一會，走開尋找暫居之所，尋到的居處偏在嶺南一處幽谷之中，危崖如玉，石洞廣敞，洞旁有清溪一道，綠竹萬竿。洞前平坡之上老桂參天，蔭蔽數畝。師徒六人尋到這等好所在，自然高興非常。

在洞中佈置一會，忽然洞外鵰鳴，隨聽袁星喊道：「鋼羽發現怪人，我們快看看去。」英瓊等隨同追去，只見空中神鵰在前，米、劉、袁三道劍光在後，同往山北飛去。癩姑見狀，大頭一晃，首先遁去，易、李二人也縱遁光跟蹤趕去。神鵰已向前面密林之中直撲下去，師徒五人趕到林前落下，神鵰忽又連聲飛鳴而起。

袁星道：「鋼羽說來時便見這裡有一怪人，看不出是什麼道路，飛行極快。」

英瓊問：「是妖人不是？」

袁星道：「鋼羽說那人身有綠毛，卻無妖氣，只飛得急快，又精土遁，別的卻未看出。」易、李二人四尋不見，癩姑便同入林查看。

只見那片森林盡是拔地參天、大都七八抱的古木，易靜運用慧目注視，查不出一絲朕兆。正自觀察，袁星忽自身後追來說：「鋼羽說，曾看出那怪人是人，並非怪物，還是女身，只是生就綠毛異相。」

易靜聞言笑道：「照此情形，未必便是妖邪。昔時漢仙人劉根隱居洞庭，未飛升以前便是身長綠毛。這類事《列仙傳》和各道書中均載的有，不足為奇。」

易靜一面說，一面四下留意觀看，已看到一株大楠樹上，似有簡陋房屋，假作全不在意，陡然飛身而起，直趨樹上木屋。才一進去，便見一個通體綠毛的少女，神情驚恐，躲在屋內。

易靜看出毛女不特根骨極好，一臉正氣，並還是眉清目秀，骨肉亭勻，如非生長著一身綠毛，直是一個美人胚子。見她受驚倒退，防又遁去，方想勸她不必害怕，毛女睜著亮晶晶一對秀目，朝易靜上下略一打量，忽然口喊：「師父，弟子上官紅拜見！」拜倒在地。

易靜一見便已心喜，忙伸手拉起，問起來歷。原來毛女是宦門之後，因耐不住後母毒打，逃出家來，在山中流落，幾番險死還生。一日誤入一個山洞，在洞中轉了幾日也未見天光。自忖必死，忽發現前面竟有亮光，循光走過去一看，那光乃自一扇石門裡透出。隔門縫一看，裡面乃是一間極整潔的石室，當中一個石榻，旁有石几，還有爐灶等用具，似是有人在內居住。石几之上，左邊放有一塊寸許方圓的晶鏡，寒光耀眼，照得滿室光明，宛如白日，先見光亮便由於此。右首有一玉牌，也是光華四射，牌下壓有一圓物，看不甚真。當中放著薄薄一本書。

上官紅暗忖這裡荒山古洞，怎會有人居住。不是仙神便是鬼怪。方自驚疑，忽聞耳邊有人呼著自己姓名道：「我有意顯靈引你來此，室中有一冊道書、一面晶鏡，你進去時先把晶鏡拿起往榻中一照，榻上便現出一塊與几上同樣的玉符。晶鏡賜你以備後用，玉符卻不能拿走，几上那本道書也一併賜你。此書末兩張書有符籙，一符可以飛遁隱形，一符所居之處只要有林木相依，人便不能害你。你入室之後，把所取玉符合向几上玉符上面，晶鏡便有六色六道彩影現出，你把它當作實物看待，用手把白條抓起橫架在紅條之上，立時便出洞去！」

上官紅福至心靈，驚喜交集，連忙跪謝，依言入室行事。無奈年幼不知輕重，一切俱未做錯，只取書到手時心中好奇，不及帶出洞外便即翻閱。這時寶鏡已先藏向懷中，左手持著玉符，右手翻書。見那符籙乃古篆奇書，正自細查筆路書法，一時疏忽，左手玉符與几上玉符碰了一下，立見光華連交幾閃，右側放鏡之處現出條紋圖影。如若就勢將符合上也好，偏又事出不意，心神慌亂，忘了合符。竟先下手一抓白條紋，覺那圖中虛影隨手而起，便往紅條紋上放去，哪知几上玉符之下乃是妖孽元神，這一觸動，立即發難！

上官紅百忙中瞥見一團黑氣由几上玉符下冒起，中裹一隻玉也似白的怪手往几上撈來，才想起玉符未合，生了變故，大吃一驚！同時右手所抓白影已架放在紅條影之上，風雷之聲立即暴作。

那本道書也吃怪手撈到，驚悸惶急之下，忙回右手奪書，左手拿起玉符往怪手打去。剛剛打中，猛覺左手一震，玉符忽然震脫了手，右手一緊，書被怪手撕脫，奪了半本去。

同時雷聲隆隆，天旋地轉，滿室中金光萬道，耀目難睜！身似被甚東西托起離了原地，驚悸亡魂，眼花繚亂之中，方瞥見室中有一極妖豔的少婦影子在金光中一閃，緊跟著眼前一暗一明，人已落地。

定睛仔細一看，連山谷帶那洞府石室俱都不見影跡。人在一片危崖底下，手中卻添了兩頁殘書，忙摸寶鏡，也在懷中不曾失去。用以照物，無論多遠都能照見，巨細不遺。由此起求仙之想，便照仙書靈符勤習了四十九日，果如所言，用時只心一存想，首頁之符立可隱形飛馳，瞬息百里。次頁靈符一施展，身外光華連閃，立起風雷之聲，料知必有靈效。可惜全書被洞中怪手奪去，僅搶到末後兩頁，好生後悔。

自此每日祝告，只盼仙人顯靈。因服異果，日久長了一身綠毛。前些日子方得仙人托夢，告以她未來師父形相，此際一見易靜，正是夢中仙人所言模樣，是以立時下跪。

易靜等問知究理，料那洞中仙人是聖姑無疑，師父本許物色門人，此女又好資質，立即應諾。易靜帶了上官紅和各人回洞，將那暫居之處，取名為「靜瓊谷」。

次日起，傳了上官紅初步功夫，便照妙一真人仙書一同閉洞習練。一晃四十九日過去，見上官紅甚是靈慧敏悟，一點即透，異常精進，易靜等三人俱極喜愛。一面傳以道法，又把開府所得的法寶飛劍各取了一件分別傳授，賜作防身之用。上官紅自是大喜，越發奮勉。

易、李、癩姑三人因離赴苗疆向紅髮老祖謝罪百日之期還早，特意為她又留了二十餘日，直到日期還剩三天方始起身。

那紅髮老祖所居洞府原有兩處：一是爛桃山對面，一座名叫突翠峰的，峰頂上面昔年「玄裳仙子」楊瑾前生凌雪鴻初成道時，在對山沼澤中為「五雲桃花瘴」之毒所困，如非紅髮老祖慨贈千年荷花，幾遭不測；一是紅木嶺天狗崖，乃紅髮老祖聚徒傳道、煉法燒丹之所。洞在嶺半危崖之上，地方甚大，前有二、三百里石坪，坪上峰巒紛列，都是拔地突起，形勢奇詭，姿態飛舞，各具物相，無不生動，宛然如活。

那地方背臨天狗崖，千尋碧嶂，左右各有兩道河川，中間是三百里長、二百里寬一片廣大石坪。紅髮老祖為防「妖屍」谷辰暗算，終年設有極厲害的陣法。坪上棋布星羅的大小奇峰怪石，均經法術祭煉，與陣法相應，表裡為用，變化莫測。更有妙相巒，天生屏障，橫亙坪前，將葫蘆谷入口門戶閉住。端的防備緊嚴，敵人休想擅越雷池一步。

三人遁光神速，飛行不久便入苗疆。飛近紅木嶺紅髮老祖的洞府之前落下，兩扇長達十丈的高大洞門緊緊關閉，毫無動靜，也無人在門前侍立防守。

三人正要出聲呼喚，忽聽兩聲怪叫，左右兩旁崖上忽有兩道紅色煙光飛來，落到崖上，現出兩個身材高大，身著紅綾偏氅，右臂裸露，腰圍豹裙，赤足束環，手持火焰長矛的凶苗，見面便用漢語喝問：「哪裡來的大膽女娃子，竟敢到妙相巒玉門前鬼頭鬼腦偷看張望，快說實話！」

易靜看二苗與上次追趕蒲妙妙所遇妖徒裝束相似，只頭上多了兩根鳥羽，飛來時身有煙光簇擁，並無甚別的異處，神情只管獰惡，卻不帶妖邪之氣，料是紅髮老祖門下末代徒弟侍從之類。這類蠢苗也不值一擊，便含笑道：「守門人不必多疑，我二人因有要事前來拜見你們祖師紅髮老祖，意欲叩門求見，怎說我們鬼祟窺探呢？」

二凶苗隨即以手中長矛向門指去，大門緩緩打開，三人立時飛入。進門後略一商議，由癩姑先行，易、李押後，以便分頭行事。

那紅髮老祖神宮建立在半山腰上，前面有大片廣場，上建七層樓閣，與盡頭處石洞通連，甚是高大宏敞。由嶺麓起直達嶺腰廣場，相去三百五、六十丈，設有八、九百級石階，寬約十餘丈，俱是整石砌成。兩旁植有大可數抱、高約十丈的紅木道樹。全嶺石土俱是紅色，臺階卻是白色，紅白相映，色彩鮮明。平臺前面各有高亭分列，內有手執金戈矛劍之類的宮中衛侍，分別在內瞭望值守，看去勢派十分威武。

易、李二人到了嶺上，四下觀望，左近雖有苗徒妖人出沒遊行，上次追趕妖婦蒲妙妙所遇雷抓子等十二苗徒一個不曾看見，知道不與相遇要少去好些唇舌，心中暗喜，忙把英瓊一拉，雙雙同時現出身形，遙向山坡上亭中守值的衛侍大聲說道：「煩勞通稟教祖，就說峨嵋山凝碧崖妙一真人門下女弟子易靜、李英瓊，前次因追妖婦蒲妙妙，一時無知，冒犯教祖威嚴，今奉師命登門負荊請罪，並求面領訓誨，尚乞教祖賜見，實為幸甚。」

那半山坡兩邊亭內四個苗裝衛侍呆立在內，見有人在嶺前突然出現，面上神情好似有些驚奇，互相對看了一眼，便復原狀。既不還言答理，也不出亭阻止，依舊呆立亭內，直若無聞無見。近嶺一帶，原有徒眾衛侍來往不絕，見有二人到來，也只略看一眼，面上微現驚奇容色，仍是行若無事，各自走開。連問數次，俱是如此，上下全無一人理睬。易、李二人被陷在當地，進退不得。正在心中盤算，猛瞥見半山坡上有一男二女用隱身法隱了身形，朝自己在打手勢。

妙一真人所傳隱身之法最為神妙，為長眉真人嫡傳。外人不易識穿，自己人卻可互見，忙即定睛注視，那打手勢的三人有癩姑在內，最奇是下餘二人俱從來未識之人。男的一個生得短小精悍，英華內蘊，年紀看去雖似十四、五歲的幼童，一望而知功力頗深，不是尋常。女的也只十六、七歲，外表奇醜，體貌癡肥，和癩姑正好做親姊妹，根骨功力似和男的差不多。

隱身法乃是癩姑一人施為，那手勢的用意似令易、李二人不問青紅皂白，直往神宮殿臺上闖去。同行男女二幼童也隨著癩姑嬉笑招手，神情甚是親切。易靜深知此行關係重大，如何肯視若兒戲，微笑搖首，示意不可。

易靜示意英瓊沉住氣，又朝亭中諸人說道：「愚姊妹已然連請數次，諸位置之不理，說不得只好不顧禁忌失禮，自行進見了。」說罷，亭中衛侍仍無回應。易靜一賭氣，一面暗中示意英瓊小心戒備，一前一後，同往上走去。

連上了數十級臺階，亭中諸人也未見阻攔。快要走過山亭，兩邊亭內各有四個苗人衛侍，忽然一聲不響，各作一字排開。易靜當先前行，步步留神，見狀便知有異，忙一停步。兩邊衛侍已將手中金戈長矛同時外指，戈矛尖上立有八道紅絲光華，長虹也似斜射而出，做十字形交叉在臺階當中，陰冷之氣，森森逼人。

易、李二人因書信未曾交到以前，在在以禮自處，不便爭鬥，又不便由側繞越過去，只得向後略退。

易靜還未開口，英瓊已沒好氣發話道：「我姊妹持了家師親筆書信以禮來謁，好話說了三、四回，意欲如何？」

那八名衛侍只把戈矛斜指，放出二、三十丈長的光華阻住去路，毫不理睬。英瓊忍不住氣憤，還待發話時，忽聽上面有人喝道：「賤婢住口！前番大膽犯上，得罪教祖，今日才來陪罪已晚了！又不在妙相巒跪關求見，竟敢偷混進來，還在這裡說嘴！本當將人拿下治罪，你既有本領混進來，倒要看你怎麼出去！」

二人抬頭一看，正是上次追趕妖婦蒲妙妙所遇為首妖徒雷抓子，同了兩個同門妖徒，手持旛劍站在殿臺邊上，氣勢兇橫，朝自己厲聲喝罵。

易靜不禁大怒，方要還口，一想此來為何，好歹也見著正主人再說，話到口邊又復強行忍住。

斷定紅髮老祖必是深居洞內，妖徒才敢猖言無忌。決計把聲音先傳將進去，使之聞知。主意想好，一面示意英瓊不要開口，暗中運用玄功，笑道：「道友不必如此，我姊妹二人奉了家師妙一真人之命，來此同貴教祖負荊請罪，必要面見貴教祖，將家師書信呈上！」

易靜語聲又長又亮，宛如龍吟，用的是玄門正宗傳聲之法，玄功奧妙，三、四百里以內，金石為開，多堅的石洞也能將聲音透進。

眾妖苗惱羞成怒，方自同聲大罵：「賤婢利口，今日要你狗命！」把手中妖旛朝下兩展，立時易、李二人立處一帶便有大片紅光，映著萬千把金刀，四方八面潮湧飛來。

易、李二人原有準備，同喝：「爾等再三逼迫，那也無法！」各把手一揚，一人先是一道劍光飛出，護住全身。正待施為，忽聽殿中一聲大喝：「徒兒休得魯莽，且令來人聽候傳見呈書，我自有道理。」話才出口，四外金刀只一閃便自隱去。

易靜雖想只守不攻，卻忘了招呼英瓊。英瓊見妖徒迫人太甚，金刀來勢又極猛惡，便把紫郢劍放將出去。此劍本是峨嵋至寶之一，金刀只是數多勢盛，如何能敵！兩下才一交接，便吃毀去了一大片。收得雖快，也損失不少！

紅髮老祖原是妄自尊大已慣，經眾雷抓子等妖徒一蠱惑，把前次無心冒犯之事，認為奇恥大辱，立意要把來人責罰一頓。此時見手下受挫，心中又加一層憤恨。把妖徒喚進殿去，隨命擊動殿前銅鼓，召集徒眾，再喚進來人，閱書問話。

易、李二人聽出紅髮老祖口風不善，只得仍立在半山階上等候，一面互相低聲告誡，盤算少時如何應付。

紅髮老祖有意遲不召見，二人先聽銅鼓「咚咚」打了好一陣，見門下徒黨由四方八面紛紛飛來，凡是經過面見的十九俱以怒目相視。前後待有兩個多時辰，只見對方一干徒眾出入殿臺之上，此去彼來，絡繹不絕，始終不聽傳喚。癩姑和那同來男女幼童也未再見。二女此時仍體師意，作那萬一之想，知道紅髮老祖遲不召見，有意折辱，言動稍一不慎便授敵人口實，恭恭敬敬站在半山腰石階之上待命，決定就是事情決裂，也不令敵人占了理去。

時光易過，又是兩個多時辰過去。易靜主見已定，還不怎樣，英瓊已漸漸不耐。如非易靜用眼色阻止，幾乎發出話來。前後候有五、六個時辰，雷抓子得同黨暗示，知道從外約來的幾個妖人已在妙相巒外照預計埋伏，就算乃師肯將來人放走，也不愁逃上天去，這才設辭請乃師發令傳見。

紅髮老祖隨命傳見，雷抓子隨去平臺以上，先朝臺前兩亭中衛侍打一手勢，氣勢洶洶，瞋目厲聲大喝道：「教祖有命，吩咐峨嵋來的兩個賤婢進見，聽受責罰。」

英瓊聞言大怒，並欲還口，易靜將手一擺，冷笑道：「這廝出口傷人，自己失禮，何值計較！我等為敬本山師長，忍辱來此，好歹且見著主人定了使命再說，理他則甚。」雷抓子聞言大怒，方欲接口辱罵，紅髮老祖聽妖徒開口便罵人賤婢，也覺不合，暗中傳聲禁阻。

易、李二人隨著從容緩步往上走去，到了平臺石階下面，易靜故意恭身報道：「峨嵋山凝碧仙府乾坤正氣妙一真人門下弟子易靜、李英瓊，今奉師命來此面見教祖，呈上家師手書，兼謝那日妙相巒因追妖婦蒲妙妙誤遇教祖無知冒犯之罪，荷蒙賜見，特此報名告進。」

臺前兩邊各有一亭，一邊一個手執金戈在內值守的苗人，貌相奇惡，石像也似呆立在內。手中金戈長有兩丈，戈頭大約五尺，金光耀目，顯得十分威武。易靜明見雷抓子出時和二苗人打手勢，知有花樣，故作不知，說完便往臺階走上，暗中留神察看，見快上第一級臺階時，腳才抬起，二苗人倏地面現獰容，目射凶光，手中金戈已然舉起待往下落，忽呆立不動，好似被人禁住神氣，形態滑稽已極。心方奇怪，猛瞥見右邊亭後人影連閃，定睛一看，正是癩姑和先見女童，男童卻不在側，朝自己扮作了一個鬼臉。

易、李二人原恐癩姑在未反臉以前先在當地惹事，見狀才知二人不曾先鬧，只不知適才何往。不便答理，微笑了笑便往上走。一上平臺，便見殿甚高大宏敞，陳設華麗，中設蟒皮寶座，紅髮老祖板著一張怪臉踞坐其上，兩旁有數十徒眾，雁翅分列，由殿門起直達寶座兩旁。挨近眾徒衛立之處另有兩行手執戈、矛、鞭、棍的衛侍，都是漆面文身的苗人，短衣半臂，腰圍虎皮戰裙，手腿半裸，各戴金環，亂髮虬結，上插五色彩羽，面容凶醜猛惡，無異鬼怪。對著寶座不遠由殿頂垂下兩根長索，頭上各有一個鐵環，大約尺許，邪氣陰陰，知是準備吊打來人之用。

易靜率英瓊往內走進，故意走到雙環之下立定，朝上恭身下拜，雙手呈上書信。紅髮老祖將手一招，書信入手，拆開一看，見上面大意是說「門人無知冒犯尊嚴，謹命易、李二小徒齋沐專誠趨前謝罪，尚望不吝訓誨，進而教之。另外並隱示四九重劫將臨，關係重大，現各異派妖邪運數將終，避之唯恐不逞，如何還縱容門人與之交往？此時防患未然尚不為晚，異日天劫到臨，與乙、凌、藏靈子諸道友互相為助，合力抵禦，決可無事。份屬朋友，知無不言，至希鑒諒等語。表面上詞意謙和，實則是詳言利害，暗寓箴規，言中有物，備極懇切。

紅髮老祖看完書信，沉吟不語。雷抓子好容易聯合全體同門把師父說動，如今看出又有變卦神氣。心中一急，忙和眾妖徒朝紅髮老祖跪稟道：「師父何必看什麼書！齊瀨溟老鬼教徒不嚴，目中無人，不自率徒登門請罪，卻令賤婢來此鬼混，如不重責一番，還道我師徒怕他峨嵋勢力！望乞師父即時發令施行，將賤婢吊打一頓，使峨嵋這些小狗男女看個榜樣！」

易靜胸有成竹，冷眼旁觀，不禁又好氣又好笑。方想：「畢竟左道妖苗，當著師父，還有外人在場，一味口出不遜，全無規矩禮法。」

李英瓊終是天性剛烈，聽眾妖徒當面辱罵師父，實忍不住憤怒，亢聲說道：「紅髮老前輩請暫止令高足們對徒罵師，先自犯上，聽弟子一言！」眾妖徒見英瓊秀眉倒豎，目蘊神威，面上隱帶煞氣，知將發作，巴不得她出言強頂，激怒乃師，聞言不等乃師招呼便各住口，怒視靜聽如何說法，以便乘機發揮。

易靜早知事非決裂不可，因見紅髮老祖對書沉吟，心想或許能有轉機，所以暫時隱忍。及見英瓊義憤慷慨，現於詞色，知已無能挽回。心已盡到，恐英瓊心直，詞不達意，便道：「瓊妹且住，由我向老祖請教。」隨向前說道：「家師與老前輩朋友之交，互相禮敬，而門下高足無端對徒罵師，任性辱罵，有心犯上，又當如何？」

紅髮老祖人最好勝，素不喜人面斥其非，又有護短之癖，養得門人個個驕恣。及至來人相繼發話，將自己問住，不怪徒弟出言無狀，反倒因此惱羞成怒，發了苗人兇橫之性，便厲聲大喝道：「賤婢休得利口！你師父既命你前來請罪，我便代他行刑。現在殿頂設有雙環，你二人自己上去領受三百藤鞭，以戒將來！」

易靜聞言，知道大勢已去，非破臉不可，一面向英瓊發了暗示，令作準備，冷笑道：「老前輩不能正己，焉能正人！要我二人領責不難，必須先把辱罵家師的令高足們先打一個榜樣，方可如命。」說時雷抓子忽似想起一事，匆匆跑出到殿外，轉了一轉，忽然跑近，怒沖沖說了幾句苗語。

紅髮老祖聽易靜反唇相譏，本就怒不可遏，正要發令擒人，聞言益發怒火中燒，厲聲大喝：「賤婢竟敢如此大膽，禁我亭中衛侍，你等即速與我拿下！」

眾妖徒轟應了一聲，為首二人手揚處，先飛出兩道赤暗暗的光華。易、李二人早有準備，易靜首將「兜率寶傘」放起，化成一幢帶有金霞的紅光，先將二人全身罩住，然後大喝道：「老前輩休要聽信孽徒等蠱惑，亭中侍衛被禁並非我等二人所為！今既不納家師的忠言，定要為此小事化友為敵，我二人師命已完，只好告退了。」

眾妖徒齊聲怒罵，各將飛刀、飛矛、法寶放起時，易、李二人說完了話，朝紅髮老祖略一躬身為禮，便由滿殿百十道妖光邪霧交織中衝將出去，其去如電，晃眼飛出殿外，雲幢到處，連衝盪開由殿臺到嶺下五層埋伏禁制，往來路飛去。

紅髮老祖原以二人末學後進，不值自己下手，門人又頗有能者，上下更有幾層禁制埋伏，萬跑不脫，不曾想降魔七寶之一百邪不侵，近日復經峨嵋心法重煉，越發神妙。眾妖徒那多飛刀法寶合攻上來，吃那金紅雲幢一盪便即彈開，無一能夠近身。坐視敵人說了些刺耳的話，從容飛去，不由又驚又怒，愧忿難當，一時情急，罵聲：「賤婢欺人太甚！」一縱遁光，便親身急追下去！

到了臺前，先將兩名衛侍禁制解去，遙望陣中煙雲滾滾，光焰四合，知道敵人已然入伏，正與眾門人鬥法相持。越想越憤怒，把心一橫，便不再往前追趕，逕自回轉神宮，準備施展毒手。不提。

易、李二人自恃識得陣中機密，「兜率寶傘」能夠護身，同駕雲幢前飛，晃眼飛入陣內。正在急馳之際，忽見眼前煙光變滅，光景倏地一暗，四外漆黑沉沉，雲幢寶光所照丈許以外便不能見物。耳聽厲聲四起，與無數妖徒怒嘯喊殺之聲相應，宛如潮湧。方欲施為，光景忽又由暗入明，忙即運用慧目定睛一看，就這一暗一明瞬息功夫，已換了另一種境界！迎面現出兩面長約十丈，寬約丈許的妖旛，旛色陰黑，上繪無數白骨骷髏和一些符籙惡鬼之形，上下均有煙雲圍繞。

易靜知道陣法已然倒轉，此陣具有無窮變化，占地甚廣，埋伏眾多，前後左右隨時可以挪移倒轉，想出陣，仍須一層層破去，料定兩旛乃頭陣門戶，旛後必有敵人守衛，一到旛前便把雲幢停住，向前喝道：「爾等強要結仇生事，但我終看在你師父面上不為已甚。如要彼此一較高下，可速現身出戰，我只破陣，還不致傷及爾等。如想等我二人過時妄用法術暗算，我應變倉猝，就難免誤傷了。」

易靜說罷，對面立有人應聲喝罵，跟著現出兩個妖苗，各持一柄長矛，指著二人大罵：「大膽賤婢，死在眼前，還要驕狂。」隨去搖那妖旛。妖旛就要發動之際，雷抓子已率領了一干黨徒隨後追來。

易靜回顧身後煙雲滾滾，紅光如血，不下數十百道，齊聲怒嘯潮湧而來，已快追上。敵人勢重，內中頗有能者，況還有紅髮老祖在後。想到這裡，把心一橫，立喝：「瓊妹速用紫郢劍將此二旛斬去！」

英瓊早就躍躍欲試，不等說完，那口峨嵋鎮山至寶紫郢劍早隨聲飛將出去。妖旛恰也同時展動，由旛上突噴出千百萬條彩絲，雜著無數血也似紅的火星，暴雨般激射而起，就向二人當頭罩下。

易靜昔年和「赤身教主」鳩盤婆鬥法，曾經受過妖法的荼害，認出此旛不特是全陣門戶，頭層主旛並還藏有「赤陰神網」、「羅喉血焰」，以前只當紅髮老祖雖是左道旁門，人尚正直，沒想到竟煉有這類陰毒險狠，專壞道家元神的邪術法寶！此法最是汙穢惡毒，如非身有師父專破此法的七寶，英瓊飛劍又是仙府奇珍，稍換一人便非受害不可！想起昔年所經之慘，不禁大怒。

當時激發了平日嫉惡如仇天性，更不再尋思，忙將師父七寶中的「滅魔彈月弩」和專破妖法的「牟尼散光丸」相繼發將出去。那妖旛也神奇，兩旛相隔約在五丈遠近，紫郢劍所化紫虹長約百丈，電一般飛出去，將兩旛一齊束住，竟還略為支持，只將四面圍湧的煙霧消滅，並未當時斷落。

說時遲，那時快，易靜降魔二寶發動，先是一粒金丸射出，化成碗大一團深紅色奇亮無比的火星，爆散開來，化為無量數針雨一般小的精芒，四下飛射。跟著手上又發出一粒豆大火光，脫手暴漲，晃眼大有十丈，迎著滿空血雨一聲巨響過處，兩下全部消滅無蹤。一面英瓊也正運用玄功，全力施為，紫光繞定二旛上下裹緊一絞，全成粉碎，化作兩片黑煙飛起。

緊跟著易靜又把二粒「牟尼散光丸」發將出去，一片爆音過處，對面妖雲展開了一大片，現出二、三十座石峰。陣形一現，脫身有望，方自心喜，眾妖徒由四方八面相繼殺到，夾攻上來。

易靜忙喝：「瓊妹不可任性殺戮，我們暫時仍以脫身為是。」說罷，便將「阿難劍」放起抵禦。英瓊紫郢劍原未及收回，眾妖徒便自殺到，聞言會意，將手一指，二劍聯合，一同迎敵。

妖徒所用法寶遇見易、李二人這兩口不畏邪汙的神物，不特失去效用，稍差一點的只吃劍光一絞便即粉碎。各以全力運用本門飛刀戈矛加緊圍攻，一面將陣法催動。不消一盞茶時，陣勢倏變，前見石峰又已隱去。

第四回 借體避仇 桃花毒瘴

易、李二人見敵人勢盛，上下四外各色刀矛光華何止百道，更有各種邪寶異法紛紛夾攻上來，聲勢猛惡已極。雖然飛劍神妙，有法寶護身，暫時不致受傷，但是敵人主腦尚未出戰，敵人苦苦糾纏，大有拼命之勢，不下殺手，萬無脫身之法！長此相持，凶多吉少！正在盤算，忽見四外煙光明滅，殷紅如血，鬼聲魅影，遠近呼應，湧現於陰雲慘霧之中，光景越發怕人。

英瓊見敵人飛刀法寶越來越多，四外俱是暗赤、黃、綠三色光華，包圍紫郢、阿難二劍，一時氣憤，不由殺機大啟，一面將飛劍連指，一面又把新得諸寶放了幾件出去，易靜見狀也把法寶放出。

這一來情勢突變，兩道劍光首先威力大增，光華頓盛，強了十倍，宛似兩道經天長虹，飛向敵人百十道各色光華中，神龍戲海般上下飛舞，那些飛刀法寶便紛紛斷折粉碎，五顏六色灑了一天花雨流星，紛紛消亡。二女法寶相繼飛出，有那法寶稍次，性又凶野不知進退的妖苗，當時便斷送了一、二十個。

眾妖徒見勢不佳，紛紛厲聲怒嘯，做一窩蜂散去，晃眼沒入陰雲之中，不見影跡。這時紅髮老祖元神已然到了中樞法臺之上，見眾妖徒敗逃，立時作法。

易、李二人耳聽空中一聲斷喝，一陣陰風黑影飄過，眼前一花，上下四外頓成一片血海。雲幢以外滿是暗赤如火的光華，才往前略一衝盪，那血光越壓越緊，竟將雲幢滯住，不能再進！兩道劍光不曾收回，但也添了一些阻力，不再似前飛躍。

易靜忙令英瓊速將劍光招回開路，一面取出「牟尼散光丸」發將出去。滿心可以震開一片，再用二劍護住雲幢，加急前駛，只要衝到中樞要地，破了主旛，仍可破空遁走。哪知這次功效大差，「散光丸」發出一聲雷震，光雨星飛，只將前面血光震開了十丈大一個血洞，前進沒有數十步，血光又復壓擁上來！

二人又試用兩道劍光開路，也只在血海中緩緩衝行前進。二女見狀自是憂急，易靜方想主意，英瓊忽道：「白眉師祖所賜『牟尼珠』，持以過行火宅尚且不難，何況妖法，待我取出一試。只是此寶尚須運用玄功方能發揮威力，姊姊留神戒備，待我施為。」

說時忽見對面血光分合飛舞中，現出紅髮老祖，赤身披髮，貌相比前越發獰惡，戟指二女，大喝：「賤婢殺我門人，少時擒到叫你身化成灰！」

易靜知機，見紅髮老祖形貌未變，身卻矮了多半，心疑元神變幻。又見紅髮老祖話一說完，忽又隱去，越猜不妙。心想對方又非不知自己護身法寶和雙劍的神妙，就算被困在此，那血光也難近身！既然口出大言，必有暗算！方自留神戒備，猛聽當空一聲尖銳的厲嘯，一隻形似大手的五條碧森森的暗影，正向雲幢上抓到！易靜知是敵人元神玄功變化，厲害非常，如非是仇深恨重，強敵當前，立意一拼，決不致出此！

就在此際，英瓊「牟尼珠」已先生妙用，栲栳大一團雪亮銀光由寶傘外飛出，迎向那五條暗綠影子，飛向雲幢之上懸住。四外血光雖仍未散，立即暗淡了許多。那綠影想似知道厲害，兩下還未接觸，便似電一樣縮退回去。易靜見狀大喜，那綠影忽又在前出現，來勢神速已極，才一照面便向兩道劍光抓去。

英瓊一心運用「牟尼珠」，不暇兼顧，紫郢劍光已被抓走！還算易靜應變神速，「阿難劍」雖比紫郢稍差，也是佛門異寶，再加易靜兩世修為，功力比較深得多，忙即收回，未被奪去。眼看一道紫虹被五條綠影抓去沒入血海深處，英瓊見狀，心中萬分痛惜，連忙運用玄功收回，劍光似被極大力量吸住，竟收不轉！一時情急，便要飛出，仗「牟尼珠」前往拼命。

易靜再三勸阻，英瓊無奈，剛剛應諾，忽聽四方異聲沸騰，宛如萬千天鼓齊鳴，往中央襲來。正不知敵人用甚毒惡妖法陷害，想仗「牟尼珠」之力衝開一條血衖，往中樞法臺殺去，紅髮老祖元神又出現，怒喝道：「賤婢即速手就擒，你那佛門『定珠』保得上方保不得下方！」話未說完，忽聽有人應聲喝道：「老怪物不要臉，誰信你的鬼話！」

跟著眼前一亮，由斜刺裡血海中衝來一幢青螢螢的光華，宛如一副光網裹住三人，癩姑居中，前見男女二童分立左右。手中各持一個形似風車的法寶，大才數寸，連柄不過尺許，卻發出數十丈的銀光，飆輪電馭，血光被衝得波翻浪滾，來勢更是神速異常。一到，癩姑便回頭說道：「瓊妹快收『定珠』，好聯合一起取老怪物的命，我們由上面走！」

易靜見她說完，眼看地面，心中會意，知她定有脫身之策。忙令英瓊將「牟尼珠」速即收回，英瓊將手一招，珠光才落，男女二童手指處，那光網倏地展大，將易、李二人連雲幢一起裹住，合在一起。同時癩姑又向紅髮老祖發話道：「你那中樞法臺已吃我這兩個朋友破去，我們暫且失陪了。」

紅髮老祖忽見青光飛來，衝出血海之中如無其事，心中奇怪，定睛一看，竟有兩個對頭在內！為首的一個小癩尼姑還未見過，情知不妙，忙即行法催動妖陣時，敵人晃眼會合，癩姑口說著話，由男女二童各持手中光輪分指上下，縱遁光向上飛起。

紅髮老祖看那意思是想衝破上空遁去，剛手一指，待要加緊施為。不料敵人聲東擊西，故意上升，待飛了二三十丈，男女二童倏地左手朝紅髮老祖一揚，立有一片青光，箭雨一般朝前射出。紅髮老祖滿臉怒容，咬牙切齒，剛縱元神避開，箭雨已似聯珠霹靂，紛紛爆發。同時癩姑手指處，一團金光直落地上，一聲大震，地面禁制便被震破，裂開一個深穴。二幼童光輪也齊向下指，衝得腳底血光四散，遁光往下一沉，改升為降，五人一同奮力向下！

紅髮老祖被青光驚退出去，又見敵人又向上飛衝，所有法力全加在上空，急切間萬沒想到會有此事！等到回身追來，敵人已比電還疾地由地穴遁去，攔阻無及！癩姑率領眾人降到地穴深處，回手向上一揚，先用法力將地穴封閉。然後行法一面開出兩條歧路，以為疑兵之計，一面加緊飛駛。易靜雖是行家，見她隨手指處，無論山石泥土、水火煤鐵，全部紛如雪崩，現出一條孔道，自愧弗如，好生佩服！

英瓊見紅髮老祖不曾追來，便問癩姑經過。癩姑答道：「話長著呢，我們趕到這兩位道友仙居面前出土，且等少時到了才說罷。」說罷，加緊前駛，約有半個多時辰，癩姑笑問二童：「我們已行有四百餘里，算計快到，你看是到了不是？不要走過了頭岔向別處！」

女的一個聞言，便從腰間取出一面小鏡子呵了一口氣，朝上凝視了一會笑道：「此時出土可也。」

癩姑含笑點頭，將手一搓一揚，一聲雷震，頭上石土便自爆裂，眾人由沙石驚飛中飛身直上，晃眼便出地面見了天光。眾人見那地方乃萬山中的一片盆地，約有三二十里方圓，四面俱是連崖疊嶂，環拱若城，高可排天，內外隔絕，無路可通，靠著北方是一月牙形的大湖，湖水漣漣，清澈見底，把全境占了多半去。下餘地面上喬木清森，疏林掩映。

癩姑將出土地穴行法掩沒，復了原狀，一同走向湖邊。女童笑道：「佳客初來，莫非還要請人家自己飛過去麼！」

男童笑道：「妹子又想班門弄斧了！」女童道：「嘉客光臨，接渡過去乃是敬意，怎說班門弄斧？癩姊姊的同門姊妹和我們還不是自家人一樣，難道還會見笑不成？」

易靜正測不透男女二童來歷家數，以前又從未聽人說過，巴不得他再賣弄，笑道：「癩師妹的好友自非外人，道友請行法吧！」

女童道：「諸位姊妹莫笑，妹子獻醜了。」說罷，手一揚，匹練也似飛起一道白光拋向對崖，晃眼化作一道極壯麗的白玉長橋，由湖邊起直達對面崖腰之上。

易靜看出是旁門中的「飛虹過渡」之法，暗忖旁門之中也有這等人物！不知師長是誰，癩姑怎會與她相值？心中好生驚異！方有尋思，二童已舉手肅客，同往橋上走去。

二童當先引導，相隔眾人約有丈許，走得甚快。易、李二人方笑二童稚氣，身是主人，怎不陪客同行，心急則甚？忽見一童走著走著，手似掐有靈訣，不時向前、左、右三面比劃連指。定睛一看，每指一處，必有一片光雲明滅飛散，同時天半便有大小靈旗隱現。易靜再定睛一看，原來湖岸起直達對崖，湖水上空，竟埋伏得有道家極厲害的禁制「十二都天九宮神煞」！

這二人年紀不大，隱居在這類苗山荒僻之區，有誰向他尋仇，何用如此嚴密防備？尤可怪是所學頗雜，既精旁門法術，又習有玄門正宗降魔大法，並還是最高的法術。心中好生不解！一會將湖過完，那座虹橋隨過隨收，眾人登岸，也自收完，投人女童衣袖之中。二童到了岸上，重又行法，忽然雲光雜遝，佈滿湖面，什麼也看不見。兩童再舉手一揖，數十面靈旗在雲影煙光中閃了兩閃，一齊隱去，全境忽又出現。兩童行法停當，重又揖客前行，到了盡頭崖洞。

二童引了眾人由一極高大平整的石門走進，那洞府又高又大，共分前、中、後三層，約有十餘間大小石室，到處通明雪亮。二童引眾人來到一間丹室中坐定，易靜道：「二位道友道法高深，令人敬佩。適才多蒙鼎力相助，得以脫險，地行匆遽，尚未及致謝請教呢。」說罷，便和英瓊起立為禮相謝。二童俱謙遜道：「如非癩姊姊主持指點，休說難效綿薄，連兄妹多年強忍的這口惡氣也沒法出呢！區區隨行微勞，又是自家人，二位姊姊客氣乃爾！」

易靜正要接口請問二童姓名來歷，癩姑已笑嘻嘻先向四人說道：「你們這麼俗套起來！易師姊和瓊妹為人來歷，適在老怪山中已然抽暇說了，他兩個的姓名來歷，易師姊和瓊妹等還不知道。看他兩人年紀這輕，能有這等法力，又是正邪兩途都有門道，必定覺得奇怪。有些話你不好意思問，他倆也未肯盡情說出，還是等我說罷！」

女童笑道：「癩姊姊，我們一別三十年，這張快嘴仍和從前一樣，少說兩句，莫要我們丟人罷。」

癩姑道：「這有什麼不能告人的事？休看易姊姊見多識廣，似你兩個同樣異人，只恐也未必知道呢。」二童微笑不語。易靜笑道：「我本莫測高深，師妹說罷。」癩姑把二童來歷說出，易、李二人聞言好生驚喜。

原來二童一名「方瑛」，一名「元皓」，俱是童身。未出家以前便是志同道合的好友，自幼好道，二十多歲上一同商議棄家學道，到處尋訪仙人未遇，後又分途尋訪，一同向天立誓，誰先成道便來度誰。方瑛終於尋到西崆峒廣成子舊居仙府，得到一部道書《玉頁金簡》。方瑛勤習了兩年，盡得全書深奧，具有驚人法力。正要去往探尋蹤跡，元皓忽然尋來。一問經過，也得了一位散仙傳授。良友重逢，又各有仙緣遇合，俱都欣慰非常。

那散仙所傳法術甚是神妙，二人便在洞中互相傳授，各把對方所學一齊學會。二人自此雲遊天下，因在苗疆見幾個妖苗在姦淫婦女，出手將之殺死，不料那幾個妖苗是紅髮老祖門下，自此結下怨仇，和紅髮老祖門下鬥法多次，一次危急之中，恰值癩姑經過，出手相助，才得脫身，自此遂成了相識。

紅髮老祖對二人更加憤恨，用極厲害的邪法追蹤尋到，終將二人殺死。二人元神僥倖逃出，正徬徨無依間，恰遇一雙才死的童男女，屍體尚溫，就借體復生，成了一男一女的幼童。

二人借體復生之後，法力大減，更不是仇人敵手，四下躲避。一日忽遇一個仙人，自稱「枯竹老人」，授了二人一些法術，又贈了幾件法寶，命二人在此隱居，不可再尋仇人生事。二人隱居多年，雖和紅髮老祖近在咫尺，仗著枯竹老人所傳禁法神妙，並未被察覺。癩姑等人來時，二人在法寶上看到癩姑，因是舊識，便趕去相會。

二人患難同道之交，借體還生時，偏巧又是兄妹。索性改了兄妹相稱，即以此身修道，不復再作別的打算。元皓所借軀殼恰是女身，人本生得比方瑛活潑，這一轉成少女，益發天真。癩姑見了也自喜歡，說起到紅木嶺尋紅髮老祖一事，二人一提紅髮老祖，自是切齒痛恨，自告奮勇，願隨癩姑一起前往。二人隱身潛進，用枯竹老人所贈異寶「六甲分光輪」衝破紅髮老祖妖陣，救了易、李二人出陣。

易、李二人聽完了二童來歷，稱奇不止。英瓊情急紫郢劍被紅髮老祖搶去，聽完立即運用玄功想將劍收回，接連幾次，那劍似被絕大神力吸住，掙脫不得。易靜、癩姑均和英瓊親厚逾常，見她愁急，再四勸慰說：「老怪豈不知本門寶劍外人難於保用，自必時刻留心防守，你越是心急收回，他把守越緊！只能驟出不意突以全力收回，方可得手。此是祖師遺傳鎮山之寶，現落敵手，凡我同門，誰能坐視！不過謀定而後動，想好主意再作道理不遲！」

英瓊無法，只得怏怏而止。眾人商量一陣，癩姑忿道：「老怪無恥，聽他口氣妄自尊大，卻強奪後輩的寶劍！深悔適才沒將他由鳩盤老虔婆那裡借來裝點門面的幾件法寶全毀了去！我想他借來之物定必貴重，好在他那妖宮虛實已得，輕車熟路，不如由我們用地行法直入妖宮，乘隙將幾件法寶盜來和他換，老怪借人之物不能失落，必允無疑，你們以為如何？」

易靜道：「你也太把老怪小看了！先前原是老怪驕狂自恃，不曾防備，師妹和方、元二位驟出不意，方始得手。知我們能由地底飛行，勢必加緊防範，如何去得！」

癩姑道：「這也是不好，那也顧忌，莫非罷了不成？還是由我一行，也許老怪見我適才敗走，未必如此大膽回頭得這快，天從人願，豈不是好！」

易靜知癩姑法力不在己下，有的法術還具專長，此行縱不成功，失陷尚不至於，笑答：「師妹去是可去，只恐徒勞罷了。老怪狠毒，萬一如有不測，可速傳言告急！」癩姑隨口應了。

方、元二人也要隨往，癩姑道：「這回十九無功，事更艱難凶險，人多反而誤事，你兩個不要同去吧。」二人便把「六甲分光輪」取出遞過，英瓊想起「定珠」有用，也要交癩姑帶去防身。

癩姑笑道：「謝謝你三人好心，我有佛光護身，自幸老怪尚莫內我何，只將『分光輪』借與我帶去足矣。」將輪要過，三人還要勸說，癩姑道：「我去去就來。」大頭一晃，無影無蹤。

易靜道：「癩師妹不特法力高強，人更心慈義氣，機智絕倫，沒眼力的人只看她貌相醜怪，行動滑稽，實則一身仙骨仙根，迥異恆流，本門中這等人物真還不多哩。」

癩姑去後，四人說笑了一陣，一晃多半日過了。英瓊性急，忍不住問道：「癩師姊久去不歸，教人懸念，二位道友可有甚方法查看麼？」

方瑛道：「我二人也正為此犯愁。湖中設有『靈光迴影』之法，此法全憑自身法力深淺以定所視遠近，我二人功力有限，即以全力運用，至多也只看到妙相巒左近，易姊姊法力高深，且去一試如何？」

易靜也早在疑慮，恐怕癩姑輕敵失陷，聞言喜道：「此法我曾聽家師說過，雖不比佛道兩家『心光靈矚，圜中視影』，卻也是旁門中一種最高的法術，也許可以查出一點端倪呢。」說罷，便往回走。

英瓊見方、元二人來去仍用虹橋飛渡，便問：「一水之隔，何須來回費事？」

元皓道：「我二人自從前生遭劫，受了妖苗暗算，已成驚弓之鳥。所以寧費點事，不敢大意，適才我覺心動，也許還有警兆要來呢。」說時已將虹橋過完。

英瓊見她收完虹橋，又去望湖行法，湖中煙光重又明滅隱現，所說靈光尚未現出，甚是繁忙，心中愁急不耐。暗忖：「自從初來時，接連數次收劍不曾收回，料被老怪強行禁制，無法收回，這大半天功夫便未再收，以此劍神妙和近日自己功力而論，無論相隔多遠均可以心運用，任何妖法也難阻止，不知怎會被老怪禁住？反正無事，也許此時老怪見我久無動靜，忽然鬆懈，何不再收一回試試？」

想到這裡，因料定十九徒勞，也未告知三人，自坐洞前大樹下大石之上，暗以全力施為，默運玄功，照著本門收劍心法猛力往回一收。覺得那劍只略受留滯，便即脫了禁制往回飛來，並且和平日運用一般靈活輕快！知已脫出敵人掌握，行即飛到，當時喜出望外，唯恐途中又遇甚阻截，只顧全神貫注，加急運用，仍未顧到告知三人。

正覺劍快飛到，忽聽方、元二人同聲失驚道：「有人破法，似有一件法寶破禁欲入，二位姊姊快些準備！」同時水面煙光重又湧現，全湖眼看佈滿，方、元二人面現驚急之色。易靜聞言好生駭異，一面忙取寶戒備，趕往二人注目之處一看，瞥見湖心澄波現一尺許大小圓鏡，全景畢現其中！靠來路山崖一面現出一大片青霞，將崖上下一齊擋住，外有一道紫虹，勢絕猛惡，正往青霞上衝盪！

方、元二人同聲道：「外層禁制必破無疑，敵人是甚法寶，如此厲害！」言還未了，易靜已看出那紫虹乃英瓊的紫郢仙劍，不禁驚喜交集，見方、元二人正以全力施為，使那青霞加盛，意欲阻止，知是誤會，急喊：「二位道友急速撤禁，那是瓊妹的紫郢劍飛回來了！」話方出口，勢已無及，只聽遠遠一片極強烈的爆音，青霞竟被劍光衝破，化為盛開芒雨飛散消滅，四外崖上禁制一齊化為烏有，劍光卻朝湖上飛來。

易靜回顧英瓊，正在手掐靈訣，默坐樹下，心無二用，知英瓊突然收劍所致。恐又冒失連湖上禁制破去，忙飛身過去阻時，劍光來勢神速，已電掣飛到！方、元二人雖已看出劍光乃英瓊之寶，無如撤禁不能太速，只得索性重施禁制先擋一下，再等劍主人自來止住。這湖上禁制與外層大不相同，當時煙光潮湧而起，竟將紫虹緊緊逼住，不能再進。

英瓊覺著那劍將飛到，又遇阻力，一時情急，加急運用玄功往回一收，耳聽易、方、元三人似在湖邊急喊，一則相隔較遠，一則心注在劍上，也未聽真，又認是得失緊要關頭，不敢鬆懈，依然加急施為，直到易靜趕往阻止方始警悟。總算湖上禁制輔有異寶，為時又暫，彼此兩無傷害。但那外層禁制全被無心衝破，籓籬盡撤了。

英瓊知是自己冒失之過，心中好生不安，不住道歉。方、元二人道：「外層禁法已破，近山景色忽然呈現，難保不將仇敵引了前來，癩姊去了一日，人還未回，等我們用『靈光迴影』之法，大家運用玄功慧目一同試看一回吧。」

易靜知道此法是於水中現出一圓光向天照去，將遠近地面的景物攝向天空，再往圓光倒影下來，憑著自身功力以定所照地域大小。

當下以方、元二人為首行法，一口真氣吹出，湖上波心突現出尺許大一個圓圈，晶波若鏡，往外展去，越展越大，大出二三十丈，光也越發晶明，宛如極大一輪明月浮在湖波之上。

元皓笑道：「我二人能力止此，不能再大，請易姊姊試滿一回，看還能加大些不能！」易靜看出二人功力也自不凡，又是合力運用，自己萬一不能加大，反倒縮小，豈不丟人！便說道：「我剛學會，如何班門弄斧！請先查看妙相巒眾妖人的動靜。」

方、元二人將仙法發動，各運玄功，手掐靈訣往上空一揚，光中本是通體空明，立時現出許多景物人影。四人一同往下注視，所有近處三百里內的景物俱現其內。仙法催動，光中景物去卻三面，專往妙相巒路上移去。眼看相隔妙相巒不遠，大吃一驚，忙喊三人同仔細辨識。果是一夥男女同門各施飛劍法寶，正與十餘個妖人在妙相巒附近谷口外空中苦鬥，不分高下。谷中另有數十妖苗駕馭大片妖光紅雲蜂擁而出！

乍看時，敵人似乎勢子較盛。自己這面看出有金蟬、石生、甄兌、易鼎、易震、司徒平、秦寒萼、李文衎、向芳淑，卻無癩姑在內。易靜料知癩姑失陷被困，用法牌傳音告急欲將這些同門引來。不知自己牌子上怎無感應，匆匆不暇查看，立命方、元二人行法撤禁往援。英瓊因癩姑為己而去，愈發情急。

就這幾句話功夫，方、元二人正在收法之際，易、李二人目光到處，又發現余英男、申若蘭、嚴人英等人，三三兩兩由各方飛來加入助戰，雙方益發成了混鬥，滿天空俱是劍光縱橫，寶光照耀，妖雲迷漫，看去越發驚人。方、元二人即速收法，現出虹橋，四人忙由橋上飛過。方、元二人匆匆行法復禁，便同飛空中，急催遁光，往妙相巒趕去。

飛出不遠，遙望雙方惡鬥方酣。易氏兄弟同駕新得回的「九天十地辟魔神梭」，電掣星飛，上下衝突於妖光邪焰之中，如入無人之境。向芳淑、余英男、嚴人英、金蟬、石生各有異寶仙劍，也均發揮威力，活躍陣內，占足上風。

眼看快要到達，猛又瞥見最前谷口內飛出一大片紅光，光中現出三個妖苗，為首一個正是敵人主腦紅髮老祖，來勢神速異常。身後谷口內邪霧瀰漫，突然往上空冒起，似狂濤一般往谷外湧來。知道紅髮老祖玄功奧妙，不比尋常，又有「化血神刀」，狠毒無比！眾同門多半不是敵手，心中一急，遁光迅速，已自趕到。

紅髮老祖先在神宮以內重煉陣法和新得來的那口紫郢仙劍，忽接妖徒警報：「外面來了六個幼童，俱是峨嵋門下，在谷口外與諸同門和一些外教中道友相遇，動起手來，敵人法寶飛劍厲害非常，勢頗不支，請師父即速出去！」

紅髮老祖因紫郢至寶不期而得，忽起貪心，想收為己有。但知峨嵋派飛劍與身心相合，外人最不易收用，何況此劍乃鎮山之寶，神物通靈，自能變化！初到手時如非玄功禁制，把持得緊，幾次都要掙脫飛去，在未刺心滴血通靈之前，一時也鬆懈不得，以為區區幾個峨嵋後輩何值親往，不願捨劍出敵，便令雷抓子選率徒眾出去接應，哪知對方人越來越多，竟吃傷了三人，不消多時，連接告急警報，直說是峨嵋已然大舉來犯，又急又怒！

就在此際，恰巧英瓊又試收劍，紫郢原是神物，如非被大法力禁制，主人不收也自飛回，這兩頭一湊，立時脫手破壁而出！紅髮老祖再想分化元神追擒回來，如何能夠！去勢端的比電還快，紅髮老祖手指被劍光掙脫時裂斷了三個，驚遽中忙縱遁光負傷追出，只見紫光已然穿陣而過，遙見一絲痕影，略閃即沒。

同時妖徒又來飛報，說是傷亡越多，再不往援，直非慘敗不可。紅髮老祖益發怒火中燒，無如手指斷裂，必須立時接上，這還仗著法力高強，防禦得快，稍差一點，連身首都未能保全了！憤極之下，匆匆回宮，用法力和靈藥將斷指接上，方始率了餘眾出去接應。易靜和紅髮老祖恰是同時趕到，想起紅髮老祖法力高強，上來便打了先下手為強的主意，囑英瓊、方、元等三人緩上，自把身形隱去，還未到達便先離開。

易靜趕上前面，一眼瞥見對面紅光擁著三人，當中紅髮老祖，右邊一個叫秦玠的妖徒正是最凶惡的一個，忙取出「烏金芒」連同二寶一齊發出。先是一粒「散光丸」飛向紅光之中，一片極劇烈的爆音，化作半天光雨，將敵人身外紅光擊敗。緊跟著右手「滅魔彈月弩」一指，飛出三點精光，分向對過三人打去，同時左手發出「烏金芒」專朝妖徒打去。

秦玠驟出不意，忽見身外紅光震散，心中一驚，一點星光忽又飛到。敵人影子未見，竟不知哪裡來的！說時遲那時快，「彈月弩」何等神速，左肩先被打中，驚悸亡魂中，眼前似有極細兩三絲烏金芒影一閃，三根「烏金芒」同時打中雙目命門，奇痛鑽心之下，神智一昏，「彈月弩」也恰同時爆發，全身爆裂，形神震散，當時慘死，殘屍紛紛墜地！

紅髮老祖才出谷門，瞥見敵勢十分強盛，所有法寶飛劍俱具極大威力，自己這面業已傷亡多人，簡直高下懸殊，不禁又驚又憤。正打算出奇制勝，雪憤報仇，猛覺有極微的破空之聲對面飛來，方料有人暗算，一團酒杯大小的精光迎面飛來，勢既神速，近在咫尺，忙放飛刀抵禦時，三點寒星又自飛到！

這兩件法寶均有奇特妙用，越與硬對，受害越重！「散光丸」先自爆裂，紅光立被震散！忙行法護身後退時，一個妖徒已然慘死！

紅髮老祖怒髮千丈，厲聲怒喝：「徒兒們與眾道友速退下來，待我殺盡峨嵋這些小狗男女！」說時遲那時快，紅髮老祖手揚處，飛出一片黑煙，晃眼佈滿，宛如一道高與天齊，其長無際的煙牆橫亙空中。

紅髮老祖身形倏地隱去，易靜二次連用「散光丸」和「彈月弩」打去，那煙霧濃厚非常，生生不已，略為震散便自復元。方覺不妙，忽聽頭上微風颯然，似有一片彩影飛墮。情知來者不善，形跡被人窺破，再隱已無用處，且與眾人聯合再作計較。剛剛現身縱退回來，眾妖人已互相呼嘯，紛紛往煙霧中飛遁回去。

易靜料定敵人必以全力相拼，不可輕敵，見眾同門雖未十分窮追，仍在合力誅殺殘餘。英瓊、方、元三人也自加入助戰，俱都面現得意之色。恐眾無備，輕敵受傷，忙喝：「諸位師兄弟姊妹小心戒備，休忘師父訓誡！」

眾方同聲齊應，忽又聽空中厲聲喝道：「待我取眾小狗男女性命！」

語聲才發，那橫亙天半的一片妖煙邪霧立即橫捲過來，將眾人圈在當中，上下一齊遮沒。

眾人一見煙牆包圍過來，不約而同一齊發動，「太乙神雷」數十團雷火，霹靂連聲發出。四外黑煙中忽射出數百團鮮豔無比的彩光，兩下恰好迎個正著，吃神雷一震，立化成千萬縷彩絲爆裂開來，箭雨一般朝眾人射去！眾人不知彩絲來歷，有的自恃身與劍合，諸邪不能近身，仍想亂發「太乙神雷」，將彩絲黑煙一齊擊滅。

那彩絲來勢甚急，等覺出有異，不似別的妖邪法寶一散即滅，忙即抵禦時，業已紛紛射向身上，吃劍光法寶一擋，又化成片片輕煙爆散。彩絲本是細極，化煙以後，越發稀薄得幾非目力所能看見，四外又俱是黃霧昏沉。眾人雖煉就慧目，且在劍光雷火映處，也只看出了一些彩色的殘痕斷影浮漾空際。

眾人方以為妖法已破，無足為害，忽見一道前頭形似風車疾轉的青色精光衝破煙層飛來。後面緊隨一圈佛光，佛光中現出癩姑，一手指定青光，飆輪電馭，才一飛到，便高聲大喝：「此是老怪『五雲桃花瘴』，不可令其沾身，快隨我走！」說罷，手揚處飛出一片金色祥雲，發出萬千金鼓之聲，朝空急升上去。光照處，瞥見紅髮老祖同了三四妖人正由黑影中往下飛降，吃金雲一擋，慌忙不迭往空遁去。這裡眾人聞言方自警覺，已有好幾個猛聞到一股強烈的膻腥異味，神智一迷糊，便自暈死過去。

易氏兄弟是因自己法力較淺，乃母「綠鬢仙娘」韋青青由開府會後臨去時節，再三叮囑小心，始終藏在「九天十地辟魔神梭」以內，滿空追逐，不遇機會輕易不出手，稍見不妙便連頭也不露，以致倖免於害。易、李、方、元四人，早因易靜一說，存了戒心，本在一起，易靜一見神雷去破敵人彩光，和自己「散光丸」、「彈月弩」二寶相似，便知是厲害妖法，忙將「兜率寶傘」放開。恰好林寒、嚴人英、李文衎三人離得最近，彩絲箭雨一般，忙飛過去，連三人一齊護住。還有向芳淑同了廉紅藥也雙雙飛來，被易靜一併用寶傘罩住。

紅髮老祖原因妖徒傷亡眾多，切齒仇敵，先想將自己人撤退，再行施為。不料敵人厲害，好幾個妖徒和外來妖人俱吃飛劍絆住，投鼠忌器，略一遲緩，人又撤退大半，被絆住的人勢子更孤，晃眼又被仇敵殺死了幾個。怒焰沸騰之下，因恃有千年荷花所煉靈藥，專治毒瘴，可以起死回生，竟拼著連自己人一同下手，等將敵人毒死，擒到生魂，再行救治重生。一面把「黑煞網」將眾圍住，同時發動「五雲桃花瘴」；一面運用玄功變化，準備由空中飛下，施展「化血神刀」，將仇敵一網打盡，攝去生魂，煉法報仇。

那「五雲桃花瘴」乃苗疆卑濕汙穢沼澤中千萬年淫毒之氣凝凍而成，自經紅髮老祖苦心收集，煉成以後，威力更大，具有靈性，能合能分，不可思議，風雷烈火所不能消。哪怕擊成粉碎，只剩殘痕淡影，幾非目力所能辨識，如不收回，依舊密佈空中不散滅，一不小心錯認妖法已破，立被暗中飛來侵害！休說侵入五官七竅不能逃死，便沾了一點在身上也必穿衣入骨，不過緩死些時。除非當日得到千年荷花，十九難於活命。

癩姑飛行神速，佛光倏地擴大，將眾同門一起罩住，未曾中毒的扶住了中毒的同門，癩姑手起處，百丈青色光輪急轉向前開路，方瑛見狀忙搶向前相助，眾人緊隨在後，一同發動「太乙神雷」助威前衝。青光所到之處，前面黑煙似浪滾濤分，四下飛散，衝盪開一個大洞。一時雷火漫空，連珠霹靂之聲，震得山搖地動，晃眼衝到圈外，正往前進，癩姑赤雲如焰，半天皆紅，由後面上空漫天蓋地潮湧而來，忙喝：「九天十地辟魔神梭速往地下開路，省我行法費事！」

易鼎、易震聞言會意，立將梭光往下一衝，地面上立即開裂一個大洞。癩姑引了眾人一同飛入。易靜等一行四人同了金蟬、石生一同斷後。

易靜先用禁法將地穴入口掩閉，事先並將上面地形變易，另在後左面裂一大洞以亂敵人目光。眾人有神梭開路，癩姑、易靜和南海雙童又都各精地行之術，一直入地四五百丈方始向前急駛。

紅髮老祖為金雲驚退甚遠，等到發覺幻影，知道上當，暴怒趕來，遙望數十道遁光由空下瀉，算計仇敵又用地行之法脫身，急怒交加，趕近一看，離煙圍外不遠地面上有一巨洞，立即施展妖法，把腰間皮袋對著穴口將手一指，便有一股彩煙由皮袋內箭一般往穴中激射進去。約有半盞茶時，估量「五雲桃花瘴」已全放出，對方無論飛得多快也可追上！便欲將毒煙收回，然後查看形跡，是否全數死了。怎知行法一收，彷彿吃大力吸去情景，分毫也未收回。這一驚真非同小可！喊聲：「不好！」連話也未顧得再說，便縱遁光朝前飛去。

他身剛起在空中，便見前面相隔十餘里山谷之中，有一人守在地上，手指不大一圈光華，正收地底射出來的彩煙。目光到處，殘煙已被收盡。那人動作極快，晃眼化作一道晶明無比的青光破空而起。忙縱遁光趕去，紅髮老祖飛行何等神速，竟會沒那人快！眼看青光朝東北方飛去，飛得奇高，神速已極。多年心血收集祭煉之寶自不甘心失去，一面加急追趕，又將化血神刀隔遠飛去，哪知仍追不上！飛遁迅速，一會追出五百里外，眼看快被「化血神刀」追上，青光一閃，忽然不見，連那人形貌也未認出！

紅髮老祖又憤又急，停下一看，不見人影，空自憤急，無計可施，只得回宮去不提。

卻說「女神嬰」易靜、癩姑等率領眾同門，護了中毒之人到了地底，連馳行了百餘里，回顧身後無人追來，才放了心。癩姑回顧易靜道：「老怪物『化血神刀』竟未使用，此時也未追來，我們到了碧雲潭可以從容救人，大是幸事！」

易靜道：「老怪物許是大意一些，他那『五雲桃花瘴』一舉可以毒死多人，適才忘了同時使用，等到想起，已然無及。這幾位同門師兄姊妹，是你用法牌傳聲請來的嗎？」

癩姑笑道：「法牌一經行法人的擊動，所有持牌的眾同門全有感覺，不是只向一人，我如請人相助，你和瓊妹相隔得最近，可聽見嗎？」

易靜道：「這層我也想到，因方、元二位道友仙居外設重重禁制，行法神妙罕見，嚴密已極，又見諸同門四方趕到，不謀而合，所以疑心你傳聲告急時也許為禁法所阻哩。」

癩姑笑道：「連我也是盜到老怪千年荷花所煉靈藥以後，得人指點才知道的。」易靜喜道：「老怪靈藥竟會被你盜來！先前你說可以從容救人，我還不信哩！」

不一會，由地底到了湖前平地之上，一聲雷震，裂地上升，易氏弟兄當先出土，收了「九天十地辟魔神梭」。眾人雖然大獲全勝，因有六人中毒待救，見了當地美景也無心觀賞，匆匆由方、元二人行法，由虹橋上飛渡過去，到後賓主一面禮敘引見，一面把中毒之人放在洞中石榻之上臥倒，癩姑將所盜靈藥取出，分與易、李、方、元、林寒、陸蓉波六人，將新得來的治法傳了。取來湖水，各含了一塊在口中，再含一口湖水，運用玄功，朝死人頭上噴去，那藥立化作一片綠煙，罩向死人面上。六人再用真氣微微吹動，使其由頭到腳，順序佈滿，籠罩全身。

約有半頓飯時，眼看死人身上有極淡彩煙冒起，吃綠氣籠住，漸漸在內消滅。那綠氣也由濃而淡，以至於無。再將另一種碧綠清香的丹丸給每人口中塞了一粒。本是通體烏黑，面如烏金，氣息全無。自從彩煙冒起，與綠氣一併消滅，面色便逐漸恢復，與睡熟中相似。眾人多道：「好了。」

癩姑道：「早呢，六位同門功力不同，回生許有先後。那瘴毒奇烈，痊癒少說也須一個對時以後，此時不過保得命在，又服了同時並用的靈藥，否則毒雖去盡，內腑五臟不免受傷，那痛楚先難忍受，這還是有根骨的修道之士，如換常人，就這一會兒工夫，不化成一灘膿血，也只剩個骨頭架了。你道險是不險？」

等了一會，六人已自次第醒轉，眾人見狀，料已無礙。癩姑又給六人口中各塞了一粒丹藥，方始同去外間，各敘前事。原來癩姑才一人禁地，便遇一妖徒，行法制住一問，竟是以前百蠻山陰風洞綠袍老祖門下隨引，自為金蟬所救，改投紅髮老祖門下，早有意改邪歸正。癩姑大喜，得他指引，深入重地，盜走了千年荷花靈藥。等到回轉妙相巒，見紅髮老祖放出「五雲桃花瘴」，知道厲害，先放出屠龍師太的一道靈符。紅髮老祖見金雲乍起，以為是屠龍師太親自到來，大吃一驚，遁出老遠，才被癩姑將人從容帶走。

而金蟬等人，則是受一位異人差遣而來。眾人問將起來，金蟬道：

「事是真奇，我至今還測不透，這位仙長是什麼門道。我們固然功力不濟，可是自從大破慈雲寺起直到開府銅椰島之行，正邪各派中的異人以及各位前輩仙長，也見過不少，法力高強的甚多，就沒看見像他那樣奇怪的。」

原來金蟬等六人和白眉和尚座下「小神僧」阿童，與眾同門在銅椰島分手之後，四處雲遊。一日七人正在練功，事先設有禁制，忽然面前出現一個白衣少年，手持竹枝，笑嘻嘻望著各人。七人大驚，一起出手，但法術無靈，所有法寶也全部失去效用，眾人驚惶失措之間，來人對阿童說了幾句，旁人也未聽到什麼，阿童已滿面笑容，隨即和來人一起離去，金蟬等六人始終不知那人是何方高人！

眾人聽了，心中驚異，正在猜測，忽聽銅鼓咚咚，殺聲甚急，由湖心中透出。方、元二人倏地一驚，飛身趕將出去，眾人料知有事，也忙相繼追去，易靜忙道：「敵人邪法難測，我們還有六人中毒未曾痊癒，外層禁制已為紫郢所破，門戶無異洞開。為防萬一敵人侵入，不可無人守護。二甄師弟與易鼎、震二侄均擅穿山行地之法，如聽我傳警，速帶六人衝開後面石壁先行遁走。」

甄、易四人應了，易靜說完也自追出。方元二人正在湖面行法，湖面上靈旗招展，湖心圓鏡又現。只見妙相巒那邊紅光突湧，黑氣蓬蓬上沖霄漢，飛也似湧出數十畝大小一片暗赤雲光，中現數十妖苗，紅髮老祖為首，飛馳而來，飛行異常神速。鏡光中望去，只見無數山巒峰嶺溪谷巖就迎著敵人來路似電一般閃過，晃眼功夫已被飛越百里遠近，看那情勢正對當地而來。

第五回

正反五行 北極求藥

金蟬、石生、秦寒萼齊聲說：「老怪師徒分明是朝我們飛來，這裡地方不大，外層禁制已無，只剩湖上這片阻隔，未必能將妖苗阻住，看這來勢甚凶，與其等他上門，還不如分出人來迎上去呢！」

方瑛忽道：「使不得，這湖上禁制比起外層大不相同，威力要強得多，便算敵人能知奧妙，要想破去也非一時半刻所能，我們樂得以逸待勞，隔湖而守。等老怪師徒到來，看事行事，如覺能敵，再分人過湖與鬥，稍覺不敵，退回時也方便些。」

易靜忙點頭稱善，就這幾句話間，大片紅雲鋪天蓋地由左側數百丈高的危崖之上疾捲過來。那來勢比第一次對敵所見還要兇惡，又添了六個男女妖人，紅髮老祖已換上了一身古怪裝束，滿頭紅髮一齊披散，身上穿著一身孔雀翎毛織就的短衣，一條短褲，上身左臂偏袒，下身雙腿到腳一齊赤裸。另披著一件其長過人的紅斗篷，不知何物所製，薄如蟬翼，光色豔鮮異常，後半拖出老長，周身俱是紅雲圍繞。背插三叉一刀，左肩另掛著一黑漆葫蘆，腰間還佩有革囊寶袋之類。

紅髮老祖本非弱者，失了「五雲桃花瘴」之後，因覺山中空虛，恐有別的仇敵乘虛而入，趕緊回馳。痛定思痛，回去神宮運用玄機一占卦，算出仇敵所在處就在不遠，並還有兩個舊對頭在，久已居此，自己竟會不知，又驚又怒，立時率眾趕來。

一到之後，因湖上禁制微妙，一時看不出形跡，正在行法查看，忽然遙聽對面喝罵道：「無知老怪，你那辛苦煉成的千年荷花，被我盜去，敵人深入腹地，盜走你的靈藥，宛如探囊取物。你竟一無所覺，夜郎自大，豈非無恥！再如執迷不悟，不等四九重劫之到來，便不免身敗名裂了。真如不知進退，也不必急，有本領將仙法破去，自然與你相見！」

紅髮老祖大怒，正待答言，忽又聽另一女子接口道：「你看老怪物眼注我們，似要冒出火來，必有詭謀。師妹們不可造次，我們在此安如泰山，樂得看他師徒獻醜，譬如一群豬狗，理他則甚！」另一人道：「易師姊說得極是，就過去誅戮他們，也不必忙此一時。」

紅髮老祖心方憤恨，猛聽連聲慘嘯，身後忽然一陣大亂。忙即回顧，就這一轉臉的功夫，猛聽急風颯然，眼前光彩一閃，對陣青霧中突湧起一幢彩雲，當中裹住一個女子。

紅髮老祖剛喝得一聲：「賤婢——」猛覺眼前有兩絲銀芒一閃，知道來人正是秦氏姊妹之一，用「彌塵旛」護身，用天狐所傳「白眉針」暗算，心中一驚，情知厲害，哪還顧行法傷敵，慌不迭運用玄功將氣穴七竅一齊閉住，縱身飛起！

那出陣來應戰的正是秦寒萼，知道紅髮老祖玄功奧妙，早打好乘隙出擊之策。「白眉針」一發七根，分上、中、下三路同時併發，驟出不意，來勢萬分神速。紅髮老祖知此針來歷，不問能否避開，趕急先閉氣穴七竅，一面急運玄功，才未被深入氣穴直刺要害。

可是七針全被打中在面門、肩胸等處，緊嵌在皮肉層裡，只氣穴一開，仍順穴道向上逆行。除卻陷空島「吸星球」可以吸出而外，只有運用本身真火煉化，但非當時可了，仍用本身迎敵已是不能，咬牙切齒朝著寒萼目眥欲裂獰視了一眼，怒吼一聲，紅光一閃，便往崖外遁去。

紅髮老祖逃時，瞥見身後早有八、九個敵人現身，滿空光華，電舞虹飛，同來諸徒黨傷亡了十來個，餘下正在苦鬥。當時報仇心切，身上又隱伏危機，事已至此，不暇兼顧，百忙中看了一眼，仍自匆匆忍痛飛走。

按說以寒萼的功力，比起紅髮老祖相去無異天淵，驟出不意，一時僥倖建此奇功，本應得意不可再往，見機速退，也可無事。偏見眾同門打得熱鬧，見獵心喜，忙催雲幢飛將上去，一面放出飛劍，口中大喝：「老怪已為我『白眉針』所傷，遁走回去，諸位師姊師兄切勿放這些妖孽漏網！」

癩姑、英瓊等人本定小勝即回，也因見紅髮老祖敗走，這些妖物正好誅戮，不捨即去，卻不想蜂蠆有毒，何況對方玄功變化，那高法力，豈有受此重創奇辱不謀報復之理！

眾人正在高興，猛聽高空厲聲大喝：「無知小狗男女，叫你知道厲害！」同時眼前一暗，滿天空俱吃血紅籠罩，成了暗赤顏色。數十道妖光邪焰一閃即滅，對敵眾妖人一齊失蹤。元皓、癩姑知道厲害，忙喝：「眾人速退，留神老怪邪法！」說時，已自無及！

只見瀰天血氛中有一三尺許長赤身人影飛墮，只一閃便朝秦寒萼飛去，來勢神速從來未見。眾人雖然大勝，對於防身並未疏忽，瞥見血光一現，知道大敵去而復轉，早將護身異寶取出施為，十來道金霞祥輝，各色精光紛紛激射而起。

癩姑、元皓見紅髮老祖明知秦寒萼有「彌塵旛」護身，仍舊先朝她飛去，知是來報「白眉針」之仇，如無剋制之法，不會如此！忙同急飛過去，只見小人手揚處，便有一隻畝許大小的血手影抓向雲幢之上，緊跟著右手指處，一道比血還紅的精光，長才尺許，電掣而出！

二人越知不妙，癩姑首將輕不肯用的佛家降魔至寶「屠龍刀」飛出手去，同時元皓手揚處，大片青光箭雨發出。說時遲，那時快，就在這雙方施為瞬息之間，那雲幢已被大手強自抓起。癩姑「屠龍刀」和元皓的「太乙青靈箭」雙雙趕到，彩雲波動中，「化血神刀」所化的血光已乘虛侵入，只見雲影裡有一團明光耀處，寒萼一聲慘叫，已受重傷！

紅髮老祖百忙中瞥見左側二寶飛至，不暇再施毒手，又以來的二女一有佛光護身，一有異寶護身，無法加害。心想有此一刀，也難活命，意欲索性施展玄功變化，出沒隱現於敵人叢中，用「化血神刀」乘機多傷他幾個。便不和二人硬敵，忙將神手、神刀一齊收回，身形一閃，便往右側飛去。

恰值向芳淑在「納芥環」護身之下飛來，一照面，「納芥環」先被奪走，「化血神刀」飛到，又受重傷。易靜隔湖傳聲遙喚，連命速退。南海雙童首由地底遁走，易氏弟兄也駕「九天十地辟魔神梭」飛回崖去。元皓、癩姑自寒萼一受傷，料知凶多吉少，搶上前接住一看，寒萼身在寶相夫人內丹寶光籠罩之下，右膀中了一刀，面如金紙，人已一息奄奄，總算「彌塵旛」靈異，二人應援又快，未被奪去。

二人知道此刀中上，至多對時必死，只得由元皓護持著同駕「彌塵旛」送了回去。癩姑忙再回看陣中，向芳淑危急，忙指「屠龍刀」飛身往援時，忽見一道金光如神龍倒掛，刺破瀰空血焰邪霧，自天直下，光中現出一個少女，正是齊霞兒。手持一鼎，鼎口內射出百丈金霞，電馳飛墮！

向芳淑「納芥環」已然離身，腿際已吃刀光掃中，因不捨「納芥環」，一面縱遁光欲起，仍在咬牙切齒運用法力想將法寶收回。霞兒一到，口喝：「老前輩手下留情！」說時鼎口中金霞已朝那大手射到。

紅髮老祖驟出不意，忙使法力抵禦，微一疏神，「納芥環」便脫手飛去。向芳淑這一猛用真氣，雙足齊斷，齊霞兒一手代將「納芥環」持住，金光往下一沉，就勢搶了斷足，喝聲道：「大家速退！」率領眾人便往湖上青霧之中飛去。

紅髮老祖見狀大怒，正欲窮追，癩姑「屠龍刀」恰好飛來擋住。對湖易靜見同門受傷，也動了義憤，率領莊易、嚴人英等功力較高的幾個趕來接應。易靜當先把專破元神的「散光丸」、「彈月弩」發將出去，霞兒往霧中退去，晃眼無蹤。

紅髮老祖正想用玄功變化暗算癩姑，忽見易靜現身，二寶飛來，不得不閃避，癩姑聞得霞兒催回，也自乘機收回「屠龍刀」遁退回去。紅髮老祖雖然傷了人，「白眉針」之仇算是報過，認作禍首的易、李二人卻一個也未傷到。敵去以後，將適用法術隱蔽遁去的眾徒黨召集過來。

紅髮老祖一點人數，這次隨來的十八名門徒只剩了七人，內中還有四人受傷。長次兩輩門徒傷去大半，幾個功力較深最心愛的全都葬送，一名不留！

紅髮老祖怒氣沖天，恨逾切骨，一面行法給眾治傷，厲聲喝道：「我起初因忿賤婢無禮，不過略施儆戒，誰想他們用心如此狠毒猖狂！此仇不報，誓不為人！適才一時大意，為小妖狐『白眉針』打中，今番我以元神行法，任他峨嵋小狗男女持有諸般法寶，也莫奈我何！爾等且退一旁，等我上前施展無邊法力，將這些小狗男女一網打盡，然後再約集各方道友同往峨嵋去尋諸老鬼算帳！」

紅髮老祖話一說完，立時施展妖法，攻打籠罩在湖面上的禁制。

卻說霞兒等救了受傷的芳淑和寒萼二人，回到湖畔，道：「『化血神刀』含有奇毒，雖有靈丹可保不死，但終不如北極陷空島『萬年續斷』和『靈玉膏』治這類毒傷巨創具有特效。要救人，便須去陷空島求取『萬年續斷』和『靈玉膏』！」

眾人素知陷空島之名，聞言都自告奮勇，霞兒又道：「陷空島主陷空老祖開府之時，曾派他大弟子靈威叟前往觀禮，照說似可求得。但是此老遠隱北海窮荒已歷千年，性情孤僻，非常理可喻。島宮深居海底，為防外人擾他清修，禁閉嚴密，行動虛實均難推算，可由眾人中推出數人前往量力行事。」

這時寒萼斷了一臂，向芳淑雙足刖去，傷斷之處點血不見，只冒微煙，雖仗玄功強自運用真氣，人已面如烏金，痛徹心骨。盧嫗靈藥端的神效，口服不怎顯，治外傷卻是靈極，也不用甚方法，只將藥嵌在傷處，斷肢便接好，一口真氣吹上去，立化一股五色彩煙，異香撲鼻。將傷處裹好，眼看痛止，汗血流出，自然生肌接骨，皮肉長合。一會兒便漸平復，精血也已通行，只不能運用真氣，一切均與常人無異。霞兒把話說完，略微敘談，因另外有事，便要離去。

元皓道：「老怪物見我們退守不出，還當怕他，此時湖中禁制已全發動，不愁他當時攻進。正好藉送姊姊為由，氣他一氣。」霞兒含笑點頭。方瑛想攔，元皓已如法施為，手指一道長虹般的金橋往對岸緩緩伸過去，一面舉手肅客相送。

霞兒知道陣法已現，再隱無用，樂得藉此給對方見點顏色，便把手一舉，向眾人作別，往虹橋上走去。元皓陪送同行，湖形一現，雙方動作隔湖相望，無不畢見。紅髮老祖正在大施法力想將前面青霧破去，忽見煙光變滅現出陣形，才知對面乃是一片湖水，上設禁制，自己枉施法力，分毫沒有攻進！

紅髮老祖勃然震怒，正待下手，耳聽元皓嬌聲說道：「齊姊姊請行，老怪物你不叫我傷他，只好不遠送了。」

紅髮老祖心中憤怒，身形一晃，化作一隻血手影，想連人帶橋一齊抓住，一面放出「化血神刀」朝霞兒飛去，哪知金橋撤得比電還疾，手剛飛起，便自急收回去！湖上立有千百丈金光挾著風雷之聲湧來，不敢冒進，只得含憤將血手收回。「化血神刀」剛飛出去，眾妖人已各施威相助，一時煙光交織，法寶齊飛。

霞兒冷笑一聲，左手將鼎一舉，鼎口內一聲龍吟，飛出百丈光霞將「化血神刀」敵住。同時右手一指，「太乙神雷」將四外煙光邪法連同當空暗赤色的妖雲一齊蕩開，飛身直上。等紅髮老祖收回血手追趕時，只聽霹靂連聲，數百丈雷火金光飛舞中，霞兒已化作一道匹練般長虹破空飛去，一閃不見。

紅髮老祖先前連次無功，本已看出一些端倪，因見對方俱是峨嵋門下，不應有這類法術，心中還在遲疑。及至元皓輕敵現出湖面，細一觀察，對方用的竟是「奇門七絕惡陣」！知道此陣共有七層禁制，中藏先天奇門五遁之禁，比起正教中的「兩儀六合陣」雖有弗如，但以旁門法術來論已是登峰造極，無與比擬！再加這陣法逆運五行真氣以為己用，上干造物之忌，習此法的人如非連經天劫，本身功力深厚，道法高強，便精此法也輕易無人敢用！近今各異派中長老以及海內外散仙中有名人物，只三四人有此法力，照此看來，對方必還另有旁門中的高人相助無疑。

紅髮老祖認明了禁制陣法，便從法寶囊內取出五面妖旛，分五方五行擲向空中，與湖遙對。然後手掐靈訣，施展法力。一會佈置停當，將雙手合攏一搓一揚，立時煙雲滾滾，佈滿全陣，彩光四射，滿空暗赤焰雲幻泛星彩，直似一片極鮮豔的濃血，將湖對岸天空掩了個風雨不透，湖水上空卻是星月交輝，碧空雲淨，兩兩相映，頓成奇觀。

坪上眾峨嵋弟子見紅髮老祖所布陣勢占地不大，滿臉獰厲之色，在陣中上下盤旋，往來飛舞，行法甚疾。

忽見紅髮老祖將手一指，正南方妖旛一片風雷之聲過處，立有一大團雷火飛起朝湖上飛來，方瑛看出敵人用「丙丁真火」來試頭陣，乙木青氣所藏反五行的真金已被識破，笑喝：「老怪物你只知其一不知其二，我這裡正反五行相應，還有癸水在內呢！」

方瑛手指處，湖上靈旗似走馬燈般疾轉如飛，一片青光電掣而過，跟著一片銀霞湧起，迎著那畝許大一團烈火兩下一撞，倏的變為一片黑氣向那火包沒上去。

誰知那火球也暗藏五行變化，與銀光一撞便即爆散，分一為二，由火中激射出來的百丈黃雲，反將黑氣緊緊壓住，同時那火也一同加盛，轉眼佈滿湖心，將銀光隔斷。上下四層互相包圍，各不相下。

方、元二人一見，才知敵人以丙火戊土相生來破頭層金、水之禁，此中機密已被敵人得去，頭層禁制已被占了勝著，除以強力加增金火之力，使多相持些時，與敵人丙火戊土同歸於盡外，已然無法挽救！事出意外，不禁大吃一驚！忙即加緊催動陣法，一面仍以金、水二遁相抗，一面準備發動第二層禁制，以備接替。

紅髮老祖見敵人竟能舉重若輕，並不再化生別的遁法來剋制這火、土二遁，只以本行真力相抗，意欲對拼。以致自己準備的破陣之法不能連續發動，威力固然減去不少，結果敵人陣法雖破，自己的法術也與抵消同盡，那五面寶旛也必連帶毀去，大出意料之外！

紅髮老祖在識穿「奇門七絕惡陣」之際，心中便自犯疑，不知何人在後主持此陣。此際一見對方如此應付自己破陣之法，心中陡地一動，立時想起五百年前一件舊事來，這件事在他心中五百餘年未曾稍釋，這時遽然想起與此事有關的一個厲害人物，不禁大驚！可是事已至此，說不上不算來，只得加功施為，使丙火戊土之力有增無已，似這樣相持有半個時辰，方、元二人只管仙傳法術神妙，終禁不住自然相剋之性！

湖面原本一泓清水，只有大小數十面靈旗浮空植立。自從雙方一鬥法，重又雲光雜遝，靈焰飄空。這時靈旗已隱，全湖俱在黑氣籠罩之下，上面壓著密密一層黃雲，雲上一層銀光，光下又是一層烈火，層層緊壓，密無縫隙，層次分明，互為消長。上下四色齊煥奇光，始而各不上下，漸漸烈火黃雲勢盛，黑氣已快壓向水面！

方瑛看出不妙，忙以全力施為，那數十面靈旗所到之處，黑氣銀光突然加盛湧起，頗有反奴為主之勢，忙運玄功，一口真氣噴將出去，將手連指幾指，烈火黃雲也自增強。上下磨軋，互發怒嘯。

正對抗間，靈旗煙光變滅中，忽由水底激射一道彩光，將四層煙光一起衝破。到了最上一層，似輕煙一般散佈開來，將上下四層一齊包沒。緊跟著驚天動地似的一聲巨震，裡外一齊爆散，化為千萬縷紅、黃、銀、黑四色彩絲，滿空飛射，一閃即滅。紅髮老祖見折了一面寶旛，陣法才被破去一層，樂不抵苦，急怒之下，索性一不作二不休，又將一片白光飛起。

方瑛知他用庚金為引，暗藏五行，隨心變化。陣法雖然奧妙，自己法力有限，不能儘量發揮。如誤認庚金只能化生癸水，妄想抄他丙火化生戊土前文反剋，必又上當。轉不如按照原定各層次序，由他破去，仍與同盡為是。便不等敵人變化，逕將第二層的木、火二遁同時發動。紅髮老祖原是虛實互用，第二次破陣將四面寶旛一齊展動，沒想到敵人絲毫不亂，明致兩敗！

白光飛到湖上，先是一片青光飛起，兩下一撞，青光乙木化生丙火，白光庚金已變化癸水，青、白、紅、黑四色煙光上下緊壓相持，與第一次情景一樣，相持到了最後，依舊靈旛展動，彩煙飛起，上下包沒，一聲巨震同時消滅。

似這樣四五次，時光已由夜入晝，到了次日中午。紅髮老祖法力本高，加以仇深恨重，施展全力相拼，每破一層陣法必加上好些威力。

到最後，正準備施展毒手，用「六陰絕滅神功」破去反五行禁制，將方圓百里以內震成齏粉，忽聽對岸眾妖人呼喝之聲傳來。

就在這聞聲驚顧，瞬息之間，四五道匹練般的光華已自天飛射，內中一個身劍合一的紅衣少女，手上發出百丈金霞，耀眼生花，光華奇強。正是「女神童」朱文，後面緊隨齊靈雲、周輕雲、岳雯三人。

紅髮老祖不禁又驚又怒，方欲喝問，四人中的齊靈雲已在寶光護身之下開口：「老前輩且請息怒，聽我一言。」底下話未出口，紅髮老祖恨極之下，哪容她分說，口喝一聲：「小狗男女！」立即下手對敵！一面催動血焰魔火，一面施展玄功變化重又幻化血手，想傷害四人洩憤。元神一晃自隱去，所幻大血手已然現出，向四人抓來。

朱文一眼瞥見，手揚處便有一粒豆大紫光照那血手影打去。此寶名為「霹靂子」，乃上次英瓊在幻波池所得寶物之一，當年聖姑用無上法力在兩天交界處收斂空中將發未發的雷電之氣凝煉而成，共煉有百餘粒，開府時妙一真人將聖姑所贈法寶分贈眾門人時，將此寶分作兩份，朱文便得了一半，雖然每粒只用一次，但是威力至大，比起正邪各教中的各種神雷還要厲害！

紅髮老祖自恃玄功奧妙，此寶初發時又只一粒紫色星光，光雖奇亮，並無別的異狀，也無聲音。萬沒想到昔年幻波池威震群魔的「乾天一元神雷霹靂子」會落在一個峨嵋後輩手裡！加以被困六人見來了生力軍，血焰魔火已被鏡光衝盪，宛如浪濤起伏，精神為之一振。

紅髮老祖還待用血手去抓，說時遲那時快，那紫光一觸即發，血手才一挨上，立化為紫色焰火爆裂，聲勢之猛，直少倫比！紅髮老祖驟出不意，怒吼一聲，向旁遁去。猶幸功力深厚，傷退下來，忙一運用玄功，便自勉強復原，就這樣受創已是不少！岳雯看出敵人敗退，乘機連發「太乙神雷」，加上「天遁鏡」寶光一照，四外血光越似紅雪山崩，波翻浪滾，紛紛消散。

紅髮老祖眼看對方來的四人，從容飛向敵方，與眾會合，更是怒發如狂，正準備豁出去一拼，忽聽有人由遠處傳聲說道：「藍苗子別來無恙？可笑你枉自修煉這多年，五百年前的故人竟會對面不相識！那『五雲桃花瘴』只可算是五百年來的利息，你今日元神在此賣弄，那法身用不著，也吃我暫時扣住，一會有人代我向你算帳。我此時是神遊在外，不願見你，轉託別人，你總不致於非要我親身到場不可吧！」說罷，語音寂然。

紅髮老祖原是貴州熟苗，本來姓藍，極少有人知道。再聽那說話人聲如嬰兒，相隔至少也有三百里外，知是生平惟一對頭剋星，法身也被盜去。全是此人所為！知道此老得道千年，法力甚高，不可思議，無人能敵，為方今旁門中最厲害的老前輩，性情尤為古怪，處置異己，心辣手狠，形神不留！自己只管平日好強好勝，好容易修煉到今日的地步，忽然相隔數百年久無音信的強敵剋星尋來，遇到這等比四九天劫還難躲避的生死存亡關頭，也由不得心寒膽悸，宛如鬥敗公雞，自知無倖，呆在那裡做聲不得！

靈雲、岳雯等四人知他膽怯氣餒，自認形神俱滅就在眼前，更無心力再事尋仇。見一圈佛光穿陣而至，晃眼到達。洞口霞光連閃幾閃，反五行禁制便自收去。來人把手一揚，發出一片青光。青光一現，紅髮老祖知道此光來歷，心情惶急，忙把血焰魔火招回。來人也把青光收轉，連身外佛光一齊斂去，落下身來。

洞內諸人早看出來的正是小阿童，好生歡喜，湧了出來。

阿童還未開口，紅髮老祖面容慘變，已先說道：「你是枯竹老人叫你來的麼？當初我雖不合犯他，也是事出無心，又迫無奈。並且此事已蒙韋八公求情解免，怎又舊事重提起來？老人想必離此不遠，煩勞道友引往一見，與他當面分說如何？」

阿童冷笑道：「你倒說得好哩，老人對我說他此時不願見你，也知你有話推托。但你應該知道當初他向你和韋八公所出的題目並未做到，你並還負了韋八公，怎能怪他食言！現在你那法身已由他還了我當年的法寶，將它釘在你那隱藏之處。你此時就在我手裡，縱然脫逃出去，元神往上一合，也是同歸於盡了。自己行為自己明白，虧你還拿韋八公來做說詞，固然他因禍得福，轉歸佛門，將來可望證果，照你所行所為你還有面目見他麼？這是你自種的惡因，今日受報，怨得誰來！」

眾人見對方這麼法力高強、驕橫自傲的人，見了阿童竟好似害怕已極。心方驚奇，紅髮老祖聽到末兩句益發神情喪沮，厲聲喝道：「照此說來，莫非你便是韋八公麼？」

阿童笑道：「你居然有點眼力，隔了好幾世還認得出，如不是我，誰能代他來哩！」話方說完，紅髮老祖面容忽轉獰厲，滿口鋼牙一挫，猛然一晃身形，便自隱去。

眾人疑他情急反噬，惟恐阿童驟出不意，受了暗算，紛紛上前圍護時，只聽阿童笑道：「我先還不知前生因果，當你有些門道。如今我前生法寶已蒙老友交還，有了制你之法，這樣就被你逃走了麼？」話還未畢，手先朝外一揚，一道靈符飛起，青光一閃，湖中「波」的一聲，湧起青熒熒一幢冷光。

紅髮老祖身形忽現，裹在其內，連掙兩掙無效，一聲長嘆，便把雙目一閉，不再言語。眾人才知湖中另外還有一層專制敵人的埋伏，事前連方、元二人也不知悉，好生駭然！

阿童所說的那人，正是大荒山枯竹老人，也是紅髮老祖生平唯一忌憚之人，其中因由，下文自有交代。

此際隨同紅髮老祖來的眾妖人一見紅髮老祖被擒，亡魂皆冒，紛紛逃走。眾人正想著看阿童如何處置紅髮老祖間，猛又瞥見崖外飛越進三道金光，其勢比電還急！

來人正是「嵩山二老」白谷逸、朱梅，同了凌雪鴻轉世的「玄裳仙子」楊瑾。

白谷逸還未飛到，先把那道金光朝青光上蓋去，強力吸起，往上一提。紅髮老祖猛覺身上一輕，如釋重負，睜眼一看，見是好友白谷逸正以全力來援，身外青光已被吸起，當時喜出望外，忙要乘隙衝出。忽聽追雲叟喝道：「道友不可妄動！你不知那位道友脾氣麼？萬一因我破法，親身趕來，誰還再能救你？少安勿躁，解鈴還須繫鈴人，已有朱矮子和峨嵋諸弟子為你解怨，一會便沒事了。」

人到危急之際忽遇救星，再一想到對頭委實不能和他硬來，哪裡還敢妄動！紅髮老祖口中諾諾連聲，不住稱謝。

這時朱、楊二人已落崖上，朱梅向阿童道：「小和尚，你能代枯竹道友作幾分主意，看我三人和你這些小友分上，饒了老苗子罷！」阿童未能答言，金蟬和白、朱二老頑皮已慣，故意攔道：「不能，他用桃花瘴、化血妖刀連傷我們多人，非報此仇不可！」

朱梅把小眼一瞪，佯怒道：「胡說，小和尚如聽你的話，我便尋你們六個小鬼的晦氣，再和老和尚說理去！」

楊瑾也在旁笑勸說：「紅髮道友並非惡人，此次也是受了孽徒之愚，有激而發，他又於我有恩，望諸道友勿為已甚。」

阿童也不還言，只望著金、石、六矮微笑。

金蟬道：「小師父你真壞，自不放人，卻望我笑！鬧得這位矮老前輩以大壓小，其勢洶洶。我惹他不起，愛放不放，沒我們的事！」

阿童笑道：「他還要向我的師父告狀呢！這等不准也得准的硬人情，真不甘服哩！」

朱梅正要還言，楊瑾已先接口道：「小聖僧大度包容，念他多年苦功，修為不易，放了吧。」靈雲等也同聲勸說。

阿童道：「我本不知前生之事，自從前日枯竹老人一說，才知這廝以前行為忒也可惡！既是諸位道友說情，只他肯永遠洗心革面，不與妖邪同流，不特我與他解去前生仇怨，連枯竹老人也不再與他計較了！」

朱梅笑道：「小和尚，你只把『乾天靈火』撤去，免得枯竹老人多心見怪，你說這些話包在我三人身上，必能辦到。他也修道多年，一教之主，莫非還要他親自向你陪罪，才能算完不成？」

阿童正要回答，忽先那嬰兒口音在遠方傳聲道：「藍老苗，如不是峨嵋齊道友來為你說情，以你昔年所為休想活命。韋道友既不與你計較，我也破一回例，真正便宜了你！」說時那幢青光本吃追雲叟運用玄功勉強提離本位，枯竹老人語聲一住，倏地刺空飛去。

紅髮老祖知已脫險，滿面慚羞，欲向白、朱、楊三人道謝，追雲叟恐他眾目之下難以為情，忙道：「道友久戰之餘，元神不免稍勞，還有那

『白眉針』也須化去，回山歇息吧。」

紅髮老祖聞言自是感激，忙朝阿童遙一舉手，說道：「多謝八公不念舊惡，僥免大劫，異日再當面謝，我告辭了！」

白、朱、楊三人圍看紅髮老祖飛去，金蟬便問阿童以前經過。

原來阿童前生也是旁門中散仙有名人物，與枯竹老人同時，還是紅髮老祖師執前輩。彼時枯竹老人時常神遊轉世，遊戲人間，行道濟世。這一世轉生在一個生苗家中，滿頭紅髮，貌相醜惡。彼時紅髮老祖已然修道多年，尚未創教收徒，法力也自不弱。那日二人無心相遇，紅髮老祖不知他便是枯竹老人元神轉世，看出道法頗高，欲與結交，初意原本無他。

不久紅髮該當應劫兵解，不知對方於初見之時便有意成全，竟生毒念，乘對方入定之時將原身攝走，又在當地設下埋伏，想禁制對方元神，強佔他的廬舍。誰料事成之後，對方忽然出現，自道來歷，力斥他不義之罪，索還軀殼，還要消滅他的元神報仇！

紅髮老祖久聞老人威名，嚇了個魂不附體，理屈力弱，不敢與抗，慌不迭突圍遁走，逃到韋八公處求救。

八公力向老人求情，說：「你每次轉劫法身，多是修到年份尋一深山古洞在內入定，元神卻遁回山去，待不多時又出投生轉劫。對於以前洞中存放入定的法身就此封閉在內，極少復體再用，反正棄置，樂得看我面上成全後進。」

老人首說紅髮老祖不應如此狠毒賣友，又說自己屢次轉劫留存的法身，日後還有大用，非索還報仇不可。後因八公再三求說，才出了一個難題，要紅髮老祖在一甲子內把老人故鄉三峽中所有險灘一齊平去，否則到時便由八公代為處罰。一面並用法力將他元神遙禁，以便到背約食言時將他斬首戮魂。

八公見老人說得好似戲言，一口應諾，保其必能踐約，並也從旁相助。哪知此事說來容易，做時極難！並且三峽上游兩邊山崖上住有不少法力高強的道士，有的邪正不投，有的不容人在門下賣弄。

江中石礁多是當年山骨，其堅如鋼，好些俱和小山一樣矗立水中，為數又多。昔年神禹治水，五丁開山，尚且不能去淨，何況一個旁門左道！事未辦成，反結了許多冤家，沒奈何只得罷了。

前言未踐，已使保人為難，到了所限年數，又不合心存狡詐，惟恐八公將他獻與仇人，竟自先發制人，去往八公隱居的龍母洞中，暗破元神禁制。走時又把重要法寶和一葫蘆丹藥盜去。剛剛逃走，八公便為敵人所傷，逃回取藥，哪知藥寶全失！一會敵人追上門來，終於遭了兵解。由此歷劫多生，受盡苦難，直到今世方始歸入佛門。紅髮老祖事後才知八公已早代向老人求免，只等到期尋上門來，略加告誡便將禁法撤去。恩將仇報，悔已無及！這多年來，日常想起便內疚。先還恐怕老人重又怪罪，八公轉世成道尋他報仇，事隔多年，並無朕兆，又聽說老人已不再履中土，漸漸放下心去。數百年過去，除偶然想起問心不安外，久已不以為意。誰知此次微風起於萍末，一時意氣，終於將強敵引來，幾乎形神不保！

卻說眾峨嵋弟子，方瑛、元皓二人，齊靈雲來時已奉師命，秦寒萼、向芳淑因受化血神刀之傷，必須靜養。易、李、金、石等人又商量乘此無事，正好去往陷空島求取萬年續斷，早使二人復原，餘人互相略為敘闊便即相繼別去。

癩姑見眾人還在爭論，笑道：「主人都隨齊師姊走了，你們還留這裏則甚？」

易靜道：「我覺得此行不宜人多，既然大家都願看北極奇景，到了那裏只能由我和癩姑下去見機行事，至多帶上兩個舍侄以備破那千層冰壁，如今人數多，不得不把話說明在先，權充識途老馬，請諸位暫時聽我調度。」

眾人齊說：「這裡只易師姊年長，法力最高，我們自然惟命是從好了。」易靜原以六小兄弟初生之犢不怕虎，加上阿童也是一個喜生事的，偏都非去不可，惟恐到時不聽吩咐出了亂子。聞言見金、石等六人隨聲應諾，阿童也在一旁含笑點頭，並無不滿之色，心始稍放。

癩姑又道：「陷空島我雖不曾到過，昔年隨侍家師屠龍，卻到過它的邊界，聽說北極冰原到處都是千萬丈高厚的冰山雪嶺，陷空島在盡頭偏東一面，中間有一片冰原雪海，地名『玄冥界』，終年陰晦，只冬至子夜有個把時辰略現曙光，與小南極光明境終古光明，每年夏至正午有個把時辰黑夜者遙遙相對。」

易靜道：「陷空老祖脾氣古怪，最喜人誠敬相對，加以法力自恃，非吃他虧不可！所以他前曾說，只要有人向道心誠，不畏險酷寒，把這萬餘里的冰山雪海越過，到他島上，便可收為門徒。除大弟子靈威叟，好些徒弟都是這麼收錄的。我們只要中途無事，能到島上，求藥一層便有指望了。」

眾人議定，便即起身往北極海飛去。

這十個人的遁光都極迅速，不消一日便飛入北極冰洋上空。只見下面寒流澎湃，波濤山立，悲風怒號，四外都在凍雲冷霧籠罩之中，天氣奇冷。

英瓊笑道：「好冷的地方，如是常人，還不凍死？」

癩姑笑道：「這裡便算冷麼？才進北海不過千里，離冷還早著呢！再往極邊不知如何冷法！」

易靜笑道：「師妹說的是玄冥界左近，陷空島並不如此。天氣雖然也冷，海水清明如鏡，也不冰凍，上下俱是奇景，奇花異卉到處皆是，才好看呢！」眾人把遁光聯合在海面上空逆流上駛，談說得有興。

忽聞異聲，眾人聞聲一看，乃是由北極冰洋隨波流來的大小冰塊，大的也和小山相似，有的上面還帶有極厚的雪。因是大小不一遲速各異，又受海水沖擊，四邊殘缺者多，森若劍樹。前擁後撞，浪花飛舞中，發出一種極清脆聲音，鏗鏘不已。

忽有兩塊極大的互相撞在一起，轟隆一聲巨震過處，立時斷裂。無數大小冰塊紛如雨雪飛灑海面，擊在海波上面，鏗鏘冬冬。響成一片，好聽已極。

遁光迅速，不覺又飛翔出老遠一程，沿途所見冰塊也越來越大，形態也越奇怪。有的峰巒峭拔，有的形如龍蛇象獅，甚或巨靈踏海，仙子凌波，刀山劍樹，鬼物森列，勢欲飛舞，隨波一齊滿來。海洋遼闊，極目無涯，到處都是！氣候越發寒冷，上面是曦輪失馭，昏慘無光，只有暗雲低迷之中，依稀出現一圈白影，遠近相映，光采奪目。

眾人又往前飛駛了千餘里，見海面上已然冰凍。起初冰層不厚，下面寒濤伏流，激盪有聲，時有碎裂渙散之處，漸漸冰層越厚，四外靜蕩蕩的悄無聲息，混混茫茫，一白直到天邊，也分不出哪裡是海，哪裡是陸地。遁光急駛所發破空之聲，竟震撼得八方遙應。

金蟬獨自當先，正飛之間，發現前面有一座孤峰，撐空天柱，拔地而起。峰頂彷彿中凹，內有一縷青煙嫋嫋上升，只有尺許粗細，當頂四外的雲霧竟被衝開一個比峰還大數倍的雲洞，少說也有四、五十里方圓。知已到了地頭，忙打手勢告知後面諸人。

易靜、癩姑立把遁光放慢了一倍。約有半個時辰，到達峰前只有數十里路，金蟬便向下斜飛，往峰腳落去。眾人隨在後面，一同降落。才出雲層，便見下面現出一片奇景。原來北極全地面都是冰雪壓滿，環著峰腳一圈獨有石土地面。峰形圓直如筆，下有火源，終古冰雪不凝，可是四外俱是冰原，地勢自然凹下了千百丈。站在冰原俯視峰下，宛如一個百餘里方圓的深井當中立著一根天柱。別處冰原多有積雪，這一圈俱是堅冰，看去晶也似，又滑又高，光鑑毛髮。

癩姑把手一招，已縱遁光領頭下降，眾人一同降落，到地一看，那峰不特拔地參天，形勢奇偉，自腰以下到地上，竟是綠油油佈滿蘚苔，蒼潤欲流，與上半石色如玉寸草不生迥乎不同。最奇是環峰一條溪澗，承著冰壁上面飛墮的冰水，宛如一圈千丈晶牆倒掛著無數大小玉龍，雪灑珠飛，雷轟電舞，如聞鈞天廣樂，備極視聽之奇。

癩姑往兩側略一端詳，便打手勢招呼眾人飛去。晃眼飛達峰後，忽見離地丈許峰麓上面有一石洞，兩扇石門緊閉，癩姑令眾停住，自和易靜飛身上去，用手指朝洞門上輕輕彈了兩下，朝門上畫了兩畫。待不一會，便聽內裏有人拖著鎖鍊行走之聲，跟著便聽厲聲發話道：「老東西又來擾我清修作甚！」說罷洞門開處，內裏走出一個身材短小，貌相醜惡，大頭如斗，鬍鬚糾結，手持鳩杖，行路遲緩的老怪人。

老怪人一見洞外來了兩個女子，面色一變，倏地暴怒，一擺手中鳩杖便要打下。杖頭上立有朵朵銀花自鳩口中飛出。癩姑早有準備，不等杖下，手早揚起，手掌上現出一粒豆大烏光。那老怪人立即改倨為恭，一面忙收鳩杖，面帶驚喜之色，肅客入內。

二人剛剛走進，門便關閉。易靜見那怪人腳上拖著一條鐵鎖鍊，似極沉重。洞中甚是高大，共分裡外兩層，外層是一廣庭，約有兩三畝方圓。內層石室兩間，一大一小，老怪人住在小間以內。

同到裡面坐下，老怪人向二人問道：「二位道友可是受託而來麼？」

癩姑也不回答，先對易靜道：「這裡我們可以隨便說話，這位道友名叫烏神叟，以前屠龍家師在北海冰洋中修煉時，因受了別的怪邪慫恿來擾家師，鬥法被擒，身受家師『意鎖』，以至於今，此舉實於他修為大是有益，他年久也已知曉。他投來此處受陷空老祖之託看守門戶，因受了老祖大弟子靈威叟之託，一時徇情，為孽徒『長臂神魔』鄭元規所愚，吃他盜了靈丹逃出界去。老祖恨他縱脫逃去，就罰他在這小峰石洞以內日受風雷烈火之苦！只有我『屠龍刀』能斷此鎖！」

第六回　極源丹井 妖人大聚

易靜聞言，才知癩姑早已胸有成竹，癩姑將話說完，「屠龍刀」已自出鞘，碧森森一彎刀光，繞在鍊上一轉，一下聲響過處，鐵鍊便化為輕煙不見，烏神叟忙向癩姑拜倒，癩姑笑道：「你的事算完了，我們該當如何才能免去前途兩層禁制，一層元磁神光的阻礙，越過這條鐵檻嶺呢？」

烏神叟忙道：「諸位道友過嶺之事自然包在老朽身上，真要不行，至多繞退幾千里路，由冰海底下穿行也能到達，道友只管放心。倒是道友所要的『萬年續斷』和『靈玉膏』，上次孽徒『長臂神魔』鄭元規逃走時盜去了一大葫蘆藥，所剩無多。聞說島主自身不久還有災劫，要留備用，不肯給人，大弟子靈威叟為了乃子靈奇受傷。向島主求了兩次，俱未給與，我看此事甚難！」

二人雖知鄭元規叛師盜寶之事，並不知所盜如此之多，主人所剩無多，艱難原在意中，卻不料難到如此地步！不禁對看躊躇起來。

烏神叟見二女有為難神氣，又說道：「陷空老祖雖然法力高強，終是旁門。這次妙一真人柬請觀禮，聽靈威叟語氣，他師徒覺得妙一真人對他看重，頗以為榮。道友去了，只怕他推說神遊入定，避而不見。只要能見到他，事情並非全屬無望。」

二人又請問島上虛實，烏神叟道：「陷空島水晶宮闕，深居海底，數百年運用法力慘澹經營，環宮四外更有冷焰寒鐵、海氣玄冰、極光元磁諸般埋伏，神妙無方，宮門一閉，多高法力也難闖進。以我所知，他生平只有兩個能克制他的人，一是巫山神羊峰大方真人「神駝」乙休，一是離此西北三千里的天乾山小男。諸位道友到後，如不得見，只把這兩位前輩散仙尋來一位，必能如願以償了。」

烏神叟又說，百年之前，當地曾有一次大震，將地下震裂出許多通道來。靈威叟為使乃子靈奇時時來島上相會，找到一條秘徑，各人可由秘徑前往。

易、癩二人道謝告辭，會合眾人，由烏神所說的秘徑入口處飛進去。飛行了二百餘里，見那甬道並非一直向前，每經四、五十里必有一個轉折，時東時西，往復迴環，繞上一段，重又歸入北行正路。有兩個轉折之處並還現出歧徑，眾人有一次走錯，行不數里，忽見地土崩塌之跡將去路阻住，又退回來，似這樣連經過兩、三處，方始悟出這條甬路乃當初地底靈脈總源。

阿童畢竟稚氣未褪，笑道：「這條地道長得怕人，對方要是發覺有人入他的秘徑，當成仇敵看待，稍為運用法力，這千多丈的冰雪泥土全壓下來，豈不給埋在內！如非諸位道友多精地行之術，要我一人還真有些膽怯呢！」

癩姑道：「小和尚膽子怎這小？就憑這點冰雪泥土就能壓死你麼？倒是靈威叟護犢太甚，此是他日常往來之路，他那寶貝兒子又負傷在此，保不撞上，不過我們遁光全隱，他如對面飛來，或是由後趕到，隔老遠我們先自發覺，隱身貼壁一躲，放他過去，十九可以無事，別的那就不用擔心了。」

正說之間，忽聽後方來路飛行之聲遠遠傳來，其行甚疾。易靜知道空洞傳音最能傳達，自己也正飛行，雖然遁光已隱，破空之聲也曾斂去，遇上法力高深之士仍不免被聽出。又知道這條秘徑只有靈威叟父子的偶然來往，別無他人，這兩人俱非庸流，恐被識破，於事有礙，忙命眾人乘其未發覺前趕即停住。

停有半盞茶時，來人才自飛過，眾人見那人是個猿背鳶肩、貌相英俊的白衣少年，所駕遁光正而不邪，看去神情似甚匆遽，又略帶有驚喜之容，正以全力催動遁光加急前駛。

易靜知是靈奇，方想：「莫非我們蹤跡已被發現？」心念才動，遁光已一瞥而逝。便把眾人遁光聯合，運用法力斂聲隱形，緊緊隨在後面，相隔只在數十里左近，一面留神戒備，一味啞飛。

靈奇始終不曾回顧，中間又連經了好幾處轉折，歧路更多，因靈奇是熟路，前面有人領導，眾人省事不少。中間癩姑疑靈奇往向乃父告密，想追上去將他截住問明情由，易靜力主不可，也就罷了。

飛不多時，出了地底，到了一座冰谷之中，靈奇已然不見。那冰谷對面，危崖特高，並還連有一座高矗雲表的大山，上積萬年玄冰白雪，明光耀眼，氣候奇寒。天空仍是暗雲低迷，氣象陰肅，荒涼已極。阿童笑道：「北極寒荒，此地相隔陷空島已近，仍是如此，我想繡瓊原在這酷冷的氣候中也未必有什麼好景致呢！」

話未說完，金蟬笑道：「小師父這話不然，我見最前面似有一圈青色天空，天也比這裡高得多，這些高山俱向那裡環抱，焉知山環裡面沒有靈境呢？」

癩姑笑道：「這裡離陷空島還有七、八百里哩！蟬弟神目視透雲霧，所見青天下面奇景甚多，前面山高遮眼，你怎能夠看出哩？」

阿童道：「還有七、八百里麼？要走多少時候才到？」

易靜接口道：「我們有求於人，自然須誠敬些。我們步行又與常人不同，冰雪滑行過去極快，至多三個時辰也就到了。」

眾人一面說，一面向前走去，行約二百餘里，地勢忽然平展，到一參天危巖之下。那崖壁立三千丈，通體如削，與左右高山相連，寬約百丈，下有石門，十分高大。石黑如墨，無殊玉質，氣象雄偉。眾人知道這是陷空島主以法力開山鑿成。

眾人到了門前一看，門高十丈，寬約一半。頂上橫題刻有朱文古篆，文曰：「繡瓊仙境」。石門兩面大開，眾人走進門去，剛一出門，門前豁然開朗，現出奇景，只見四面都是高矗雲空的大山，環擁若城。別處都是凍雲壓頂，冷霧淒迷，數萬里冰封雪積，不見天日。獨這平原一帶，那景物卻介在中土春秋之間，花樹繁茂。

眾人生長仙山福地，多歷靈境，雖然讚美，還不十分驚異。最以為奇的還是那些花樹，遠看一片花光，處處繁霞。一臨迎，見那許多花樹，種數並不甚多，共只五六十種，無一不是冰胎玉骨，寶霧珠輝。有的花開徑丈，葉大如帆，有的繁英細碎，密蕊如雪，清馨染衣，經時不散。有的翠幹瑤柯，高可參天，瓊蓮萬朵，滿凝枝頭，銀輝浮泛，耀眼欲花，疑幻疑真，不可逼視！

眾人一路觀覽，不多久便見前面現出數百里方圓的一片海水，知是「天涔海」，海水清碧，天並無風，偏是波濤澎湃，浪花飛舞，水勢十分險惡。遙望海中有一島嶼，其形正圓，四邊高起約二三十丈，中陷若盆。島旁波浪更大，水勢愈激。眾人知到地頭，便在近海之處擇一花林停立，由易靜癩姑上前求見。

易靜、癩姑到海邊剛恭身立定，忽見驚波亂湧，水聲如雷。跟著冒起十來丈高一幢水柱，水花飛墮處現出一個身高兩丈，碧髮紅睛，獠牙外露，腰圍魚皮戰裙，通體烏黑生光的水怪，一聲怒嘯，便舉手中叉惡狠狠朝二人刺去。二人自不把這類水怪放在心上，也不還手，只由癩姑放出一片佛光將他逼住，二人照舊通誠祝告，拜了下去。

身剛拜倒，水聲再響，由海中心島前不遠響起，一直響到海岸不遠夜叉出現的前面，隨著水花上湧，又跳出一個身材矮胖，形似侏儒，碧睛掀唇，面色碧綠，身穿道袍的禿頂怪物。這個卻不動武，把手中玉簡一揮，夜叉先自含怒退去，沒水不見。然後搖搖擺擺，踏波而來。二人見他形態粗野，偏要扭捏，假裝斯文，方在暗笑，那侏儒已然走近。易靜看出他好似有點戒懼之容，知畏佛光，忙令癩姑收去。

那侏儒隨向二人恭身，口吐人言道：「島主已知二位仙姑來意，令即進宮相見。同行還有八人不到相見時候，請暫在繡瓊原相候，隨意遊玩，恕不接待了。」

眾人相隔海邊原不甚遠，耳目均極真切。見後出水怪身材侏儒，說話聲音和破鑼也似，說到末兩句，似想眾人聽見，聲音更大得震耳，四山都起回應。說完，侏儒返身先走，逕引易靜、癩姑往當中陷空島踏波走去，其行甚疾。晃眼一怪二人同到島上，往右一轉便即不見。

眾人等了半個多時辰，不見出來，方在懸念成否，忽見海邊白影一閃。定睛一看，竟是適才密徑中所遇白衣少年靈奇，正由左側沿海邊急行而來。到了易靜立處，把手一指，身便隱去。同時水上微響了一下，前見夜叉又復湧現，持叉四望，見岸邊無人，眾人無一走近，面上略現驚疑之色，重又撥頭沒入水裡，靈奇由此未再現身。

正不知此舉是何用意。又待片刻，便見前在紫雲宮黃精殿筵前向紫雲三女告警的矮胖長髯道人靈威叟，送易靜、癩姑由右側走出，到了島邊，互相舉手作別。易靜、癩姑便駕遁光飛來，晃眼到達。眾人忙問：「所求靈藥如何？」

易靜悄答：「島主未見未拒，給兩條路由我們挑。一是孽徒鄭元規盜寶叛師，如能代將孽徒擒到，當即相贈。此事自行不通。還有便是藉此試驗我們法力，由他指明丹室所在以及一切埋伏禁制，由我十人合力盜取，得手拿去，否則作罷。」

金蟬首先道：「這算什麼？我們前來求藥，如何叫我們偷盜？」

易靜道：「我二人也不知他是何用意，婉言相告，說我們後輩，無論見賜與否，焉敢無禮。再三解說，他偏不聽，並還非我十人合力不可。照島主口氣又非含有惡意，沒奈何只得應承下來。隨命大弟子靈威叟引我二人遍歷全宮，並詳說各層宮門埋伏的威力妙用，言之惟恐不盡，方始送了出來。」

眾人便問：「那藏處是否隱秘艱險？我們能有到手之望嗎？」癩姑道：「此事難說，他那藏處，要想進去，說難不難，說易不易，不去身歷，決不能知。」金蟬笑問：「此話怎講？」

癩姑道：「他那丹室在陷空島海眼極深之處，沿途埋伏阻礙和海眼中各層禁制，雖難還有法想。所難者是最一層玄室竟是活的，全室用萬年寒鐵鑄成！海眼底下與玄冥界上磁源相通，有元磁真氣吸住，升降無定。如不先將上面全陣制住，我們到了那裡，不但好些飛劍法寶要保不住，連自身也許被吸住，不能遁飛，非有能制磁氣之寶不能入內。」

眾人正說著，又聽海面上水響，波濤分飛中，現出十二名身材高大貌相醜怪的侍者，前頭四個分捧著兩個梅花形的青玉圓桌，桌上各擺著五副杯箸，直上岸來，放在眾人立處，最後兩個身穿著冰紈短衣短褲，項圍紅蓮雲肩，面如冠玉的俊道童走近前來向十人道：「教祖有令，說諸位道友遠來，應盡地主之誼。復又以諸位道友將有丹室之行，命我二人轉告，就在這裡設下兩席菲酌，一則慰勞，二則為諸位道友略壯膽氣。」

易靜為首，向島主謝答道：「島主盛意，後輩等感謝無極，適才宮中已承教益，明知功力淺薄，難測高深，但是島主之命不敢不遵。自來恭敬不如從命，後輩等末學無知，只好勉為其難了。盛筵敬領，敬乞轉代覆命，說我十人有此仙釀，足壯膽力，倘託島主德威所庇，不辱大命，未致隕越，再當趨前泥首以謝。」說時石生見那個道童生得骨秀神清，通體白如玉雪，只不帶一絲血色，看去冷冰冰的。這樣奇冷之軀，所穿衣服薄如蟬翼，宛如一襲輕雲籠著當中半截身子，看去由不得使人心裡發冷。

石生越看越怪，想看那衣服是何物所製，湊過去便要發問，手指剛剛挨近，猛覺奇寒侵骨，趕忙縮回，笑問：「二位道友穿的是什麼衣服？這麼好看，又這麼冷，挨都挨不得！法力高強，可想而知！」

易靜覺著對方行事令人難測，又知宮中頗有能者，禁忌又多，見石生冒失涎著臉去摸道童衣服，恐有忤犯，方欲示意阻止，不料二童不但不為忤，冷冰冰一張臉反倒現出笑容，一個先笑答道：「我這衣服非絲非帛，乃萬年玄冰中所抽出來的冰絲所織，其冷異常，外人決穿不了，宮中也只我兩人能穿此衣！我們名叫寒光、玄玉，乃教祖再傳徒孫，就住在丹井上面第三層洞門旁的冰室。」

石生還想多談片刻，二童已匆匆作別而去，回到岸旁，紛紛入水，晃眼不見。易靜、癩姑俱有眼力，看出二童骨相過於清冷，但又不帶一絲異類氣息神情，先疑海中精怪，又覺不似，猜詳不出他的來歷，好生奇怪，斷定決不是人所煉成。

眾人一面商談，一面揀喜愛的酒、果進食，突然眼前奇亮，忙同定睛一看，只見正北方遙空中現出了萬千里一大片霞光，上半齊整如截，宛如一片光幕自天倒懸，下半光腳卻似無數瓔珞流蘇下垂，十餘種顏色互相輝映，變化閃動，幻成無邊異彩。一會變作通體銀色，一會變作半天繁霞，當中湧現出大小數十團半圓形的紅白光華，精芒萬丈，輝耀天中。

眾人知是極光出現，等光現過便到了盜藥時候。深覺對方法力高強，此行雖蒙指點暗助，必要連經好幾層埋伏始達丹井，絕非容易，俱各生了戒心。

過了片刻，只見靈威叟含笑走來，道：「今奉島主之命來引諸位道友去往丹室盜藥，請即起行！」說罷，當先往海面上踏波而渡，眾人緊隨在後，各自運用玄功凌虛飛駛。海面本來不遠，晃眼到達陷空島。

金石等八人均是初至，上島一看，那島作圓形，四邊海岸只有一里許來寬。過去便是一圈仰盂形的大圓島壁，是海底萬年寒鐵築成。高約十丈，通體光閃閃的，耀目生輝，光鑑毛髮。島岸盡是五色珊瑚靈沙，襯得景象越發富麗。

靈威叟引了一路言笑，繞行兩、三里路，忽然停住。島壁通體渾成，不見縫隙，只眾人停處現有不少金釘，看上去似是生鑄上去。及至靈威叟用手分別推按，全能移動，眾人這時方才看出那金釘含有不少妙用，只見靈威叟把金釘移動了七、八個便即停手，壁中隨起了金鐵交鳴之聲，跟著精光明滅，那島壁似走馬燈一般忽左忽右，兩面急轉如飛。急轉有二、三十下，眼前一花，島壁靜止，壁上金釘不見，現出一個大圓門，約有七、八丈大小。

眾人隨了靈威叟進門，門以內正對著一條向前低斜，向下的長甬道。靈威叟道：「這條甬路乃通往丹井的秘徑。」當下仍由靈威叟引路，由甬道中走進。

那甬道也和島壁一樣，俱是寒鐵所製，路面微微往下傾斜。眾人剛走進去，靈威叟道：「老朽拼擔兩分不是，把前面禁制停住，送諸位道友到直達丹井上層入口的靈癸殿前去。」易靜知道這麼一來，要少去好幾層難過的關口，忙即謝了。

靈威叟隨掐靈訣施為，朝著前面說了幾句隱語，耳聽一片鏗鏘之聲由遠處傳來，全甬道壁上立發出銀雪也似的光華，閃動甚疾。同時上下兩壁一齊自行移動，電也似急往前駛去，直和御遁飛行差不多少！晃眼回顧來路入口已看不見，才知那甬道竟是活的。

正急駛間，靈威叟又道：「此是島主法力，內有元磁真氣妙用，那盡頭處設有本島的『吸星球』，五金之質到此全被吸去。最好不用五金之寶，由一位在前開路，諸位道友緊隨在後，看見前面一輪銀光阻路，破光而出，則外面便是丹井上面陣圖所在之地了。」

易靜道：「老先生如此盛情，其何以報！」靈威叟笑道：「此原家師意旨如此，諸位道友必欲不忘綿薄，老朽生子不肖，名喚靈奇，尚知自愛，向不與妖邪交往。諸位道友日後相遇，稍為推愛垂注，便足感大德了。」眾人自是謙謝允諾。

靈威叟說畢，化作一道寒光朝前飛去，一閃不見。眾人談論了才十幾句話，猛瞥見遠一點銀光迎面飛來，知道所說關口已到。易靜本心想用「散光丸」、「彈月弩」二寶，因恐損主人法寶，忙令金蟬取出玉虎當先，又令癩姑、英瓊用「佛光牟尼珠」護住眾人的身子。

易靜仍將「散光丸」取在手中，又令眾人一同準備「太乙神雷」，以防萬一。所有五金之寶全數緊藏法寶囊之內，一概不用。眾人動作迅速，準備停當，對面銀光已越現越大，晃眼飛近。金蟬手上玉虎眼口中兩道藍光一道紅光已然遠射出百丈以外，眾人也各自如言施為，連合飛起。眾人才一離地，那甬道便自停止飛移。藍紅二色二道精光似長虹電射直向銀光中衝了進去，當時衝開一個大洞。

眾人遙見內裡，似一光屏，看去約有十來丈深，忙把遁光一催，在佛光寶光環繞之下急飛過去。飛出銀光以外，易靜、癩姑一看甬道外面已是島宮中心丹井上層，靈癸殿前設陣圖的所在。

金、石等八人初到，見當地乃是一個又大又高的天井，相隔上面出口少說也有三、四百丈。立處是在井當中的一片廣場，大約百畝以上，身後是一座白玉建成的大殿，四邊井壁另有幾所玉室。前面陣圖只在水晶一般的平地上面畫就兩儀、四象、九宮、八卦的圓點，乍看並無異狀。

易靜、癩姑上次曾到過此處，又得主人派人指點其中奧妙，是以輕而易舉便打開陣圖，向下面丹室降去。下降有百餘丈，十人便分著兩起，由癩姑率金、石、阿童、英瓊先下。越往下光景越暗，漸漸佛光所照不能及乎兩丈以外，身上也漸覺寒冷，好似常人寒天進入冰窖一般。癩姑一想不好，沿途行來所遇酷寒之區不下三、四萬里，此時竟會如此冷法！這井穴以內必是北極冰雪奇寒之氣所聚，比起來路所經數萬里冰天雪地酷寒之區必還更冷百千倍，不然哪有如此冷法！

本來一心只防下面埋伏，全沒想到寒氣，一面令金、石、阿童、英瓊四人各運玄功祛寒，一同戒備著仍往下降。眾人俱想如此奇冷，最下層已近地肺，陰極陽生，總該暖些才是。正尋思間，身已落在平地之上，那地有似堅冰，光景越發黑暗沉溟，佛光圈外連地面都看不見，玄功稍停運用，便覺頭暈氣促，上方和四外均似有大力壓到。只癩姑、金、石二人稍好，英瓊、阿童便覺著難禁。

起初癩姑恐主人有什麼花樣，戒備頗嚴，及見人已到地，除奇冷奇黑外並未見有別的異兆，幾次和金蟬運用神目法眼仔細觀察，始終見不到一絲痕跡。先率四人草草循行了一陣，覺著冰面堅厚異常，通體如此，始而不肯毀損，只想尋到門徑相機下降。及至走了一陣，門徑毫未找到，酷寒之氣又由腳底侵入，比起初下來時厲害得多，玄功運用更難停止。

癩姑見這一關並無埋伏禁制，只是酷寒難禁，雖以玄功運用本身純陽之氣袪寒，也只保得身心不致受傷，頭面手足仍自難耐！無奈地面廣大，黑暗異常，也許下口甚小，急切間不易觀察出來。想了想，強忍奇寒，告知眾人，令各將防身法寶取出，分將開來四面尋找。

各人均以法寶護身，四下尋找下降口子。阿童好奇，試把佛光收去，看看冷得如何。哪知光才一撤，立覺一種大得出奇，從未經過的奇冷之氣由上下四外急擁上來！當時七竅皆閉，身痛如割，氣血均欲凍凝！這一驚真非小可，猶幸佛門真傳，佛光收發均極迅速，慌不迭重又放起。就這收發瞬息之間，雖然見機得快，未致受傷倒地，人已凍得透骨，心脈皆顫，再如稍遲，便無倖理！才知幸虧佛光護體，擋了不少寒氣，否則誰也不能禁受。眾人如非那幾件至寶防身，也萬無倖理！

眾人尋行，當地已被踏完，仍找不出一點線索，寒氣卻更酷烈，正打不起主意，阿童由側面走來，人漸復原，強掙著把前事說了。癩姑聞言大驚，暗忖照此情形，這奇寒之氣多半有人暗中運用！這類窮陰極寒之氣，用純陽雷火攻破想亦不難。自己總想善進善出，幾乎中了道兒！想到這裡，忙追上眾人，告以看自己手勢隨同下手，等分別說完，人已冷極，又運用玄功稍為緩息，然後居中飛起，發出「太乙神雷」朝地面上打去。

雷火發出，與平日發雷情景大不相同，好似上下四外均有極大阻力逼緊，只有一些冰紋白印，晃眼復原如初。情知那寒氣酷烈奇盛，雷火為奇寒之氣所逼，威力消減了多半。冰面至厚，即為雷火炸裂，寒氣一凝重又長滿，非用全力不可！便即發令一同施為。金、石等四人各以全力施為。癩姑發雷自然更猛，滿擬如此猛烈的聯珠「太乙神雷」，便是整座山嶽也被攻穿，何況這等冰凝之地？

誰知這一來倒是奏了點效，只是冰面一破，局勢也越發不利。先是癩姑居中發雷，玄門太乙純陽之火，威力終非尋常，霹靂連聲，金光雷火猛擊之下，冰面倏被擊裂一個大洞。

只見陷空島之處，突湧起數十丈大一團白影，看去似雲非雲，似實似虛，不知何物。方疑冰層將要穿透，揚手又是一大團雷火發下，雷火竟吃白影包沒，雷聲火光一時都隱。跟著連發神雷俱是如此，白影依然潮湧而來，一毫也阻不住。

癩姑好生驚疑，自恃佛光護體，並未退避，還想另用法寶去破。略一停頓，猛覺奇寒著體，勝沐冰雪，冷不可當！知道無力抵擋，忙往側面閃開，猛又覺身後一股奇寒之氣襲上身來，回頭一看，身後忽現出一個雪人也似的白影，口中似在噓氣，奇寒刺骨，皮面如割，當時機伶伶打了一個冷戰。又急又怒之下，也不問是人是怪，揚手一「太乙神雷」打去，眼看雷火到處，白人擊散，又化成那似雲非雲之物，漫地湧來。同時又是一個寒噤，身後又有奇寒之氣撲來，又現出同樣一個雪白人影，一近身旁便覺酷寒侵骨，難於禁受！

癩姑咬牙強忍，運用玄功，把全身法力法寶全使出來，終無用處，金、石等四人所遇也是如此。一行五人似這樣左閃右避，連發神雷，施展法寶，絲毫無奈他何，反倒越現越多，滿地都是，寶光影裡，那白人通身上下雪也似白，更無一絲異色。

寒氣越重，後來五人手足皆僵，委實難禁，眼看難於支持，癩姑明聽易靜傳聲問故，俱無餘力回覆。正打算引頭率先退上去和易靜商量，打點好了主意二次下來，石生見那白人宛如冰雪之質，身量均似十三、四歲的幼童，猛想起先前送酒席來的兩個道童寒光、玄玉來。

石生心念一動，立即忍著奇寒，叫道：「寒光、玄玉二位道友何在？我尋你來了！」呼聲剛剛出口，猛覺面前冰地宛如波浪起伏，腳踏上去其軟如綿，心還不知二童要來。正想再喊，眼前倏地一亮，全場上所有白人忽似雪獅就火一般自然崩塌，一齊化作那似雪非雪之物往四邊散去，同時全井上下大放光明，寒威盡斂，面前銀光連閃，現出兩個白衣童子，正是寒光、玄玉二人。石生自是喜極，癩姑等四人也出於意外，忙聚過相見稱謝。

石生先謝了兩童解圍之德，因見地面已然復原，四邊寒雲尚未退盡，便問：「丹井如何可下？此是什麼法力，冷得如此厲害！」

二童笑對石生道：「此乃北極萬載玄冰寒雪精氣所萃，經島主用極大法力設成。此地名為『戰門』，歸我二人主持。本來無論仙凡均難禁受這酷寒之威，何況諸位道友誤發『太乙神雷』，陰疑於陽，正犯此間大忌，於是寒威更烈，雷火越多越覺冷了。」

不多一會，地上如雲如絮的玄英精氣已然退盡，眾人見那冰層通體堅厚渾成，並無一絲縫隙，雲絮一般的玄英精氣分向四邊退下，到了挨近壁處，堆積不動，漸漸減消，自然無跡。退完，冰面仍是完好。

石生方問：「門戶何在？」也未見二童行法施為，忽然地面上冰層自然渙散，化作雲煙波動，宛如潮湧。眼看腳底由實而虛，全地面變作一片雲海。眾人把遁光縱起，飛身雲上，靜待雲開下降。

待到雲散，二童已然不見，眾人低頭往下一看，下面約有百丈高下，一片五六丈方圓的雲絮簇擁著一座外觀圓形，內列六根合抱大柱，似亭非亭之物，由腳底緩緩升起。眾人連忙後退，那亭外面銀光萬道，耀眼生花，內有青白二氣環繞六柱之間，一根主柱居中，五柱環繞於外。亭內佈滿光氣，形似實體，一青一白，以主柱為界，各不相混，主柱之上現出「戰門」兩個朱書古篆。

眾人已悟出「陰疑於陽必戰」的寓意，便照二童所說戒備著，由右方圓洞門中緩緩飛進。等一進門，覺得內裡寒光閃閃，猛覺身上一暖，人便飛出。那戰門忽然隱去不見，只人在空中懸著。眾人連癩姑俱不知主人就著當地獨有的天時地利，加上法術運用，才有此種神妙設施。寒光、玄玉二童乃秉北極萬年冰雪之精而生，不過借用了兩個有根骨的形體。丹井乃北極地軸中樞，陰陽二元真氣交戰相生之地，一切多是天造地設再加法力運用，便生出無上威力！

戰門一隱，下面便現出正反五行大陣，癩姑忙招易靜等五人下來，十人合力，各以法寶制住正五行、反五行，費了好些心力，才將正反兩層陣圖制住，元始宮位太極圖中兩個下達丹室的入口也各自現出。只是五行宮位神妙非常，只有同時鎮制，或者同時離陣飛起，上下兩陣立即自返本來面目，均可無事。否則，休說去掉一人，只要各宮位上鎮制的人稍一疏神，立生出無窮變化，同時丹穴也為下面吸引上來的元磁真氣所封閉，再想下去，更是難極，鬧得上下十人一個也無法分身。

眾人愁思了一陣，易靜見實無計可施，正打算運用玄功入定，飛出元神，冒險下去。忽見陣外飛進一幢青白光華，中擁一人，似是深悉此陣微妙，繞行於各宮位之間，等把全陣繞完，忽似流星飛墮，直往下陣太極圖中入口投去。

雖然事出意料，十分倉猝，易靜神目仍看出來人走過癩姑身側下陣之時，青光微閃，略停了停，好似和癩姑說了一句話，方始往下飛降。再定睛往下一看，癩姑面現驚喜之色，手持一物正在觀看，並向金、石四人搖手，不令多言。心中奇怪，方欲詢問，癩姑已用本門傳聲之法說道：「大功將成，事機匆迫，此刻無暇多言。少時如和新來這位道友同去霜華宮中，請由妹子先向主人致詞，然後師姊相機發話。」

易靜知有緣故，剛剛回聲應了，下陣太極圖中圓眼忽然開張，那幢青白光華忽又衝起。身後腳下憑空激射起一蓬玄色光焰，剛剛冒出洞口數尺高下，吃癩姑運用佛光往下一壓，立即退回。太極圖形復原如初。那青白光華也停在癩姑面前，現出一個人影，正是適才在冰原地底密徑飛行時所遇到的靈威叟之子靈奇，只見他遞過一個五寸大小的晶瓶和一個玉盒。癩姑知是那「萬年續斷」和「靈玉膏」，連忙接過。

大功告成，眾人一同飛起，眼看到適才遇阻的冰層所在，那六根光柱結成的戰門重又倏地湧現，阻住上升之路。雖然門並不大，四面盡多空處可以繞越，癩姑不敢冒失，正待觀察清了陰陽向背，仍用前法穿門而過，忽見左邊門內匹練般飛出一股白氣，直射靈奇，勢疾如電！靈奇方欲逃遁，已自無及，晃眼間將人捲入門內！

癩姑等搶救不及，忙即加意戒備時，猛一抬頭，上面已被冰層隔斷。五人方在驚疑，進退不決，忽見靈威叟滿面愁容由右門飛出，朝癩姑說道：「家師不知蠢子近已投入到貴派門下，因他奉命來助道友等盜取靈藥，家師得知大怒，已用法力擒去。老朽奉命來引諸位道友去至霜華宮中謁見島主，見了島主還望分說一二！」

眾人自然允諾，慰言後由靈威叟帶路，這次戰鬥以內又與先前不同，也不甚覺寒冷，只是光煙變滅，閃幻不停。一會兒工夫，眼前一暗一明，定睛細看，五人業已走出門外，那座戰門已不知去向。易靜等五人也同時到達。

紫雲宮是珠宮貝闕，深藏海眼之下，海水被宙極真氣托住，上面又有日月五星和乾天太乙真氣一吸，空出中門千餘丈高下，仰望上面，水雲隱隱流走，一片清碧。所有宮室園圃均位列在陸地之上，雖有湖沼溪流，均是極清的靈泉，看去彷彿另是一重天地。陷空島水宮，卻是只在深海之中，全水宮多半是用萬丈冰原以下所凝積的水晶建成。雖然也有園圃院落以及空曠之處，不是主人法力禁制，便是借用北極真磁和能辟水的法寶珠玉逼開海水而成。

眾人所經之處，乃是去往霜華宮的一條水晶長廊。其上方和四面是海水包圍，所有宮室廊榭俱都高大異常。這條長廊長幾十里，高達四、五十丈，寬約二、三十丈，兩邊是二、三尺厚的晶壁。廊內有兩行粗可合抱的寒金寶柱，上面用深海中所產丈許大一片的五色貝殼為頂，由入口處用白玉鋪成的雪花形六角圓門起，十步一柱，兩相對列，襯得當中廊路筆也似直，直達十里以外一座高大雄偉的宮殿旁邊。

那兩列寒金寶柱，射出萬道金光，與頂上五色貝殼互相映照，五光十色，陸離璀璨，閃幻出千重霞影，無邊異彩。晶牆外面，碧波澄靜，海沙不揚，廊內晶光外映，一片空明，多遠都能看到。時見深海中所產奇魚、介貝之類，大者數十丈，小亦大如車輪，異態殊形，不可名狀，遠近游行，此去彼來，動止悠然，甚是從容。看去好似無數大小奇形怪物凌空浮翔，直不似在水內，另是一種筆墨難以形容的奇麗壯闊之景。

十人會齊以後，仍由靈威叟前導，順著水晶金柱長廊一路步行觀賞過去。那盡頭處是一六角形的廣亭，貼著晶壁，每面均有一排白玉坐處。過去十多丈，有一個與迴廊差不多大的月亮門，也是白玉所建，這便是霜華宮左門入口。

靈威叟引了十人，先去亭中坐待，自往門內走去。不一會兒，滿面愁苦之容走了出來。方說了句：「島主延見。」便聽金鐘之聲長廊回應，音甚清越。鐘鳴了五下，跟著奏起細樂，法曲仙音，笙簧細細，又置身在這種水仙宮闕以內，越覺入耳清娛，心神為旺。

眾人聞得樂聲相隔尚遠，多覺這麼大的珠宮瑤殿，除靈威叟外，竟未遇一人，宮門又無守侍之人，便是先在島宮初見主人時，門下徒眾也是寥寥無幾。這麼好的仙府，空無人居，豈不可惜?方在尋思，人已走入門內。裡面乃是一座比廊還高的廣庭，五根玉柱，分五方矗立地上，每根大約十抱以上。

往右一轉，走向當中一座三十多丈高的宮門之下，那兩扇滿布斗大金釘的白玉宮門，正向兩邊徐徐開放。立由門內閃出兩個高幾兩丈，形如巨靈，身披甲冑，手執金戈的武士。門內又是一座廣庭，地比門外還要廣大。當中陳列著九座丹爐，也是寒金所製，大小不一，形式也不一樣，九宮方位排列。爐前各有一個玉墩，上設海中異草織成的錦茵。當頂一面八、九丈方圓的寶鏡，正對下面，似是主人煉丹所在。

正行之間，耳聽喘息之聲。回頭一看，原來入門左右，兩旁有一直排長架，架上懸有好些鐵環，離地高約十丈，每三環為一套。環下各有五角形、六角形的鐵缽，形式不等。左邊第二串鐵環上，倒吊著一人，正是靈威叟的愛子靈奇。頭、腰及足，各有一環緊束。下面鐵缽之中，燃著一蓬怪火，寒焰熊熊，色作深碧，似欲升起。雖還未燒到靈奇頭上，看去神情已頗苦痛。

癩姑雖然打點好說詞，想向主人求情釋放，心終不能拿穩，又見靈威叟面容慘沮之狀，料知望少，心正盤算愁急。忽見門內走出一個與靈威叟裝束相似的中年修士，手捧一面玉牌，向靈威叟含笑示意，到了身前，對眾人道：「島主因靈奇擅入丹井，獻媚外人，盜取靈藥，按著島規本應嚴刑處死。適才天乾山主駕臨，言說路遇大方真人，此子由大方真人介紹，投在峨嵋派岳雯門下。既是峨嵋派中人，島主本未禁其約人相助，是以連大師兄也一併免責，命我傳令釋放。少時仍由大師兄率領隨同進見，島主尚有話說。」

眾人聞言自是忻喜，靈威叟更出意外。那中年修士說完便走到環架之下，先將手中玉牌朝下面一照，牌上射出一片銀光，寒焰立即熄滅，靈奇便自飄然下落，走到易靜等十人面前，恭恭敬敬分別行禮，各叫了聲：「師叔。」

這時雙方對面，易靜等十人見他不但一身仙骨道氣，是個上等根器，並且貌相身材均有幾分與岳雯相似，比起英瓊米、劉二徒要強得多，無怪乙休要為他引進。眾人等了片刻，宮內奏起音樂，靈威叟引眾人入內。

眾人進門一看，裏面乃是一座外五內一六間合聚一起，形如梅花的宮殿。外五間俱作花瓣形，當中一間圓殿。宮中侍者，除在階前持儀仗的甲士身材高大，多是侏儒，為數不下二三百人，排列侍立。殿中心梅花形寶座上坐著一個身著白色道袍的矮胖老者，生得面如冠玉，突額豐頸，兩道細長的眉兩邊斜垂，其勁若針，配著一雙長而且細的神目，藍電也似，光射數尺。便是本島主人，陷空老祖。

靈威叟已當先上前拜倒，口稱：「峨嵋齊真人門下十位道友率領靈奇進見。」

陷空老祖微一點首，眾人正待恭身下拜，陷空老祖將手一擺笑道：「我與令師只是神交，易賢姪的令尊與我交厚，雖是後輩，先來已然禮拜，此時無須太謙。我僻居極荒，終日靜坐，久習疏懶，各方道友來訪多不離座，只以奏樂送迎，也不作客套，請各就座吧。」

眾人覺對方手伸處，立有一股奇寒而勁的大力逼來將身擋住，不令下拜。知他天性奇特，不應違忤，又見座左設有一排十個玉墪，便同稱謝分別就坐。易震年幼輩低，坐於末位，靈奇便侍立在他身後。

陷空老祖略說了所得靈藥「萬年續斷」和「靈玉膏」的用法，易靜率眾拜謝賜教，一同辭別，仍由靈威叟送出。靈威叟說道：「諸位道友大功告成，小兒初列門牆，從此得受教誨，去了老朽一件心事。此時即可透出海面了。」說罷手掐靈訣，將手一指，只見雲光亂閃眼花撩亂中，身子便似駕雲一般被托著上升。

不多一會，便已落在冰原之上，靈威叟告辭離去，眾人由靈奇帶路，仍由地底秘徑離去，由李英瓊用「牟尼珠寶光」同了靈奇在前開路，一同加意飛馳前行。不消半日便穿入了冰原之下，再隔片刻，便穿出地底通道，到了冰原之上，急駕遁光向前飛馳，飛還中土，到了四川境內方各辭別分手。金、石、甄、易、阿童、靈奇一行八人，帶了陷空島所得靈藥自去醫人，暫且留為後敘。

易靜、癩姑、李英瓊三人與金、石等八人分手以後，便急催遁光往依還嶺趕去。遁光迅速，不消多時便自達到靜瓊谷上。穿過禁網，瞥見眾弟子俱在洞外疏林之中據石坐談，神情似頗不安。神鵰鋼羽獨立在林側怪石之上，比較安詳。見三人突然飛降，俱都喜出望外，紛紛出迎，拜倒在地。英瓊道：「你們怎不用功，在此作甚？」袁星隨眾起立答道：「弟子等因連日危機隱伏，山中多事，正由上官師妹教那『先天乙木禁制』，就便聚在一起小心戒備，以防萬一呢！」

癩姑笑道：「這猴兒說話沒有條理，你也不找個明白人問話。」易靜便命眾弟子一同入內詳說，癩姑攔道：「先莫進去，他們既守在此，必有原因，且問明了再說。」隨喚劉裕安述說經過。

原來眾弟子自從三位師長行後，先照所說在洞中修煉，極少出谷，只神鵰隱身高空環飛瞭望，一連數日山中俱無異兆。這日眾人做完午課，天已黃昏，正去洞外竹林旁閒談說笑，忽見神鵰飛下向袁星說：「適才發現一妖人直入幻波池內，等了好一會不見出來。因師命不許多事，自知力弱，頭一次聽過也自丟開。」

哪知第二日起四五日內，神鵰又在空中接連看見好幾起妖人在池底進出。米、劉、袁、上官諸人知道池底仙府已被妖法攻破，「豔屍」崔盈已在嘯聚妖黨，準備作怪，是以眾弟子除連日小心外，常聚在洞外，以防妖人突來侵襲。一日見有大片烏金色妖雲，鋪天蓋地而來，直入幻波池中。米、劉二人久在旁門，見多識廣，認出那是軒轅法王座下第四尊者毒手摩什，是以更令各人小心預防。

易靜聽得劉裕安說起「豔屍」崔盈竟勾引了這等厲害腳色來，也自凜然，當下命神鵰洞外守望，以防萬一，師徒七人到了洞內。易、李二人見眾弟子按照本門心法修煉，時日無多，進境甚速，尤以上官紅、袁星為最。問知四人互相觀摩，彼此奮勉甚勤，大是嘉許。

卻說幻波池內，「豔屍」崔盈本是「聖姑」伽因的弟子，因秉性凶淫，屢次勾結妖邪，才被聖姑雷火所殛，禁於池中。聖姑也曾立下誓言，不等妖屍伏誅不會飛升。時日一久，妖屍已將聖姑禁法破了十之六七，連日招引妖邪前來。

「豔屍」崔盈乃旁門中第一美女，幻波池中又有聖姑所留各種奇珍異寶，是以引得各方妖邪如蟻附羶，紛紛前來，願為妖屍效勞。妖屍奪得半部道書以後，修煉勤奮，脫難復體之期也近了三年，現時已能行動自如。妖屍如非想要恢復昔年十全十美穠粹美豔之質，已然試過兩次，隨時均可復體重生！只元靈仍受一點禁制，怎麼用盡心力，滿洞搜查，也查不出那禁制自己法物所在。這還膽小謹慎之故，否則就此出洞遊行也非難事。妖屍因潛參聖姑遺偈預言，知道雖然火候已成，復體回生期也將來到，這三數年短短光陰晃眼即至。在此期中如不能將聖姑所下禁制一起破去，離開當地逃往別處，便有形神俱滅之禍！是以更招惹妖邪前來相助。

易靜等三人回來之後，易靜性高氣傲，想獨自到幻波池中去一探虛實，明知若向英瓊、癩姑提出，二人一定阻止，是以一日趁二人練功之際，獨自飛往幻波池。到了幻波池旁一看，仍是原樣安靜。側耳一聽，那樹葉底下的飛瀑流泉，本來喧如沸潮，這時竟是靜悄悄的聽不到一點泉聲。心中奇怪，忍不住行法將中心樹葉揭開了些一看，由上到下竟是一個空洞，水已涓滴不流！心疑靈泉仙景為妖屍所毀，正要飛下去探看，忽見池底中心深潭突突往上冒水，越冒越高。

轉眼水花四下飛濺，飛起一幢暗紫色的光華，其勢甚疾，晃眼便飛出池上。易靜看見那玄光中裹定一個形貌古怪的道裝妖人。

易靜見妖人已能借用水遁出入，可知妖屍縱然未成氣候，也是相差無幾！想到這裡，越不放心。為想生擒拷問洞中妖屍妖黨虛實，忙即閃向一旁，欲待妖人離開當地再行下手，以免將妖屍妖黨一齊警覺。身剛飛開，妖人已自飛到池旁，似見池中樹葉無故揭起，覺出有異。上來便往四下張望，用鼻亂嗅，最後目光注定靜瓊谷一面，滿臉獰怒之色。

易靜不動聲色，那妖人看了一回，向前飛去，易靜跟出不遠，便施法力把那方圓百餘丈的地面下了禁制，妖人飛到，一面發動埋伏，口中喝道：「無知妖孽，已然落我網中，即速束手就綁，聽我問話，還可少留殘魄，免致形神俱戮！」

那妖人乃「妙化真人」漆章之師「赤霞神君」丙融，邪法高強，五官尤為靈敏。忽聽一女子口音喝罵，不禁又驚又怒，大罵：「何方賤婢，速現原形，通名受死！」語聲未畢，埋伏已然發動。

丙融本身仍在池底，此是所煉元神，在妖光籠繞之中，乍見不易分認。易靜所設禁制本難制他，雙方都有了輕敵之念。丙融不知易靜法力深淺，易靜也不知妖人能仗妖光護住元神衝破禁網遁走。聞言怒喝道：「你這妖孽叫甚名字？」

丙融獰笑答道：「無知賤婢，你連赤霞神君都看不出麼？」

第七回

幻波豔屍 涉險救人

易靜聞言，知丙融乃昔年長眉師祖飛升前三月所誅中「條山六妖」之一，邪法甚是厲害。心還暗幸妖人已落禁網，多半不致被他逃走，立即現身喝罵道：「你這妖孽，我師祖長眉真人因值飛升在即，給你自新之路，這多年來匿跡銷聲，只說你已悔禍悛改，不料仍在暗中作怪。想必也是惡貫滿盈，伏誅在即了！」話未說完，早把「阿難劍」飛將出去。

丙融先聽易靜一說姓名，知是易周之女、一真大師愛徒，近投峨嵋門下的「女神嬰」易靜。「赤身教主」鳩盤婆曾與此女鬥法多日，均未能制其死命，結局又因此成全了她，煉就元嬰法體，玄功奧妙，為後輩中有名的人物，口雖通名發威，來時銳氣威風已餒了許多。

這時丙融一見易靜劍光飛到，一面將一件名為天瘟球的法寶發出，緊跟著右肩搖處，兩道暗赤色的朱虹剪尾電掣而出。相持有刻許工夫，易靜忽見妖人發出一團榜栳大的黃光，猛想起前聽一真恩師說起這妖人自號赤霞神君，所煉法寶俱是暗赤顏色，寶名也冠以赤字，只有一件獨門散瘟之寶卻是黃色，奇毒無比，無論仙凡稍為沾上，不死必傷！

易靜立發「牟尼散光丸」，向黃光射去。她只聽一真大師說起遇此物時須要留意，未知底細，也不知妖人另有法寶暗算，「散光丸」一撞，立化為一片極濃密的暗黃色氤氳之氣。易靜方覺黃煙太濃，倏見「散光丸」銀光亂爆如雨，黃煙激盪飛散中，眼前大片寸許長的暗赤血光，飛蝗一般射來。

驟出不意，抵禦已自不及，忙運玄功縱起，饒是飛遁神速，肩臂上仍被打中了兩處，如非元嬰煉成，就不死也萬難禁受！又見萬千飛釘一般的血光仍自飛灑追來，當時大怒，一面略為閃退，一面忙取「兜率寶傘」抵禦。

丙融見「化血神釘」打中敵人，竟似無甚傷害，心中大驚。傘光一起，知更難於取勝，忙把神釘收回，待要遁走。易靜多年來不曾受傷，心中恨極，連傷也不顧得醫，只運玄功略閉了左臂氣脈，「六陽神火鑑」已朝妖人照去。此寶自受師傳以來，因是專為日後對付「赤身教主」鳩盤婆之用，屢遇強敵，均未輕易施為。這時因為受傷恨極，必欲誅滅妖人元神，施展出來。

易靜師傳降魔七寶同時已用其四，丙融如何能支！「散光丸」、「彈月弩」一片爆音過處，「天瘟球」震作分裂，那「赤蛟剪」也被「彈月弩」擊中，光芒減去好些，正想就此遁走，不料敵人手上忽發出六道相連的青光，恰是兩個乾卦重在一起，合為乾上乾下六爻之象。光只數寸，粗才如指，越往外射展布越大！

「天瘟球」黃色煙光吃青光一照，突然發火自燃，宛然薄紙之烘洪爐，一瞥而盡。緊跟著護身光華又被照中，立覺身上奇熱如焚，易靜恨極妖人，又是一粒「散光丸」，一粒「彈月弩」同時打到。妖光立被震破，幸是元神化身，如換尋常妖人，不必再用「六陽神火鑑」，就這一丸一弩也是九死一生了。

丙融嚇得心膽皆寒，哪裡還敢停留！忙帶著殘餘妖光急飛遁走。易靜見妖人逃走，怒火頭上，忙縱遁光急追過去。

丙融元神飛遁本極迅速，又在驚懼憂疑情急之下，飛行更速，轉眼飛到幻波池上空，投入池內。易靜更不尋思，將身形隱去，跟蹤直下，借水遁入內。身剛沾水，忽聞上面鵰鳴，知在示警攔阻，自恃法力高強，也未在意。水柱降落極快，未容轉念，已然落入池中深潭水眼之內。一鼓勇氣，更不反顧，逕駕水遁到了潭底，順著洞壁水道往上逆行。易靜正在潛行，忽見兩個男子走來，一會走到，乃是兩個貌相奸猾的中年道裝妖人。

易靜正想在這兩妖人口中聽點虛實，忽聽曼聲長吟遠遠傳來，音聲詞意淫豔無倫。易靜暗罵妖屍也曾在聖姑門下多年，怎的這等淫賤無恥！二妖人聞豔歌之聲，始而驚惶失色，面面相覷，竟似畏懼。聽不一會，好似心蕩神搖不能自制，倏地不約而同各自搶先飛馳趕去。

易靜看出二妖人法力俱都不弱，無如迷戀妖屍陷溺已深，是以一聽妖屍豔聲，立時趕去。易靜暗忖：「不入虎穴，焉得虎子？」仍然隱身向前，不一會來到上次開鼎取寶的石室之中，只見聖姑在玉壁上遺容本是神情若活，隔了不到一年，竟變得模糊淺淡。玉壁不現一毫邪氣與殘破之跡，決非經過妖法毀損汙穢情景，心中不解，未免多看了兩眼。初見時仍是一個妙齡少女影子，及至連連注視，那人影竟越來越淡，漸漸隱沒，不見絲毫痕跡！益發驚詫，想不出是甚作用，只得小心戒備，覓路前行。

走不多遠，進了一間設有丹臺爐鼎的石室，隨列器皿極為古雅精良。知是主人昔年未成道時煉丹之所。方想師父曾說洞中千門萬戶，無一處不有禁制，這間室內怎無埋伏？往上下四外細一查看，丹臺設置一切決非正宗路數，不禁恍然大悟。知是妖屍新用法力鑿成的煉丹之所，故此未設禁制。

易靜心知此室一定是緊要所在，仔細查看，見鼎前立著一面小旛，似非常物，也不帶有妖氣，只看出是旁門中人所設丹臺，別無可疑之處。仔細端詳了一陣。恐妖屍詭詐百出，機關尚未識透，一經妄動，多生枝節，便不去動它，逕往臺後靠壁圓門之中走進。門內橫著一條長仄甬路，對面是一間大石室，中空無物，卻有四門，壁上隱現風雲雷電影跡。剛往裡一探頭，便見壁上影跡漸顯，隱隨風雷之聲。知道中有風雷之禁，不可輕入，便轉而向西走了下去。

易靜才一走過，便聽身後風雷之聲大作，心知洞中妖屍一定發現有人侵入，正在發動洞中埋伏搜索，易靜藝高人膽大，心想已入寶山，豈可空手回去！反正要與妖屍一戰，何不冒險直入寢宮一行？如若阻折回來，索性施展法力，衝破妖屍禁制，殺將出去再作計較。

想到這裡，便將護身七寶準備停當，在「兜率寶傘」護身之下，左手「滅陽神火鑑」、右手「太乙散光丸」、「滅魔彈月弩」，一面運用玄功鎮定心神，駕起遁光，足離地面二三尺凌虛步空而行，試探著緩緩往裡飛遁。

來到聖姑寢宮前，才一入門，忽聽一個少女喝道：「來人止步，免遭不測！」易靜聽出那口音與上次來此取寶鼎中語相似，知是聖姑遺音，忙即止步定睛一看。

當地乃是一間極廣大的洞室，上下四壁俱是整片碧玉，當中現出一座三丈方圓的白玉榻，榻上端端正正坐著一個妙齡少女，和上次寶鼎前玉屏上面聖姑仙容一般無二，只裝束有異。滿頭秀髮披拂兩肩，一手指地，一手掐著印訣，柔荑纖纖，春蔥如玉，下面赤著一雙白如霜雪，脛骨豐妍的秀足，安穩合目，秀坐其上，如朝霞映雪，容光照人，端的妙相莊嚴，令人不敢逼視！

那白玉圓榻後面環立著十二扇黃金屏風，金光燦爛，風雲雷電，水火刀箭之跡隱現其中。榻前立著一盞白玉燈檠，佛火青瑩，焰光若定。燈側一柄尺許長的小金戈，一根好似新採折下來的樹枝，一撮黃土，一個盛水的小金盂，為物俱都不大，一樣接一樣做一圈環在榻的左前面。

易靜身已行近，相隔那燈不過三尺，如非聞聲止步，再飛過去定必撞上，知是聖姑所設「五宮五遁」法物。方自忖量進退，倏地眼前一亮，榻前玉石地面上忽湧起五尺大小一輪明光，恰似一面明鏡懸在空中。

那光照在身上，當時只覺著心情一動，恐入幻境，忙鎮心神，定睛看時，光中景物人影忽似燈影子戲一般，一幕接一幕相繼變現出來，心神不特未為所攝，靈府反而越覺空明，彷彿鏡中人物景地均曾相識。

易靜知道聖姑法力神妙無方，必早算出自己今日來此，特為指點玄機，並非幻相，斷定此舉必有深意。索性在「兜率寶傘」護身下，用一真大師所傳坐禪之法，運用玄功守定本命元神，潛心諦視，看到後來，方覺光中人影越看越熟，直似以前經過之事！

忽又聽少女聲音清叱道：「道友危機將臨，還不省悟麼？」說時那鏡中正現出一個白衣少女為數妖人飛劍法寶環攻，遭了兵解。同時鏡中似有一片清光迎頭照來，一閃不見，忽然大悟，把前幾生的經歷一一湧上心頭。

原來易靜正是聖姑昔年唯一好友白幽女，先也出身旁門，和聖姑一樣戒行高潔，法力也在伯仲之間。不過聖姑喜靜，輕易不見生人，幽女好事嫉惡，樹敵甚多。二人雖是同道至交，性情均極孤傲，不肯下人。聖姑天生麗質，仙根玉貌，對美貌少女極喜愛。

當初收「玉娘子」崔盈時，幽女久聞崔盈淫惡凶狡，再四勸阻。此時聖姑尚未得參正宗佛法，明知所說甚是，一則護短，向來不肯認過。二則極愛崔盈的聰明美麗，且已收下，不便反悔。幽女見不納良友忠言，心自不悅。力言此女不去，必為所誤。聖姑竟自激怒，說：「我自己甘願受累，即使此女真個犯規叛師，淫惡不法，我也加以容恕三次，只她第四次不犯我手，決不親手殺她！我必將她感化教導，引使歸正才罷！否則有她在世一日，我也留此一日，不了此事，決不成真！」

白幽女聽聖姑說得如此決絕，一怒而去，由此二人蹤跡疏遠。此事在三百多年以前，李寧前三生是一高僧，忽然夙緣湊合，途中巧遇，看出聖姑是佛門弟子，特以禪機點化，並令往遊身毒，尋取真經，聖姑福至心靈，如言尋往身毒國。果然在一枯樹腹內尋到一段神木，詳譯上刻梵文，知道內藏一部佛家真經，為禪門無上妙諦，但有佛法封禁，深藏木內，須對神木用三年零六個月坐功，以自煉太乙金精之氣將木分解，始能取視。本約定幽女一人打坐，一人護法，將來一同開讀參悟。幽女性剛，立意不等崔盈三次犯戒以後將她除去，不再登門，連讀經之念也自息了。

聖姑急於讀經，逕自入定，崔盈見聖姑入定，四出為惡，幽女益發悲憤，不相往來。後來幽女受妖人圍攻，兵解轉世，聖姑也終於未能感化崔盈，反為昔年誓言所誤！崔盈雖三次犯戒被逐，終以幻波池盜寶，為神雷所殛。因為聖姑當時厚愛，寬容太過，妖屍深得師傳，法力高強；聖姑已然屍解禪定，一切均是生前預為佈置，不比人在，易使形神俱滅。況且還有好些因果，所以聽憑妖屍在洞修煉。

鏡中所現情景，全是當年事蹟。易靜坐在寶傘之下，虔心敬觀，鏡光中景物才一現完，面前圓光忽隱。緊跟著煙光雜遝，風雷隱隱。易靜知道妖屍已將禁制發動，立縱遁光後退。才到外間室內，猛一眼瞥見左壁正放光明，變作一個青光閃閃的圓洞，洞口立著一個女子，裝束異常華麗，面貌彷彿絕美，身材風韻尤為妖豔。只是滿頭秀髮披散，血流滿面，十分狼藉。

易靜一見，便知那正是「豔屍」崔盈。妖屍也已見到易靜，面容突變，二目凶光暴射，獰笑一聲，先將雙手四面一陣亂劃，風雷遽作，全室立化火海，烈焰熊熊，夾著無數迅雷潮湧而至。

妖屍先將神焰神雷發動圍攻，然後戟指怒喝：「無知賤婢，竟敢偷入重地！今日叫你死無葬身之地！」口中辱罵不休，手中加急行法，又將別的禁制發動。

易靜見她面上血污狼藉，披頭散髮站在洞口，揚手頓足，切齒咒罵，神態兇暴，暗笑：「似此悍潑淫凶，又是如此汙穢醜惡，就有點姿色身材也全掩去，眾妖黨雖是左道妖邪，也都修煉有年，怎會對她那樣迷戀，實是不解！」方自尋思，妖屍又發動了五遁禁制，威力尤大。

易靜知道難破，便靜候時機，不想當時遁走。後因妖屍罵得十分汙穢醜惡，不由大怒，一面鎮攝心神以防萬一，一面將手中「彈月弩」、「散光丸」朝妖屍打去。

滿擬妖屍難禁此一擊，重傷當所不免！哪知洞中寢宮內外四壁俱有聖姑所設埋伏禁制，神妙無方，妖屍曾在聖姑門下多年，雷殛身死之後，又在本洞潛修了兩甲子，屢經試探研求，深悉微妙，十九俱能因勢利用。

那壁上圓洞另有法力防禦，咫尺鴻溝，妖屍身在洞口以內行法應敵，法寶難以攻進，已居於有勝無敗之勢。易靜如在「兜率寶傘」護身之下鎮守心神，以靜禦動，謹防妖屍顛倒禁制，只不被妖屍誘入靈寢五行交會的中樞要地便可無慮，少時救兵一到，便可出險。

也是易靜該有這兩番涉險的無妄之災。她自將元嬰煉成，長於玄功變化，新近又連經大敵，尤其北海陷空島丹井盜藥長了不少見識，覺著五行禁制雖然厲害，身有七寶，至多費點心力抵禦，早晚仍能衝出，何懼之有？加以前與聖姑積有夙嫌，轉劫多生，並未化解。天生嫉惡剛直之性，妖屍又是她前生最厭惡之人，雙方種有惡因積怨，才一見面，便已眼紅，又聽惡聲咒罵，由不得無明火發，頓忘聖姑之誡。及至丸、彈齊發，五行禁制，立生反應！

「散光丸」、「彈月弩」同時發出，一片爆音過處，身前雷火立被震散，衝開一條大火衖，一蓬銀雨挾著一團明光，電也似疾直向妖屍打去，方喜法寶威力不凡，妖屍絕難躲閃，說時遲、那時快，就在這眨眼之間，妖屍連躲也未躲，二寶光華才飛到了洞口，洞口青光閃得一閃，倏地轟的一聲巨震，化為一片青黃二色的精光，挾著無數粗可合抱的青色光柱，連同千萬把金刀，排山倒海一般迎面壓到！

跟著全室隱去，只妖屍目閃凶光，時在前面出沒隱現，惡罵不休。一面風、雷、水、火、金、刀之聲交作，震耳欲聾。護身寶光立被上下四外一齊束緊，難於移動。最惡是水、火、金、木、土五行，互相摩盪，生化變幻，威力越來越猛，五行神雷密如驟雨，不住向護身寶光衝擊上來，聲勢險惡，從來未見！只管運用玄功，施展全身法力抵禦，竟覺出寶傘似乎光華難以支持！

易靜知道五遁神雷一齊發動，自相生化，連會來攻，已然弄巧成拙，不敢再去施展別的法寶還攻，只把「六陽神火鑑」暗藏手內以防萬一，一面靜攝心神，默運玄功，謹守寶傘之下，以謀脫身之計。易靜輕敵之心一去，易攻為守，果然好些。妖屍見敵人雖然困住，但是護身寶光神妙，五行神雷不能攻進，不由凶燄高張，暴跳如雷。一面催動五遁禁制，加增威勢。一面暗中行法，將禁制倒轉，使敵人於不知不覺之間投入靈寢前面的五宮埋伏以內，任犯何宮法物，皆難活命！

易靜深知池中五行禁制厲害，心想若由地底遁走，或許可成。不如姑且試一試，能用法寶稍為攻破一洞，立可裂地遁走，豈不是好！想到這裏，猛將手往下一指，將牟尼散光丸連發出了兩粒。同時左手暗藏六陽神火鑑也發出一片紫燄神光往下照去。

妖屍看敵人就要入網，只顧催動禁法，沒想到敵人精於地遁之術。五遁威力全在上方和四外，下面要弱得多。牟尼散光丸威力至大，一片星光銀雨飛灑下去，爆音連響，密如擂鼓，易靜腳底的五色淡光雷火首先炸散了一片，同時「六陽神火鑑」寶光照處，面前景物便現了出來。

易靜瞥見相隔只有尺許，再晚須臾，身便陷五行真火之中！此火威力神奇不可思議，專一引起人的魔念，形神皆滅。

易靜事前既未警覺，如到時妖屍再用詭計誘敵，心神稍一失制，立即走火入魔，便有法寶也無所施，久而形神皆滅。就算煉就元嬰，不致如此之慘，要想脫身，至少也須喪失一甲子功行，還得真有極大法力之人來此相救，否則仍是不行！上次衛仙客夫婦喪失真元，便由陷身水遁之故。那還是在東洞壁間小池之內，此時聖姑靈寢中樞機要重地，五宮並列，互相生化，如何能支！

易靜動作極快，本擬地面稍現空隙，立即乘機破土穿地遁走。一見地面不曾攻裂，只將五行神雷略為衝散，隨合隨分，毫無用處，卻把妖屍毒計窺破！知道危機一發，慌不迭運用玄功，強力反身回遁，竟被猛衝出去了兩丈。

妖屍見仇敵舉步入網，忽然驚覺遁逃，不禁憤怒如狂，一面厲聲咒罵，一面把五行神雷益發加急催動。易靜上下四外俱是五行煙光雷火包圍密厚，什麼也看不見！

越與相抗威力越大，終於四面猛壓，將人定住，一步不能動轉！如非寶傘威力，不必陷入五宮，即此已足亡身滅神有餘了。

易靜見情勢危急異常，身外五色煙光雷火似排山倒海一般湧上來，令人心驚目駭、震耳欲聾！遁逃無計，連想避開五宮奇險俱所難能！妖屍見仇敵被陷，不能再退，興高采烈，獰笑連聲。易靜已準備損喪一甲子功行，陷入五宮，以前師一真上人所傳坐禪之法保住元神，拼命苦痛以待救援。看出五宮法物又在身前出現，相隔不過三尺，情知早晚失陷在內，方自危急無計，忽聽梵唱隱隱傳來。

易靜心方一動，又聽耳邊有一個熟人口音說道：「事機已急，可速回身隨著前面佛光飛行，便出困了！」

易靜聽出是英瓊之父李寧口音，驚喜交集，忙即回顧。面前忽有大片祥氛飛來，只閃得一閃，身外五色煙光雷火忽都無影，面前卻多了一圈佛光，中有一個極淡的老僧影子，正緩緩往外飛去。

那佛光飛行漸快，前行不遠，忽聽身後來路靈寢中一聲雷震，聲甚猛烈，全洞皆起回應。妖屍未見追來，佛光所至如入無人之境，既未遇見妖人，沿途也無埋伏發動。不消片刻，連經過十餘層大小洞室，便達中洞門前。佛光一照，洞門立自開散，易靜隨同從容飛出，到了幻波池飛泉水柱之下，佛光一閃不見。

易靜隨即衝破直上，轉眼靜瓊谷在望，空中一聲鵰鳴，同時英瓊、癩姑當先，後面緊隨著米、劉、袁星、上官紅等男女四弟子一同迎出。落地相見一問，才知易靜入池以後，李寧忽奉白眉老禪師之命自空飛降。匆匆交代幾句，隨命英瓊一人隨侍，餘眾退出，自在內洞入定，施展佛法。

元神飛入洞內，仗著白眉禪師的靈符，將易靜從容救出，向眾略說幾句，便自飛去。英瓊等挽留不住，出谷一看，易靜果已安然回轉。易靜自覺在幻波池中大意失陷，不是味道，心中悶悶不樂。癩姑、英瓊已得李寧密示，知她還有一場大難，早晚仍要入池涉險，定數如此，不是口舌所能勸轉，非此也除不了妖屍，她和聖姑的前生嫌隙也難分解，無可奈何。

卻說妖屍崔盈在李寧將人救走之際，被靈符妙用所迷，靈符幻出易靜形象，妖屍信以為真，以為已將敵人消滅。妖屍眼看自己功力日高，更是招惹妖黨，靜候脫困。

妖屍一味打著如意算盤，卻不知前數月妄動聖姑所遺玉牒，將預設的禁法觸發，受了佛法反應，一面禁她肆意橫行，一面又將她引向自趨滅亡之途。外表功力大進，漸成氣候，法力日高，眼看脫困在即；實則心靈已然受制，機智靈敏轉不如初。因此之故，易靜等師徒多人在靜瓊谷中日夕修煉，並無妖黨前來生事。

光陰易過，倏又經年。妖屍的氣候逐漸成長，除尚不能出洞一步外，元神已早復體，法力更加高強。只苦了一班天性淫惡的妖黨，日常對著這麼一個美勝天仙、妖豔絕倫、媚入肌骨的尤物活寶不能染指，妖屍又喜挑逗，不時現出許多活色生香，加上好些柔情媚態，引得妖黨一個個神魂顛倒。

妖屍因是想起以前所習淫媚邪毒之法，迷惑這些妖人，使其本性昏亂，到了脫困危急之時，均為她出力效命，故意如此。實則久曠之身剛剛復體，淫心欲念也是奇旺，只因深知聖姑天性好潔，平生厭惡男子，遺言本禁男子入洞，犯者必死。每當狂欲將起，立想到切身安危利害，強行按捺，也是苦極。有時因此恨極聖姑，幾番想要強行出洞，與眾妖黨合力施展極惡毒的邪法，拼著藏珍不要，倒反仙府，將全洞連同聖姑法體元神一齊葬入地府之中毀滅。然而終究無此大膽，咬牙切齒一陣，也就拉倒。

這一年中，易靜自從第二次幻波池受挫歸來，因覺洞中最厲害的是靈前五宮和五行法物，便勤練五行遁法，以俟三入幻波池，親手除去妖屍，雪恥報仇，一日忽然又對英瓊、癩姑言道要帶上官紅一起回南海玄龜殿一行，卻一去月餘，未曾回歸。英瓊心急，常在洞外等候，等到第四天頭上，忽見一道青光追著一道黃光，直向幻波池飛去，剛認出青光是同門趙燕兒，青光已投入池中。英瓊知是被妖屍引入，不禁大驚，正待告知癩姑一起去救，一轉身，癩姑已在身後，同時見一道青虹電射而下，正是周輕雲來到。

二人見面敘禮，英瓊立時要入池救人，輕雲卻是受了指點而來，道：「早去無益，趙師兄應有此難。」英瓊無奈，只得同到洞中。到日落黃昏，袁星忽然入報，說「有三男二女同時飛到幻波池旁山坡之上落下。兩道裝女子首先飛入池底，似是左道中人，法力頗高。剛剛穿入池底波層，便見下面金光亂閃，妖屍五遁禁制似已發動，二女全不在意，自身側發出一片五色精光護住全身，在金光環擁中一路明滅變幻往下飛墮，好似且鬥且降，下勢頗緩。

與二女同來伏伺在側的老少三人、內中一個黑髯道者，由身畔取出三片形似樹葉的法寶，分與每人一片，各取法寶在手，剛見遁光一閃，便同沒了影子。鋼羽隱身空中注視下面，看得逼真，並說這男女五人，那黑髯長身的道者和一紫衣道裝女子是有大來頭的旁門人物，餘下二男一女都是崑崙派中能手」等語。

英瓊等人聞報，正待啟程赴池救人，忽聽趙燕兒在幻波池內傳音告急求救，三人忙取法牌靜聽。原來燕兒已然陷身在先天土遁禁制以內，因妖屍不捨當時殺害，意欲暫且軟困，以邪媚引誘，逼令甘心降服，不曾遽下毒手。

不料崑崙的衛仙客、「金鳧仙子」辛凌霄夫妻二人上次在幻波池中，隱身先天水遁禁制之中，雖被英瓊等人救出，元氣大傷，休養復元之後，心中不忿，又約了亓南公的轉世愛妾、女弟子「紫清玉女」沙紅燕，和前在崑崙門下後犯教規被逐，現隱南海小流沙銀泥島的前輩散仙東方皓，還有沙紅燕的前生兄長「天煞真人」沙亮，同時入洞復仇盜寶。

妖屍一時疏忽，只顧糾纏燕兒，見又有敵人來犯，忙趕往前洞，辛、沙二女已然飛降。另外三個強敵用前古異寶「天禪靈葉」隱了身形，乘隙飛入。妖屍正與辛、沙二女惡鬥方酣，幾乎遭了暗算，鬧了個手忙足亂。不由急怒交加，竟將五遁禁制一齊發動，衛仙客等五人立被困住。妖屍本心不想傷害燕兒，應變倉猝，未暇顧到。燕兒恰與衛仙客等鄰近，逐被波及，雖仗有護身法寶、飛劍和本門「太乙神雷」，不致遽危生命，時候稍久便難支持！

此時上下四方俱是戊土真氣緊緊擠壓，「戊土神雷」似雹雨一般打到，身外寶光飛劍均受緊壓，寸步都難移動，情勢險到萬分！知道再不求援，命必難保，迫不得已傳音告急。這一來休說英瓊，便輕雲也憂急起來！匆匆聽燕兒略說被困情景，立向癩姑作別，往幻波池飛去。

二人來到幻波池上，各將身形隱起，飛臨樹上一看，果空出一個大洞，水已不流。料知妖屍仍與勁敵相持，心中一喜，忙即降落。只見池底廣場石色如玉，五個洞門五方環峙，倒有兩洞門開。

英瓊救人心急，一見東邊青色洞門敞開，立時飛入，輕雲也隨後跟入，晃眼已到內洞。耳聽風雷之聲甚是激烈，隱隱自內傳來。同時前面也有石壁阻路，無可再進。二人忙即停住觀察，那地方甚是廣大，壁色青紫，作兩半合攏，當中微凸，隱有無數血點。上面另有一條長約丈許的石筍，貼生兩半之上，連洞帶壁，形恰似兩片肝葉。

二人同飛近壁頂，試把石筍往外一扳，絲毫未動，勢又不可用法寶飛劍毀損。耳聽洞內水火風雷交響之聲越發猛惡，英瓊情急之下，猛運玄功，改扳為推，一掌擊向石筍頭上，無意之中將機關觸動。神力到處，一片「轟隆」之聲，石筍立往壁間陷入。

二人更不尋思，一催遁光飛了進去。晃眼飛進二三里，見盡頭之處似有兩個左右相同的圓門。近前一看，門在壁上，一青一紫，均是渾成實質，宛如牆上畫了兩個圓圈，無可進入。二人正打不起主意，忽瞥見石壁圓門中心微微起伏，凹凸不停，青光隱泛。英瓊暗忖看此情形，分明是入口為禁法封閉，用『太乙玄戈』試一試，能破更好，不能也自無害。

想到這裡，也沒和輕雲說，回手到法寶囊內取出一柄五寸長、銀光耀眼的小戈，往青門上一指，戈頭上立有一股極強烈的白光，電一般往門中心射去。門心青光忽然大亮，一閃即住，跟著青霧飛湧，門便顯出。

方自驚喜，就這眨眼之間，猛聽霹靂連聲，由門內飛出一幢烏雲，內中裹定一個披頭散髮，赤足裸背，身籠青氣的美女，另外還有二男一女背向而立，兩後一前，各有寶光護身。面向後的一男一女，一手發出無數青芒，一手發出大串碧火星，雨雹一般往身後來路打去，其疾如電，晃眼已自側面飛過。

二人剛認出來這四人除一黑衣長髯道者未見過外，那主持烏雲，手發「陰雷」的正是沙紅燕，那男女正是衛仙客、辛凌霄夫妻。猛又聽一女子狂笑之聲，緊跟著由門內飛出一個美婦人。

如論容貌，比起先逃的沙、辛二女還美得多，神情尤為妖豔，料是妖屍無疑。方想乘其退敵之際混入門去，哪知妖屍並未窮追，只「桀桀」狂笑了幾聲，把手一指，兩道青紫煙光又閃了兩閃，忽全隱去不見，現出兩扇大寬圓門。

妖屍由右邊青門緩步走入，神態甚是從容。臨去之時似有意又似無意的側顧二人立處作了一個狡笑。二人隱身之法原本未撤，見妖屍朝己詭笑，均覺有異。輕雲心思較細密，猛想起沙紅燕等男女四人由身側飛過時，左手向後連發「陰雷」，右手掌中還握有青熒熒酒杯大小一團晶光，飛過以後曾用此光往後一照，當時覺那青光由自己和英瓊身上照過！

輕雲一想及此，已聽一個女子厲聲喝道：「無知峨嵋賤婢，你們隱身法已被沙道友『青乙神鏡』一照，現出了形跡！休說你們這些無知後輩，連我們也被妖屍擅用聖姑禁制困在此地，只遁走了沙道友，還將亓南公的鎮山之寶毀了一件才得脫身。我三人雖然被困，終可脫險再來復仇，你們休說脫身，連形神都難保了！此時五遁已被妖屍倒轉，只有癸水一路可以得生，如能聽我良言，只一尋到那靈泉發源的方塘以內，用雙劍合璧將那根銀鍊斬斷，破去水宮鎮物，脫身雖云未必，有那雙劍護身，命尚可以保住！」

二人聽出是「金鳬仙子」辛凌霄的口氣，才知先逃四人，只遁走了沙紅燕一人。話未聽完，前面光景忽變，眼前倏地一暗，只聽陰風怒號、萬木悲鳴之聲宛如狂濤暴湧，震撼天地，身外一片沉溟。只兩邊暗影中各有一個圓洞，一青一紫，色甚鮮明，好似暗霧昏夜之中懸有兩個青紫色的大燈籠，內裡煙霧溟濛，什麼跡象也看不出，辛凌霄的聲音也不再聞。

二人略為商計，雙劍合璧往前衝去。先還以為前面必有阻力，哪知衝了一陣，仍在暗霧之中，劍光以外只是一片氤氳，溟黑如漆。休說妖屍妖黨，什麼也未遇上！輕雲暗中算計，照此迅速飛行，如在平時少說也有四五百里途程，多長的甬道也應該走完，怎會飛了這些時刻，直似暗夜飛行遼海之上，到處虛空，渺無際涯。

輕雲心知必是陷入妖陣之中，和英瓊用傳音商議，二人一起發動，各自把手往左右兩旁一揚，「太乙神雷」先連珠發出，同時又各把幾件法寶往側發出去。霹靂連聲，雷火光中，發現英瓊右側不遠甬道口立有一個披髮仗劍、禹步掐訣的妖人影子，似為神雷小傷，神色倉惶，待要遁去。

二人飛劍何等神速，一眼瞥見，立似電掣一般，連人帶劍一齊飛上前去。身劍合一，來勢比電還疾！妖人一聲慘嗥，立時了帳。妖人一死，前面洞門又現，二人立時向前飛去，再聽得辛凌霄呼叱，妖屍嗥叫之聲，知道雙方鬥法正急，正好趁機救人，是以加急飛行。

飛出不久，面前奇景呈現，那地方乃是一個大洞，其高約有數丈，地廣百畝。四壁明滑精瑩，非晶非玉，上下四外多半平坦若鏡，卻包含著上千萬的大小乳珠，奇光內藏，精輝外映，密若繁星，匯為異彩，照得全洞通明。另外地上還有許多突出之處，形勢不一，大小各異。就著原形雕刻成雲床、丹灶、几案、屏風等數十百件陳設用具。

二人穿過大洞，洞口一片奇光閃過，已到了方塘近前，只聽塘中隱隱有人厲聲急呼：「瓊妹快到塘邊來！只管等在上面作甚？」二人靜心一聽，竟是「女神嬰」易靜的口音，大吃一驚！忙去塘邊一看，那十畝方塘本是雲霧溟濛，波濤澎湃，千百根水柱羅列起伏，雪滾花翻，勢絕洶湧。便是二人慧目法眼，急切間也看不見塘底有多深，是否有人被困在內。

英瓊來到塘邊，放起佛門至寶「牟尼珠」來，一團祥光現處，隨著英瓊手指向池水中降下去，不一會祥光回升，將易靜帶了上來。才知易靜帶了上官紅回玄龜殿，原是想向乃父請教破幻波池禁制之法，怎知易周語焉不詳，易靜不得要領，只得回轉，早一天已到達，命上官紅在洞外守候，自己孤身入洞，終於又被困方塘之中。

當下易靜、英瓊、輕雲三人會合，膽氣大壯，正待商議救燕兒之法，忽見前面現出一男一女，俱是青光環繞。英瓊一見，不由吃了一驚。原來女的一個正是先在東南兩洞逃走的兀南公愛徒「紫清玉女」沙紅燕。那男的一身青色道裝，是個矮子，生得貌相威猛。英瓊見沙紅燕去而復回，也不禁暗讚大膽，一拉易靜、輕雲，三個閃過一旁。只聽沙紅燕說道：「水底有一少年，被妖屍軟困在內，此人寧死不屈，也算難得。」

英瓊等三人一聽，得知燕兒被困所在，心中大喜，英瓊立時便要現身，卻被輕雲止住。只見青光一閃，那矮子已向水池中投去，塘中水波大作，潮聲洶湧，雷聲隆隆。那矮子下得快，上得也快，三人還未行動，矮子已自塘中帶了一根銀鍊飛了上來。銀鍊上面附有一個奄奄待斃的少年，正是燕兒。塘中立時雷鳴風吼，波濤洶湧，震撼全洞，似有巨變將臨之象。

英瓊、輕雲關心過切，一見燕兒出水，越發情急，既不暇尋思和查看沙紅燕的神色及四外情勢，也未現身發話。又都覺出矮子是個勁敵，不約而同，竟把雙劍合一，疾逾電掣朝那矮子捲去。

那矮子也是該有此劫，一向自恃法力高強，玄功變化，多厲害的法寶、飛劍均難加害，萬想不到會遇見這兩口得自峨嵋真傳的紫郢、青索雙劍合璧，冷不防突然飛到！百忙中一覺有人暗算，還在妄想用他擅長的「身外化身」戲侮敵人，不料法術無功，身子迎將上去，竟變假為真，方覺不妙，已自無及！一聲怒吼過處，當時絞成兩段，屍橫就地。

沙紅燕將寶鏡取出，照見敵人正是初來所遇二女，不禁急怒交加，怒喝一聲，便即飛起。英瓊、輕雲殺了矮子，才想起易靜沒有動靜，又見銀鍊帶了燕兒同沉入水底，方自驚疑，待向水中觀看，猛聽易靜傳聲疾呼：「妖屍已來，燕弟無恙，再不速退就無及了！」語聲疾起，似甚吃力。

二人瞥見沙紅燕已然飛出老遠，一手揚起初遇時所見鏡光，另一手握著一件三角形的法寶，待向自己發出，面容已是慘變。剛一入目，還未看真，忽然面前一暗，全洞風雷暴作，光景頓變黑暗，隱隱似有排山倒海一般的壓力急湧過來。

同時瞥見暗影中一幢其白如電的光華擁著妖屍，披髮赤足，背插三面妖旗、七枝長箭，額角上還釘著三枝銀叉，一手托著一個毫光四射的黑色晶丸，一手握著一口比人還長的寶劍，目中凶光閃閃，面帶獰笑。那麼亮的白光出現，全洞依舊沉黑如漆。妖屍以外，一片濃霧氤氳，不見一物。

晃眼之間，風濤雷聲越發猛烈，上下四外一齊震撼，平空現出無數水柱一般的白影，齊往中心擠壓上來，頭上又有大片灰白影子罩落！一人一聽易靜傳聲示警，立時飛離，一見埋伏發動，便把雙劍合一，慌不迭奪路往出口一面飛去。哪知禁法發動，神速無比，還未到達出口，那無數白影已自挾著無邊壓力由前左右三面疾湧上來，當頭灰白的幕影又正下壓，形勢甚是險惡！

二人把劍光加緊，兩下才一接觸，只聽驚天動地的連聲大震，身上立似有無數迅雷打到！雖仗身劍合一，不曾受傷，也被震得頭暈耳鳴，連晃了好幾晃。那兩根白影被飛劍衝散，是兩根大水柱。

第八回　七寶金幢《滅魔寶籙》

輕雲比較英瓊膽小心細，知道這類五遁禁制生生不已，隨滅隨生，威力越來越大。紫青雙劍雖是本門至寶，自身功力恐還不濟，初次接觸已有如此猛急之勢，以後如何抵擋？再被妖屍追來，更是不得了！

此際全洞俱是「癸水神雷」暴發，直似萬千天鼓急擂交鳴，震耳欲聾。英瓊急取「牟尼珠」，佛門至寶，果然非凡，一出手化為一團瑞彩祥輝懸在當頭。「癸水神雷」威勢立滅，二人青紫合璧的一道長虹，在祥輝籠罩之下，加急往前馳去。

二人正急馳間，抬頭一看，前面拐角飛來四道青白光華，後面緊緊帶著一片烈焰，似潮水一般急湧而來。兩下來去之勢都快，退避無及，一下撞了個迎頭。英瓊性急，大喝：「快上前與我一齊殺了這幾個妖黨再說！」聲到劍到，話未說完，連人帶劍已往那四道光華中射去。

紫虹如電，當頭一道白光首先相遇。來人正在覓路飛遁之際，猛瞥見前面青紫兩道劍光銜尾相聯，在一團佛光籠罩之下迎面急馳而至，未及出聲答話，兩下業已撞上！緊隨英瓊身後的輕雲乍見之下也誤認來的是妖人黨羽，再定睛一看，內中只有一道青光微帶邪氣，剛看明來人貌相，忙喝：「瓊妹且慢，不是妖黨！」話未說完，一聲厲嘯，當頭一人已自負了重傷，白光也被紫光絞為兩段！

猶幸那人是個能手，同伴法力也頗高強，一見變生倉猝，立即上前救護，同時英瓊也認出這四人正是衛仙客夫妻和兩同黨。雖然雙方也有嫌怨，終覺不應如此！偏生受傷的人是長鬍道者，素昧平生，已然誤傷！

說時遲，那時快，雙方相對時，後面火潮湧到。辛凌霄見後有烈火，前有強敵，既要救護受傷同伴，又要禦火，百忙中咬破舌尖向後噴去，一片紅光飛出，才將烈火阻住，略一緩勢，又湧了上來，勢更較前猛烈！

英瓊正僵得想不起主意，見火湧到，立即乘機上前把聖姑所賜抵禦丙火的法寶「先天水母坎金丸」發將出去。揚手只是酒杯大小一丸精芒電射的金光，一經近火立生妙用，化為數十百丈大小一片烏光玄霧，那怒潮飛湧一般的烈焰立即被阻住不得上前，眾人身上也立轉清涼，先前炎熱烤炙之勢一體冰消。

英瓊素來不善詞令，又以適才飛劍誤傷對方，一面用法寶抵禦烈焰，一面暗中戒備，心想誤傷之事實出意外，如肯相諒，一同對付妖屍，再好沒有。

那受傷者正是衛仙客舊日同門師兄，銀泥島主東方皓。如非玄功奧妙，應變神速，命也不保！但他為人機智非常，初念自是恨極，待以全力與仇敵拼個死活。轉眼之間便看出來人是無心鑄錯，又認明長眉真人昔年煉魔鎮山之寶紫青雙劍忽同在此出現。敵人有此雙劍合璧，決難傷他分毫！一行四人正當勢要力竭難於脫身之際，無端得此生力軍，與其作那徒樹強敵決難如願的無益之舉，何不就勢利用，仗以出險，敢不高明得多？

東方皓念頭一轉，瞥見同伴「天煞真人」沙亮已運玄功化作一縷青煙，將自己一條斷臂搶到手內。又見衛仙客搶飛上來，先用劍光、法寶將自己護住，驚急憤怒之下已氣得滿面鐵青，咬牙切齒，目射凶光。知他同仇敵愾，就要出手報復，忙使一眼色，喝道：「衛賢弟，來人也是受了妖屍之愚，無心之失，我們莫認錯了！」

沙亮人更狡猾，立時插口道：「東方道友玄功奧妙，雖受誤傷，少時即可復元。五遁禁制中樞是在水宮，此宮不破，多大法力也是徒勞。這裡離水宮不遠，這二位道友想由北洞水宮轉來，如我料得不差，由此破洞出去就不難了。」

英瓊、輕雲一聽正如所願，輕雲立即接口笑答道：「愚姊妹果由北洞攻出，見四位道長飛來，倉猝之間誤認是妖屍妖黨發動火遁追來，李師妹見來勢猛惡，未免心急了些，愧歉萬分。此時也無暇多談，如蒙鑒諒，且先合力攻出洞去再說，如何？」

東方皓和沙亮剛覺得同仇敵愾，自應如此，忽見前面烏光玄霧蕩漾中，一聲斷喝，飛來兩個通體煙光環繞，赤身露體的男女妖人。才一對面，手各一揚，首先飛出兩團血焰紅霧，脫手展開暴漲，潮湧一般朝眾人身前飛來，還未近身，便覺血腥奇穢之氣刺鼻難耐。

東方皓大怒，喝道：「無恥妖孽，豬狗不如，憑著一點穢血餘腥，也敢猖狂！」說時遲，那時快，話才出口，獨手一揚，一片玄霧夾著數十點酒杯大小、晶瑩奇亮的青色精光當先飛起，迎著血焰只一裹，那數十點青光便紛紛爆裂開來，化為百千青色光芒，雨箭一般四下飛射。那血焰紅霧立即燃燒，化為暗赤色的濃煙四下飛散。

女妖人披髮赤身，一絲未掛，身白如玉，粉膩酥搓，生相妖豔已極，雖在對敵，仍是媚眼流波，巧舌盈盈。見妖法破去，也未發急，一聲媚笑，喜孜孜望著東方皓、衛仙客、沙亮三人，口誦邪咒。

那男妖人身後背著一個大黑葫蘆，生相卻極醜怪：膚作紫黑，身材高大，狼面鷹目，頷繞虬鬚，身上青筋怒凸，宛若蚓曲，胸前一簇黑毛直達下部臂腿等處，手足十分粗大，神態凶野，望去直似一個怪毛人。見狀卻是大怒，振起手臂往上一揚，身後大葫蘆中便有無數極亮的箭形黑光飛出。

同時女妖人櫻口一張，一股溫香起處，飛出一片粉紅色的香霧。雙方恰是一併發動。「天煞真人」沙亮已然認出男女二妖人的來歷，知道再不脫身，就與周、李二人合力恐也艱難！立用傳音之法向眾說道：「這兩無恥妖人定是昔年赤身教下犯規被逐的兩個孽徒，雖然不堪我們一擊，但是妖屍她有誘敵陰謀，我們快離此處為是！」

英瓊一見妖人醜態，早已大怒，一聲嬌叱，紫郢、青索兩道劍光化成一道長虹朝前飛去。將妖箭妖霧迎頭圈住一絞，二妖人用心果如沙亮所料，暗用詭謀誘敵落網，一見劍光飛來，因恃赤身教中玄功變化，妄以為不能殺他們。哪知來勢比電還疾，未容施為已自捲上身來！女的還慘叫一聲，男的連聲也未出，連人帶妖箭妖霧，被劍光略一掣動，立化煙消。

男女妖人一死，眼前光景倏地一暗，緊跟著五色電光連閃了幾閃，入了黑暗世界，眾人雖是慧目法眼，也只在護身寶光、劍光之內能看得見，沙亮、東方皓同聲喝道：「五遁禁制已全發動，諸位道友必須合在一處各施法力，等五遁禁制一同發動再行設法衝出，不可妄自行動。」

話剛說完，倏的青光一亮，再看存身處，上下四外一片青濛濛，更無邊際。不知有多少根兩三抱粗細的青色光柱互相擠軋，四方八面怒濤一般急擁上來。

輕雲向衛仙客等四人微笑道：「愚姊妹雖然年幼道淺，對於洞中埋伏禁制也略知一二。適才二位道長之言固是智慮周詳、老成持重，但是聖姑禁法已被妖屍竊用，誰有把握，搶先出手，也自無妨！」

衛仙客等四人一聽，心中暗罵賤婢，你們入門才得幾年，便敢與老前輩對等說話！如非你那法寶、飛劍有用處的話，只略施小計，你就休想脫身了！

四人尋思間，周、李二人已然準備停當，當時紫青雙劍合璧，化為一道長虹，一面放出「牟尼珠」將身護住，同聲喝道：「諸位道長姑且隨愚姊妹試上一試如何？」說時遲，那時快，二人話才出口，早一個施展上官紅所傳以木制木之法。

手指處，那四外勢如潮湧而來的乙木光柱前面忽起了大片青霞，將自身乙木光柱逼住，不但不得上前，反倒往後逼去，給眾人空出大片地方。

另一面英瓊早把「牟尼珠」運用停當，一片祥光將眾人一齊護住，隨手取出「太白金戈」朝前面連指了指。戈頭上立飛出千萬道銀白的精光，向那乙木光柱叢中飛去。本命剋星，端的靈效神速！精光到處，真氣全消。眾人定睛一看，那被困之處乃是一間廣大石室，左手兩邊牆下立著兩個木屏風，上繪風雷五行各種圖形，隱聞水、火、風、雷、金刀、飛石之聲起自屏上。

二人口裡招呼眾人，自身先就往前飛去。衛、辛、東方、沙亮等四人做夢也沒想到二人竟有這等法力，驟出意外，不禁又驚又佩，忙同飛起，緊隨二人身後，在「牟尼珠」佛家祥光籠罩之下往前飛去。

周、李二人身劍合一，衛、辛等四人也各運用玄功化成一道光華，外加法寶護身，宛如一道各色光華合成的長虹，緊隨二人之後飛馳。

正飛馳間，猛瞥見光雲電轉中飛射出一溜青光，初出時來勢看去不快，似頗吃力。英瓊心疑妖屍又出甚花樣，手方欲揚，猛聽身後喝道：「道友住手，是自己人！」說時青光忽然加急飛出，身側沙亮也早迎上前去，那青光便往他袍袖之中投入。

周、李二人本就曾到過幻波池一次，當時由李寧指點途徑，二人記在心裡，劍光迅速，轉眼衝出洞外，升上池面。英瓊本不知道那兩個道人的來歷，更不知後由甬道中乘隙遁出，投入沙亮袖內的是沙紅燕。出洞之後，四人立時飛去。英瓊覺出四人神氣不善，心中有氣，又白走一趟，易靜和燕兒仍在幻波池之中，不禁大是不樂。輕雲幾番勸說，才肯一起回到靜瓊谷中。

二人飛到谷口，神鵰先自谷口飛出。跟著袁星、上官紅、米鼉、劉裕安相繼迎來。輕雲首問：「你的二師伯呢？」上官紅、袁星同聲說道：「師叔、師父，請進谷中再說。」二人聞言心中一動，料知有事，忙同飛入。

米、劉二人先將谷口禁制如法封閉還原，一同趕到裏面。英瓊性急，先喚袁星詢問。袁星答道：「二師伯往大雪山請救兵去了，所請相助的人，就是仙都二女，行時吩咐師父、師伯隨後趕去。這裡除原有各層禁制外，又加二師伯向眇師伯借來的一道靈符和一件佛門至寶。弟子等如一同守在谷中，不到谷外走動，外人決不至於上門。來者如是自己人，有弟子等輪流守望，人就藏在谷口以內，由裡望外，看得逼真，自會開門延入，也不致禁閉在外。」

英瓊、輕雲二人一聽，忙同破空飛起，催動遁光，電轉星馳往西藏大雪山飛去。遁光迅速，不消多時便由川邊打箭爐上空飛過，到了大雪山邊界。為想使癩姑和仙都二女易於發現自己蹤跡，把劍光加大，一青一紫兩道劍光宛如經天長虹往冰雪亂山頂上飛馳過去。

飛不多久，忽聽癩姑和仙都二女謝琳、謝瓔一齊傳聲相喊，連忙回應，晃眼見到。當地乃是一條冰雪堆積的大嶺，一面峰巒環擁，另一面卻是一個其深莫測的無底深壑，臨壑有一方圓幾及百丈的一座峰崖，已然崩墜坍塌，連嶺畔也倒塌了一大片。壑中雪霧迷茫，寒煙滾滾，尚未停歇。癩姑和仙都二女同立嶺畔。

仙都二女首先滿面笑容迎前相喚，輕雲見她仍是以前那樣天真，只是光豔照人之中別饒一種靜逸絕塵之概，裝束較以前還要淡雅，一身冰綃霧縠，雲裳霞帔，宛如松風水月，良玉潤珠，清麗高華，迴出塵表。峨嵋女弟子俱和仙都二女交好，互相愛重，癩姑英瓊尤為親厚，良友重逢，好不欣喜！

各人先聯手用法力將四面崩雪之勢止住，正交談間，謝家姊妹忽然停口，各人皆聞遠遠有梵唱之聲傳來，謝琳立時道：「家師召喚，不能不去，三位見諒！」

英瓊等人還未接口，仙都二女便自破空飛走。癩姑、英瓊、輕雲三人愕然間，忽聽空中「颼颼」兩聲，那聲音非常奇怪，勁急淒厲，從未聽過。乍聽相隔在二百里外，頗似遠方飛來一枝響箭，只快得不可數計，才得入耳，便自飛到頭上，其來勢之神速猛烈，簡直無與倫比！

說時遲那時快，隨著怪聲，立有兩條丈許長的綠氣由空中電一般斜射下來。

三人俱知小寒山靈境乃忍大師駐錫之所，萬沒想到妖邪竟敢前來侵擾，變起倉猝，大出意外！癩姑久經大敵，一聞怪聲疾駛而至，想起一人，心中一驚，知道這兩個邪魔出了名的神速辣手，稍一防禦不及便為所傷！立把輕易不肯應用的降魔至實「屠龍刀」施展出來，將身一縱，閃在周、李二人前面，口喝：「留意妖孽！」一句話沒說完，迎著怪聲自空飛墮之勢，左肩搖處，一聲龍吟，一彎刀邊金光如雨，形如新月的寒碧精光立即電掣而出，晃眼暴漲，神龍剪尾一般，射出無限奇光，金碧交輝，冷氣森森，朝那兩道綠氣兜去！

兩下勢均絕快，「屠龍刀」金碧寒光飛起，光華剛自暴漲，那兩條綠氣已自飛到！兩下恰迎個正著。這一臨近，三人才看出綠氣之中裹著兩個形如鬼物的妖人。一個尖頭尖腦，比較高些，頭上短髮稀疏，根根倒立，眉毛好似沒有，一雙圓眼怒凸，碧光閃閃，凶芒四射，高顴削鼻，尖嘴縮腮，身穿一件綠色對襟緊身，胸前掛著一個小人骷髏，下穿短褲只齊膝蓋，赤著黑瘦如鐵的雙足。背上斜插著三口短叉，腰懸葫蘆，手如雞爪，作出攫拿之勢，直似一個猴怪而醜惡獰厲過之，周身綠氣裹得又緊又勻，似與一體。

另一個身材矮胖，頭禿無髮，面上浮腫，色作慘白。在綠氣之中直比六月裡發了脹的死屍還要醜惡難看。眉毛作一字形，卻是斷斷續續，好似大小幾撮黏在上面。一雙豬眼胖得成了一條縫，似睜似閉，一閃一閃放著綠光。胖鼻肥口，血唇板齒，時作獰笑。身子胖得像個直桶，背插一把板刀，手持一柄三環骨朵，也是短裝赤足，生相看似肥蠢，行動神情與瘦的一樣靈活。

雙方才一接觸，金碧光華已兩頭交剪繞身而過，將二妖人剪作四段。癩姑更不怠慢，揚手「太乙神雷」連珠般發將出去。同時周、李二人只比癩姑出手稍緩，紫青雙劍合璧飛出時，妖人仗著邪法玄機變化，雖被「屠龍刀」斷作兩截，四半截身子在綠氣密繞之下，各自怒吼一聲，正待施展邪法傷人，忽見雙劍合璧而出。

這兩樣飛刀飛劍昔年均曾嘗過滋味，冤家路窄，竟會同時撞上，知不是路，二妖人照例是一擊不中便自遠揚，見勢不佳，立即收勢。互相一聲厲嘯，連身子也未合攏，竟帶了四條綠氣往來路破空遁去，端的來得也疾，去得也快！周、李二人那快的紫青雙劍，竟未追上。

癩姑知怨結已深，不乘其勢衰不敵之際將他除去，以後防不勝防！大喝：「無恥妖孽，既敢前來，逃走則甚！你多少年的威風煞氣都哪裡去了？」說時把手一揮，聲隨人起，手指「屠龍刀」，身縱遁光，加急向空追去！

周、李二人也忙跟蹤飛起，前面二妖人逃勢本極神速，似為前言所激，愧怒難禁，頓了一頓，勢便稍緩。癩姑因自己這面持有好幾件克制之寶，不會怕他，意欲斬草除根，見狀知被激動，心中一喜。邊追邊喊：「這妖孽可惡，非比尋常，今日惡貫滿盈，萬萬不可容留！」

兩下飛遁俱速，二妖人因「屠龍刀」專誅妖孽，被斬以後元氣大傷，不似別的法寶飛劍，受傷之後可以立時復元，一面飛遁，一面運用玄功，施展邪法，接連在空中幾千個滾轉，便自復元長合。跟著各取身後法寶，待要與人一拼，後面癩姑早已留意，見妖人殘軀已合，不敢大意，忙喝：「二位師妹速以全力夾攻！」

周、李二人聞言忙準備時，妖人已縱綠氣轉頭迎來，雙方眼看對面，忽見匹練也似一道白光，其長經天，搶在三人前面，將二妖兩道綠氣擋住。

三人猛覺遁光微微有些停滯，同時聽下面喝道：「大膽妖孽，你可知今日乃雪山智公長老第九甲子開關結緣之期？能容爾等在此猖狂撒野！我本意代天行誅，只為今日智公長老開關結緣的吉日善地，方圓千里內外不容妄啟殺機，姑且略緩誅戮！」

那兩條綠氣疾如閃電，忽東忽西，忽上忽下，往來衝突了一陣。那白光雖然寬只數丈，一任二妖人如何分合衝突，終被擋在前面，休想飛越過來一步。似這樣十多次過去，二妖人忽厲嘯了一聲，刺空遁去，晃眼只聽餘音淒厲，搖曳遙空，更不見有形影。

癩姑等三人循著先前語聲注視，見左側嶺上站定一個羽衣星冠，丰神若仙的道人，在下面將手連招。認出是前輩散仙中有名人物「玉洞真人」岳韞，忙同飛下以後輩之禮參見。

岳韞手向空中一招，白光立隱，笑對三人說道：「你們三人膽子不小，這是蚩尤墓穴的有名二怪，竟敢窮追不捨麼？」

癩姑當下說了經過，玉洞真人望著癩姑笑道：「仙都二女，已因智公開關結緣，得了好處，看看你也有所收穫哩？」

癩姑笑而不答，李、周二人才覺癩姑神態有異，玉洞真人又已一笑，袍袖一展，化為一道白光，破空而去。英瓊心急，忙問道：「那智公禪師是何人？開關結緣，又是何意？」

癩姑道：「大智禪師乃我佛如來座下第四十七尊者阿閣修利羅。因在北宋末年轉世，起初慈悲度世，廣結善緣，功德本將圓滿。只為踐昔日未了誓願，隱居閉關大雪山青蓮峪，從此每隔六十年開關一次，接見有緣，來人只要尋到，有求必應。這些事我也是見到仙都二女之後才知道的！」

原來癩姑到了雪山，見了仙都二女之後，仙都二人正好受了乃師忍大師指點，知道智公禪師開關結緣之期，又知道西方佛門至寶「七寶金幢」並在該日出世，是以約了癩姑同往，三人一起來到智公禪師隱居的青蓮峪之中。

（注：以下一段寫智公禪師開關結緣，浩大無涯，到了不可思議的境界，連諸天菩薩也被原作者隨手拈來作了陪襯，真是任何小說中未見之奇。）

雪山上終年陰雲低垂，暗霧迷漫，永見不到一點青空，青蓮峪簡直是另一個天地，終古光明如畫，祥雲片片，永無黑夜，比起上面雪山荒寒陰晦之境大不相同。峪中有一個水面平靜的大湖，三人一到，便聞到香風一陣接一陣的由湖上吹來，知道靈景將現，互相噤聲，以目示意，各自澄神定慮去至湖邊，一心念佛，虔敬等候。隔了不多一會，和風止處，湖上一片淡微微的香光飄蕩，跟著便起了極柔和鮮明的祥霧，宛如一片其大無垠的五彩冰綃，將全湖籠罩。

霧下面萬頃清波一起騰湧，浪並不高，濤聲湯湯，音若笙簧。三人處此境界，俱覺身心上說不出的一種爽適空曠。正在虔心守望間，鼻端忽又聞到一股異香，同時遠遠傳來幾聲清磬，跟著又傳來幾聲梵唱。三人靜心一聽，那梵唱之聲來路好似極遠。

三人夙根功力本都深厚，具有極大智慧，忽漸醒悟，謝瓔首先頂禮，匍匐在地。癩姑、謝琳也不約而同相繼拜伏地上，重又屏除雜念，虔心向佛。一會，梵唱之聲忽然大起，上下四方一齊應和。三人無論是誰，只心神稍一把握不住，微起雜念，音聲便即微遠渺茫。到了後來，三人悟徹玄機，一任梵音琅琅，響徹天宇，只顧安定心神，不生一念，反虛生明，到了物我相忘境界。

又是一聲清磬過處，繁聲盡息，彩霧全收。眼前倏地祥輝萬丈，大放光明。滿湖清波忽變作一片蓮花世界，每柄蓮葉都有丈許大小，色白如銀，葉底挺立著一根金莖。花大約尺許，俱尚含苞未放，其多不可數計。金莖、銀葉與翠萼、碧波交相掩映，結成無限祥霞，壯麗絕倫。

三人已悟色空境界，知道花開見佛，就在俄頃，內中癩姑只是隨緣參拜，仙都二女處境卻是至難。因為佛法微妙高深，不可思議。相由心生，亦由心滅，有相無相，互為因果，差之毫釐，謬以千里。此時志在取得「七寶金幢」，先已著相。如使一念不生，自非容易。如若一心取寶，雜念一生，便不能見諸佛菩薩莊嚴寶相。

二女在忍大師預示中得知，寶幢起落快慢全繫本身，下手時如不恰到好處制了機先，便如石火電光稍縱即逝。二女在小寒山皈依佛法，仗著夙根智慧和今生百餘年的修道功力，又得忍大師真傳，有寒月、一音隨時指點，道行精進，固然遠非昔比，畢竟在外經歷尚少，又是初次遇到這等關係重大的不世佛緣，惟恐疏失，未免膽小情虛了些。上來便成一味寧神定慮，意欲不令著相，等花開見佛，寶幢由湖心湧現，再以極大願力上前求取。

以二女這等物相生滅有無，悉由自己主宰，論起功力原非尋常。但是這次取寶，內有佛家無上妙諦，關係二女成道證果的成敗關頭，其中精微奧妙之處不落言詮，也不是師友所能傳授和人力所能勉強。便小寒山神尼指點，也不過告以寶幢出現時間情景以及一些避忌之處，事之成否仍仗二女自己。二女也知此事不能倚仗別人，一矜持太過，無念生於有念，依然著相，未能上來先臻化境，以致延誤時機，落個美中不足！

仙都二女、癩姑三人通誠跪拜之後，起身趺坐湖邊，端的虔心息慮，一念不生。正當靜觀自在，物我交忘之際，忽聽身後大喝道：「諸佛菩薩已現寶相，俱在眼前，爾等可見著麼？」一語未終，三人猛被提醒，心方微動，一陣異香起處，滿湖斗大青蓮一齊開放，湖心上空立時現出一圈佛光，中間一朵極大青蓮花上立著一尊身高丈六的金身佛相，緊跟隨同目光到處，每朵蓮花上面俱現出一尊菩薩，看去何止百千萬億！一時霞光萬道，花雨繽紛，寶相莊嚴，不可言說！

三人忙即合掌禮拜，五體投地，重又匍匐地上。待了一會，二女暗忖花開見佛以後，跟著湖中祥光湧現，寶幢便要升起，此時怎無動靜？心正尋思，忽聽湖心清波分流之聲，抬頭一看，不禁大喜！原來佛相蓮花俱已隱去，只湖中心翠濤滾滾，四外分流，當中現出一個畝許大的深水漩渦。

晃眼功夫，水底忽有精光上射，隨升起酒杯大小一團五色祥光，緊跟著又湧出一丈六七尺長、七尺方圓一座寶幢。

那寶幢略似華蓋，共有七層。四邊纓珞垂珠，每層上面各現出一種不同形相的寶光。頭層上是兩個連環寶圈；二層是一朱輪，四邊烈焰環繞，熊熊欲燃；三層是一鉢盂；四層是一金鐘；五層是一慧劍；六層是一梵鈴；七層是一寶鏡。全寶幢本就寶氣精光，上燭霄漢，這七層七寶又各具一色，光華分外強烈，精芒射目，不可逼視，共是七色光華融會成一幢霞彩，氣象萬千，一望而知具有無上威力。

二女雖是修道多年，新近又得佛門上乘法髓，見了這等異寶也由不得驚喜交集。因那寶幢出現以後逐漸長大，光華強盛，只管繼長增高。來時雖獲明悟，沒料到此寶如此偉大！匆促之間欲以本身法力上前求取。姊妹二人面向寶幢一同拜了九拜，隨同起立，略定心神，施展師父佛法，一面用「有無相神光」護身，一面手掐訣印，口誦六字真言，朝那「七寶金幢」衝去。

兩下相望，不過三數十丈遠近，光遁神速，本是不消瞬息便可飛到。哪知事情竟出預計，那寶幢上面發射出來的七色霞光，精芒所及，四邊俱在十丈左右，並且還在逐漸增長。二女遁光，還未到達，與寶幢精芒接觸便被阻住。

二女心急，一硬衝上去，當時猛覺著迎面遇見一種極大阻力，竟被撞退回來！心方一驚，仰望在寶幢頂上徐徐滾動的那一團五色祥光似要離頂飛去！

謝琳知道幢頂寶光便是鎮幢舍利，如被飛返西方，不但「七寶金幢」有了缺陷，寶幢也必更難到手，時機一誤，被其沉入湖底，永無到手之日！當時急不暇擇，竟施展全副神通上前奪取。隨身飛起，揚手一個訣印發將出去，欲以金剛定力先將那粒舍利子定住，同時以玄功變化與之合為一體，將其收下。

誰知訣印將發未發之際，那舍利不過在寶幢頂上徐徐自轉，看去似要飛騰，勢卻緩慢。及至金剛訣印一發動，人也將要飛近，只聽一聲極輕微雷音，那團舍利祥光忽然隱去！謝琳玄功所化一片光華竟被那雷音震退回來老遠！舍利祥光一隱，寶幢立即大放光華，七層法寶各顯威力，水、火、風、雷、金鐵、沙石之聲隱隱交作。

三人休說謝琳惶恐，便連癩姑也覺糟，自知愛莫能助，正代二女著急憂惜，緊要關頭，忽現轉機。原來謝瓔頓觸靈機，恍然大悟有無相因人寶分合之妙，此寶與自己本是一體，何須強求！適才花開見佛，明是悟境，上來如不矜持，此寶早已到手！靈機一通，當時智慧空明，自在非常，人也仍在原地含笑趺坐。謝琳被雷音震退，心中一急，側顧乃姊正在含笑趺坐，也自如夢初覺，萬慮全收，快活非常。

說時遲那時快，先後不過瞬息間事，旁坐癩姑見二女和那寶幢忽然無蹤，一回看，二女仍在原坐之處，面帶微笑，雙雙入定。那玉雪雙頰上，一左一右各現出一個小酒渦，於美麗莊嚴之中又帶出無限天真，端的儀態萬方，迥絕仙凡。乍看除卻神儀內瑩外別無異狀，細一諦視，通身俱似有一層祥光外映。情知大功已成，寶幢已然取到，正以玄功運用，不久便可仗以施為，好生代她忻慰。暗忖自己原是佛門弟子，看謝家姊妹，三年之別如此精進，佛法高深，果然另一境界。不知自己將來功行圓滿以後，是否還能重返初服不能？心正尋思，忽聽身後有人喝道：「你自有你的來路，羨慕旁人則甚？」

癩姑知道說話的必是智公禪師，這才想起只顧瞻仰奇景，還忘了參拜禪師。回身一看，身後不遠站著一位老和尚，貌相甚是清癯，身材也極瘦小，疏眉細目，滿面慈祥，頷下無鬚，手握一串念珠，穿著一身黃葛僧衣，頭上隱隱環著一圈佛光，身上皮膚又是金色，活似唐宋遺留的名塑名畫，羅漢形相！知他是我佛座前尊者轉世，宋時已然成道，只為願緣未了，在此佛家聖地坐關結緣，得與相見，緣福不淺！忙即五體投地，虔誠跪拜，身已改投在峨嵋門下，想不到說什麼話好。

禪師微笑道：「起來，起來。你此次見我，不過認認門路，且等下一甲子我臨去以前，你再來吧。」隨說將手一揮，癩姑只覺一陣香風，立時心地明徹，當下也不再言語。

同時二女也自用完定功起身走來，剛同拜跪下去，抬頭一看，禪師已然不見。對面佛光朗照，洞門大開，二女知道禪師二次升座，一會便有不少人來聽經說法，無須再留，便和癩姑說了，同向洞門遙拜，告辭起身。

三人離開不久，便看到英瓊、輕雲的劍光列空而來，傳聲將二人喚下，仙都二女匆匆離去。癩姑說完前事，三人商議去參謁忍大師，順便再請二人相助。三人向前飛出不多遠，面前金光一閃，倏地現出一個貌相清秀的少年禪師。定睛一看，認出是改名「寒月」的武夷散仙謝山。知是師門至交，又是二女義父，忙同拜倒。

禪師含笑喚起說道：「瓔琳二女已在準備起身，曾與你們一起出幻波池的沙紅燕，乃落伽山老怪亓南公前生寵姬，今之愛徒，情如夫婦，乃旁門中有數人物。老怪兀南公與令師祖長眉真人為同時人物，邪法極高，不必與之結仇，遇上時可相讓一二。你們自去見忍大師，日後遇機再相見吧。」

三人方自領命拜謝，金光一閃，人已不見，竟沒看出怎麼走的。只得望空拜謝起身，往下飛去，到了山腳落下。小寒山景物靈奇，終古清淑祥和，琪花瑤草，四時皆春。天氣固是日麗風和，景物更是清淑明麗。到處花開似錦，草軟如茵，白雲撐空，飛泉若練。並且所有生物，無論多兇惡的毒蛇猛獸，俱受主人佛法感度，並肩同遊而不相悖，永息殺機。加上一路樹色泉聲，花香鳥語，嵐光雲影，石韻松濤，端的靈境無邊，觀賞不盡。

行進谷中，只見谷當中一個空敞虛立的茅篷，篷內蒲團上坐著一個妙年女尼，含笑合目，神光外映，妙相莊嚴，一望而知是一位有道神尼。正待通名拜見，忽聽有人低喚，循聲注視，正是仙都二女由山側梅花林中喜孜孜出來。

二女穿著一身白衣，人既天真美麗，再由那一片粉紅色的梅花林中走出，玉貌花光，相與輝映，越顯丰神絕世，豔麗如仙！

三人各自恭恭敬敬隨著仙都二女朝前面茅篷走去，行抵篷前，剛剛下拜，神尼忽然睜開一雙靜如澄波的慧目含笑喚起，說道：「你三人遠來不易，今日之見，亦是前緣。而英瓊將來降魔法力甚高，性又剛烈，嫉惡太甚，如能遇事謹慎，寧失寬厚，勿令操切，自然獨秀英雲，早成正果！言盡於此，請自與小徒商計行止。」說罷，雙目垂簾，重又入定。

二人忙即辭謝告退，隨仙都二女到了洞府，那洞連頂共分七層，本來就似天生的一座七層奇石樓閣，再以法力巧思因勢興建，越發巧奪天工，妙不可言。癩姑和周、李二人隨同二女由底層起一層層拾級上升，見裡面陳設用具樣樣古雅精麗，一層勝似一層，各有各的妙處。內中第五層乃主人練習法術之所，卻甚簡樸。左右兩邊各設有兩種旗門，壁間還掛著許多法物寶器以及刀劍葫蘆之類。

當中地上設有一座大爐鼎，爐火已成青色。另外大小三個蒲團，一個小金缽，一個七尺長的大玉瓶。爐鼎對面有一長案，上陳法輪、如意、寶塔、金蓮等佛家八寶。珠光寶氣，互相流照。五花八門，美不勝收，一問謝琳，這些法寶，也有煉成的，也有未煉的。

英瓊笑道：「琳姊參的乃是佛家上乘、真如妙諦，到此不過三數年，哪裡收羅來的這多法寶，又哪有這許多閒空呢？」

謝瓔笑道：「舍妹妄想將來創立禪宗，廣收弟子，恰巧機緣湊合，葉姑溺愛，傳了她一部煉法的書，近來論起降魔法力，她自通曉得多，但也分心不小！聽家師口氣，好似定數，早已料到。因於成敗無關，只是平日多上好些麻煩，以及證果遲早，所以未加阻止。葉姑先本不想全傳舍妹，由於巧取強求而得，因此常時笑說舍妹自尋煩惱。舍妹卻把這部法訣學全之後，所有禪門與各異派中法術、法寶無不洞悉微妙，你們沒見先前我姊妹心性言行無不如一，這次見面，大致雖仍不差，心意和說話便稍有出入了麼？」

英瓊笑道：「琳姊原要創立禪宗，將來普度有緣，多收高弟，也是佳事。」

謝瓔道：「你說得倒是容易，不知眾生好度人難度麼?你看舍妹這一念之因，將來不知要出上多少事呢？」

輕雲道：「二位姊姊得忍大師與一音大師真傳，今日又得佛門至寶，日後再加以精進，法力日益高強，何致有甚為難之事！姊姊未免多慮了。」

謝瓔道：「學無止境，異派中也大有能手。當年絕尊者那麼高的法力，尚且不能完成盡滅諸般魔法的宏願，並還因此沉滯正果五百年，終於自家懺悔，方得成就正果。舍妹準備學他，難道比他還強麼？」癩姑驚道：「如此說來，這部煉法的道書便是梁武帝時神僧絕尊者住一禪師所著的《滅魔寶籙》了？」

謝琳接口笑道：「姊姊多慮！我又不曾發下絕尊者那樣為滅群魔不令異派存留的宏願。學成之後，只不過惟力是視，因人而施。把那造孽太多的妖邪除去，別的左道旁門，只他不甚為害生靈便不去理他，這也值得如此擔心麼？」

謝瓔微笑不語，癩姑道：「前聽家師說，絕尊者《滅魔寶籙》是古今第一異書，此書差不多集正邪各派法術之大成，每種均有絕尊者所留解破之法，反、正兩面俱都齊全。各異派中最神奇的法術、法寶均載其上，只一精習以後，任他多麼神通的左道妖邪，也絕非其敵！」

仙都二女說著，隨邀癩姑等三人往左側一片開著形如曇花的花樹疏林以內，就著林中所設的翠玉桌墩環坐。謝琳從容述說學習絕尊者《滅魔寶籙》的經過。原來自峨嵋開府之後，二女隨到小寒山隨忍大師靜修。原來謝葉二人至多間月一到，到第二年內分手，過了四個多月均未見來。二女思念異常，正趕這日忍大師向二女說法完畢，將要入定。二女知道師父和自己不是尋常師徒情分，雙雙涎著臉投在忍大師懷裏軟語求告，要往武夷省親，便道訪看葉姑，問其何以數月不來。

忍大師先以二女此行易與強仇相遇，不是敵手，不肯答應。嗣吃二女一味軟磨，不忍堅拒，笑對二女道：「你們所結強仇毒手摩什，恨你二人切骨。軒轅妖宮有一異寶，妖人能以心靈所注遍查宇內人物動靜，隨時都在留心觀察。去是可去，但在三日之後，由我先傳你二人『有無相護身神光』方可前往。」二女喜出望外，忙即拜謝領命。

忍大師隨即如法傳授，到了第三日上，二女「有無相神光」便自煉成運用純熟，隨即拜別起身。遵從師命由小寒山起便用「有無相神光」隱去形跡，起身往武夷飛去。到後一看，山頂全是白雲鋪滿，正要行法穿雲而下，忽見一道金光自下方射來，衝開一道雲衖。

二女低頭一看，雲衖下面，梅花林外，乃父身著黃葛僧衣，正朝上面含笑招手。連忙爭先飛落到地，雙雙拜倒。寒月一手一個扶起，一同走進屋內，笑道：「你葉姑費了許多心力，在倚天崖對面千尋石壁之內，將昔年東晉時神僧絕尊者的一部《伏魔煉法》的真訣取到手內。但是此舉對她異日成道，卻必定因之遲滯，甚或有害！」

二女也聽說過《滅魔寶籙》之名，但義父卻說此書對葉姑將來有害，好生不解。寒月又道：「你葉姑已在練習寶籙，日內盡通諸法。這部降魔真訣，以你們此時法力學之則甚易，只要記下便能依此通解。不論何人，憑著各人的願力緣法將那部真訣默記下來。記下者便是機緣，可以修習。」

謝瓔道：「練習降魔真訣乃於女兒修道有益之事。難道此舉於女兒將來修道上還有什麼弊害不成？」

寒月大師笑道：「你們所修者是佛家上乘正覺，如若明瞭這部真訣，將來法力雖高，於成道上也不免要多添枝節，增加困苦。」

謝琳插口說道：「爹爹說習了此法以後，容易招致魔頭，為異日修為之阻麼？女兒已想過，只要道心空明，具大定力，任什麼魔頭無足為害！

異日還可發大願力掃蕩群魔，再好沒有！」

寒月大師聞言頗喜，及聽到末句蕩魔之言，細視謝琳雙眉隱現一絲殺氣，謝瓔卻是依舊心光湛然，神儀如瑩。知道事由前定，姊妹二人日後道路不同，只是微笑不語。當下二女在武夷住了幾日，就起身往川邊倚天崖飛去。到了之後，見到葉繽，葉繽得了《滅魔寶籙》之後，也知道修習寶籙之人，日後不免大開殺戒，於佛門正果上大有妨礙，是以不欲傳授二女，但謝山怕葉繽一人練法，更易入魔，是以意欲在二女之中隨機緣擇一人，和葉繽一起修練，以作互相維持之備。

二女進了葉繽的山洞，葉繽拉著二女，道：「書未收拾，事完再詳談吧。」

謝琳早已瞥見壇前有一矮石案，案上陳著一本道書，旁有一堆金沙。聞言故作不知，含笑將頭連搖道：「葉姑，不收書有什麼緊要！莫非還有不許我們看麼？」

第九回　天生麗質　豔身遭毀

葉繽聞言笑道：「此書以前乃神泥封合，被我化成散沙方得取出，還原並非易事，先談一會也好。」

二女早經謝山指點，故意纏著葉繽問長問短，靜候時機偷看寶籙，不多一會，葉繽忽然道：「你父親不知有何要事與我通靈，時間也不知久暫，現用法力將此書禁制，你二人不許淘氣偷看。」

謝琳將小嘴一撇，答道：「葉姑既不放心我們，請收起來罷！放在桌上，我們是要偷了逃走的啊。」

葉繽急於和謝山問答，微笑了笑，也未答話，將手一指，案上那堆金沙立化成一幢金花寶焰，將書籠罩。跟著雙目垂簾，便就坐上入定。

二女不料有此一著。見那金花寶焰強烈異常，寶籙就在其內，連施法力不能移動分毫。正乾著發急，謝瓔比較沉穩，見伎倆已窮，只師傳「有無相神光」不曾施為，師父曾說此法不但護身神妙，並能制壓敵人法寶，何不姑且一試？

佛家妙法果然不可思議，那桌上金光寶焰吃「有無相神光」一壓，立即光華銳減。謝琳見狀大喜，知道寶焰乃神泥所化，佛光既可克制此寶，自可隨意取攜。當下更不怠慢，在神光護身之下，一伸手便把書取到手內，縱向一旁默記。

謝瓔見神光生效，本想伸手去取，一見妹子捷足先登，知是定數，只得罷了。那寶籙共是正反各五十三章，長約一尺三寸，寬只三四寸，非紙非絹，色作金黃，異香芬馥，不知何質所製。上面滿是篆引符籙，並且另有注釋和偈咒用法，果然詳明，一見即可通曉。謝琳已是神仙中人，早得玄珠，一通百通。謝琳記看迅速，不消片刻便即默記胸中。見葉繽仍在定中，忙把書仍放原處，一面朝謝瓔打手勢，告以書已還原，葉姑許可瞞過，少時說是不說。

謝瓔見她喜形於色，笑道：「葉姑只是一時疏忽，她是能瞞的人麼？你看神泥雖仍放光，經過『有無相神光』一照，已無先前強烈，明是破綻，乖乖認錯吧！」謝琳含笑點頭，方去葉繽身側跪下，葉繽已自醒轉，面有愠色，也不答理謝琳，只向謝瓔道：「我起初只當你二人言行心性無不如一，今日看來還是你好得多！」

謝瓔忙已跪下道：「此事休怪琳妹一人，這是爹爹惟恐葉姑來日多事，特意設下此計，乘虛盜習寶籙，原定我姊妹不論何人，先到手便算。瓔兒也未始不想學習，只被琳妹搶先，慢了一步，葉姑不要生氣！」

葉繽聞言，半晌不語，才道：「琳兒已將寶籙盜習，事已如此，我索性再指點她一番，使她更易習練。此事於正經修為上實有弊害，瓔兒卻須謹記我誡，萬萬習不得。這樣你二人長短互助，彼此均有大益，如你也同學會，不但將來你不能助她，反而同受阻累，那就更為不值了！」

葉繽說罷，便令謝瓔立向一旁，手指處先收了桌上金花寶焰，跟著前面飛起一片金霞，謝瓔便被隔斷，聽不見葉繽、謝琳說話聲音。待有個把時辰，金霞斂處，仍復原狀，謝琳神色似頗忻喜。

葉繽隨命二女離去，並向二女來時在路上可曾生事。謝琳笑答道：「來時曾遇一妖人在屠殺無辜，順手將他殺了，也不知何方妖人！」

葉繽搖頭道：「你們殺的乃是妖婦烏頭婆之子，老妖婦邪法厲害，你們一離此處，必被追上，要小心為上！」二女也未曾在意，告辭離去。

時已入夜，月光如水，天宇澄清。方覺無甚跡兆，忽聽哭聲淒慘尖厲，若遠若近，若斷若續。二女雖近年功力精進，又在「有無相神光」保護之下，仍立時覺著心旌搖搖，真神欲顫！知是妖婦烏頭婆的「七煞形音攝魂大法」，暗呼厲害，忙即加緊戒備，一面運用禪功鎮定心神，一面謝琳暗中準備施為。姊妹二人並肩一起，忽左忽右，作「之」字形迎上前去。

正好妖婦烏頭婆迎面飛來，二女正飛行間，忽見前面一團愁雲慘霧擁著一個妖婦飛來，忙分向兩旁閃開。定睛一看，那妖婦又高又大，臉似烏金，一頭黑灰色的亂髮披拂肩背之上，兩邊鬢腳垂著一蓬白紙團，團下垂著一掛紙錢。

那妖婦生就一張馬臉，吊額突睛，鼻孔深陷，兩顴高聳，闊口厚唇，血也似紅，白牙森列，下巴後縮，長臂赤足，手如鳥爪，掌薄指長。身穿一件灰白色短麻衣，腰懸革囊，肩背上斜掛著七個死人頭骨，並非骷髏，都是相貌猙獰，獠牙外露，口眼鼻子亂動，背上釘著三叉一刀。

二女出世不久，只在峨嵋開府略有見聞，幾曾見過這等醜惡窮凶的妖邪！謝瓔方自暗笑見了活鬼，謝琳業已準備應付，笑罵道：「瞎眼鬼妖婦，你睜著一雙鬼眼，連人都認不清，亂找些什麼？」話才出口，人也同時加急飛行，忽左忽右，往斜刺裡飛去。

妖婦聞聲一聲厲吼，兩手一揮，便往發聲處憑空撈去，十條灰黑色的暗影閃電一般掃來，又發出一聲極尖銳的淒厲哭聲。她這妖法非同小可，只聽到她的哭聲，心神便即不能自制，將魂攝去。謝琳心恃敵明我暗，本意還想侮弄，及聽哭聲入耳，儘管有了戒備，依然機伶伶打了一個冷戰，才知妖婦不是易與！

當下不敢怠慢，忙照《滅魔寶籙》所傳破法，以全力運用真氣，將手一揚，連同靈訣發將出去。當時好似一個極大的皮泡當空爆裂，震得天搖地動，四山皆起回應。妖婦驟不及防，立受重創，元氣耗散。不敢戀戰，長嘯一聲，就此破空遁去。

謝琳看出妖婦受傷，還待再取法寶乘勝給她一下，沒料去得這快！才聽嘯聲，已然化黑煙遁去，只聽尾音搖曳遙空，再無形影。忙與謝瓔會合同往小寒山飛去。

剛飛出不多遠，忽又聽異聲再起遙空。循聲一看，來路天邊現出一片烏金色的雲光，勢如潮湧，正由東南方飛來，鋪天蓋地一般，其疾如電，飛得又低又廣。二女一見便認出是強仇毒手摩什的妖雲，頗似發現自己蹤跡，仗著他烏金光幕飛行神速，趕急追來。

二人方自尋思，那烏金雲光已然追出老遠，忽又由極遠處飛將回來，勢子比前更急，展布也更廣大，天被遮黑了半邊！光中發出極猛惡的厲嘯，這時皓月明星之下，只見天邊烏雲萬丈，瀰漫遙空，中夾千萬點小金星，星馳電掣，晃眼只剩極小一片烏金色的雲影沒入青旻杳靄之中，端的神速已極！二女雖恃神光護身，見此猛惡聲勢，也自駭然！

幸而雲光並未停下，二女催遁光直飛茅亭前面落下，見師父尚在入定，一同走向蒲團前拜倒。行完了禮，待要退下，忍大師忽然啟眸微笑道：「琳兒自尋苦惱，殺機一啟，從此多事！瓔兒除與琳兒同習佛法，每值琳兒習練寶籙諸法時，務要避開。暫時禦敵降魔，琳兒自較擅場，將來成就仍是瓔兒佔先。以後表裡為用，各有補益，如若見獵心喜，非徒無益且有損了。」說罷，又指示了一些功課，便即入定。

不消數月時光，謝琳便將全書習完了，一切伏魔諸法均可隨意運用。雖還未到爐火純青境地，法力高強已遠勝往昔，禪門基本功夫卻比謝瓔遜了一籌。

這幾月中謝瓔一意禪修，毫不外騖，不但心光湛然，靈慧獨超，便是護身神光以及平日經佛法重煉的飛劍法寶也同增了威力妙用。二女各有勝場。言行心性不覺也有動靜之異，不似以前姊妹二人一言一動連心意都是一樣。

這日「寒月禪師」謝山忽來說大雪山絕壑之下，有一佛家靈境，地名青蓮峪，有一神僧智公禪師在彼隱居。這位神僧原是我佛座下第四十七尊者阿閦修利羅。因在南宋末年轉世，有許多因願未了，為此苦願閉關，以完當年願力，每隔一甲子開關一次，普度有緣人。他那蓮池底下靈泉穴內有西方嘛羅披提尊者一千年前封藏的一件至寶，名為「七寶金幢」，上附七寶奇珍，威力神妙，不可思議，乃是西方嘛羅偈波提尊者千年前所用降魔至寶。這次禪師開關，正當此寶期滿出世，當時並有花開見佛靈異之景，應為二女所得。

二女聞言大喜，依時前往，恰遇癩姑，攻取七寶金幢經過，前文已有詳述，此處不再重複。

卻說英瓊、輕雲、癩姑三人聽完仙都二女修習《滅魔寶籙》的經過，都好生代她歡喜，商議要一起到幻波池去。謝瓔說：「毒手摩什記恨前仇，日常都在窺伺，保不相遇。固然此時他已不能奈何我們，但還是多一事不如少一事，能不與這妖孽對面總較省心。何況我又忙著往靜瓊谷去，眼前反正除他不了，何必白費力氣與他糾纏！我們五人都用神光隱形飛遁吧。」

謝琳立時道：「越不與見，越當我們怕他！似這樣鬧得我們行動都難自如，豈非笑話！索性遇上，給他一點厲害，縱不能就此除害，也好使這妖孽稍見風色，以後不敢正眼相覷。我們從容上路，妖孽不來相犯，也不故意尋他生事。如若遇上，或他來尋晦氣，就說不得了！」英瓊聞言首先鼓掌稱善。

謝瓔笑道：「琳妹只顧說得高興，固然你習寶籙諸法，法力大長，但照你目前功力，尋常妖孽自非你的對手，軒轅師徒卻是難操勝算。七寶金幢雖有無上威力，無奈上面十色舍利已飛返西方，容易多傷無辜異類。智公禪師和師父、葉姑均曾再三告誡，不許輕易施為，又豈是一遇妖邪，不論在什地方，便可冒失取用的麼？」

癩姑想先見識「七寶金幢」威力，覺著二女早晚要與妖人交手，既無可畏，何須掩藏示敵以怯！就算「七寶金幢」不能妄用，還有「牟尼寶珠」、「紫青雙劍」和「屠龍刀」，哪一件都是妖人剋星！怕得何來，也大力贊同。

謝瓔笑道：「我是想早到靜瓊谷看看瓊妹所說的易姊姊高弟上官紅如何可愛，惟恐耽延時刻。既是大家都願明走，我自難違眾意。不過這妖孽來勢神速，捷如雷電，一出小寒山，我們五人便須把遁光合在一齊，隨時準備，免有疏失！」

眾人都表同意，將遁光會合，一起飛馳。不料平平順順飛回靜瓊谷，途中一個妖人也未見到！癩姑等三人見谷中禁制依然，一同飛落現形。見神鵰獨立洞外崖角之上，偏頭向上觀聽，眾弟子一個不在洞外。神鵰見眾現身，忙迎上來喜嘯了兩聲。

洞中諸人已聞鵰嘯，趕迎出來紛紛上前禮拜不迭。輕雲、英瓊見趙燕兒也在其內，好生驚喜忻慰，彼此匆匆禮敘，同入洞中落坐。才知原來

「女神嬰」易靜自恃法力高強，心高膽大，自從初探幻波池受了挫折，回谷以後，越想越愧忿。知道妖屍已將聖姑所遺禁制全部運用，以自己的法力決難勝她，可是此仇非報不可，縱然不能獨竟全力，給妖屍一個重創，或將道書、法寶盜出一兩件，也好稍為挽回顏面。

是以便逕攜上官紅趕回南海玄龜殿去向父母求助。乃母楊姑婆終是心疼愛女，勉徇其請，賜了一件專禦五遁之寶「元象圈」。易周道法高深，也將洞中虛實指點一番。

易靜入洞之後，潛入方塘，救起燕兒，適遇英瓊等與人鬥法，燕兒傷重，便拉著燕兒躲入一個小洞之中。一面用「代形法」幻出一個假燕兒禁在原處愚弄妖屍，以防察覺。而且還乘妖屍不覺，把聖姑所留幻波池中總圖尋到！

總圖一得，備悉全洞禁制奧妙，收發運用，無不如意，便令燕兒先出幻波池，自己還要獨自去建功，燕兒也是回來不久。眾人一聽易靜還在幻波池中，雖說總圖已得，池中妖邪畢集，也是為她擔心，囑燕兒在谷中留守，眾人便隱住身形往幻波池飛去。

卻說「髗屍」崔盈，因強敵迭來，已將毒手摩什召來。人是請了來，但又恐毒手摩什糾纏不休，萬一為其所迫，汙玷聖姑仙府，益發不了！決計暫時不再以肉身出動，專以元神應付，以免毒手摩什強行糾纏。那肉身本在西洞寢室玉榻上停放已歷多年，近日已把寢宮移向北洞下一層。因是天生淫蕩邪媚之性，閒中無事，又喜用那肉身賣弄風情蕩態撩撥妖黨。眾妖黨自然願她早日破去聖姑寢宮禁制，搜取藏珍，毀了洞府，一同離去。哪知妖屍雖然復體脫困，心神暗中仍被聖姑法力禁制，一到進退關頭便不能自主，總覺時機未至，由不得遲疑起來，老是遷延委決不定。

毒手摩什應召而來，與妖屍合力將所煉幾件破寢宮的法寶煉好，方始議定癸未日下手破宮。

癩姑等眾人遁光迅速，不一會幻波池已自飛近，晃眼就要穿波直下。眾人猛瞥見池面上似有烏金色光雲閃動，忙按遁光暫緩前進。就在眾人目光到處，同時又發現兩道青白光華由池底衝波而上，已然快出水面，高起僅得尺許，便吃那烏金雲光由下方急追上來，勢比青光迅速得多，似光網一般將兩道白光一齊罩住，立時便被兜壓了下去。

跟著便聽毒手摩什的怪聲吃吃狂笑自洞底深處傳來，同時又有兩聲怒吼，聲甚慘厲，底下聲息便自寂然，仍和以往一樣。癩姑見狀猛的心動，打手勢令眾追蹤而下。眾人也自醒悟，尤其周、李二人覺那青白光華眼熟，必是日前衛、沙等逃人重來，遇見毒手摩什鬥敗欲逃，又吃邪法擒回！照此情勢，下面洞門必被來人攻破，正可乘虛而入。

當時全都會意，一同往下飛降。落地一看，果然洞門竟有兩處大開，是中西兩洞。忙分兩路急飛入內。剛一進門，外層洞門首先自行關閉，跟著內洞門也閉。眾人兩路都是加急前駛，毫未停歇，等內外兩層門戶一齊閉上，人已深入險地！

妖屍過信毒手摩什，擒殺敵人以後沒有立即閉洞，行事疏忽。到毒手摩什大模大樣從容走入，才將各層禁制復原。一面賣弄風情，妙目流波，作了一個媚笑，嚦聲說道：「今夜子時便可功行圓滿，有你在此，料他大羅神仙走進也自送死！我想此時回轉臥室調煉元神真氣，不許你跟著進來又發猴急擾我！明日起長久補報，憑你把我怎樣吧！」說時媚眼中現出無限蕩意，說完，故意笑吟吟往北洞寢宮走去。

此時毒手摩什迷戀已深，見狀直恨不能抱著咬上兩口。見妖屍正扭著妖軀行到轉角，又回身斜睨媚笑道：「你還不到中洞坐鎮，只管看我則甚？」

毒手摩什聞言，再也忍耐不住慾火，怪吼一聲，一縱妖光便追撲上去。不料妖屍想他為己出死力，故意施展邪媚之術，有心撩撥，好使賣命，此著早已防到！含著媚笑，只一閃便即飛遁，緊跟著門便自關上。

毒手摩什被她逗得啼笑皆非，急惱不得，慾火難消，發了野性，暴跳如雷叫囂起來。妖屍意猶未足，又在內傳聲媚笑道：「你枉自法力高強，修道多年，這塊肥肉遲早是你的，共只還有一夜功夫也熬不過麼！」

毒手摩什妖法原高，身在外面，雖不似妖宮有寶可以查形照影，查仇敵蹤跡於千百里外，百里內外的動靜形跡也立可查知。也是色慾蒙心，一意想和妖屍纏綿，是以英瓊等人入洞竟未察覺！其時癩姑、輕雲、謝琳已到洞外，看妖屍離去，毒手摩什仍守候在室內，目光注定妖屍去路甬道，意似情急焦燥又無可奈何之狀。

忽又聽妖屍發話道：「還有幾人，都是一樣癡情，均為我出過死力，比你還認真。分手以前也應假以辭色，說上兩句中聽的話。少時我要把他們逐個喚來談說幾句，說完再來請你。今夜還須他們出力相助，免你一人勢單。不許你多心呢！」說完跟著一聲媚笑。毒手摩什好似聽了生氣，又不敢發作，妖屍也不再說。

妖屍卻另有打算，覺得有毒手摩什一人，足可濟事，餘黨全是贅物。這般妖黨又各許有甜頭，自從新情人來，雖然膽怯不敢與爭，背後對自己全發過牢騷。明日脫難，和毒手摩什棄眾一走，全成仇敵，日後還須防人報復！欲乘半日閒暇挨個試上一試，除非試出真對自己不敢絲毫違忤的還可容其存活，如若怨望不遜或是暗中要脅，索性將他除去，以免後患！

妖屍為了要召喚妖黨，將好幾處甬道的禁制全都停住，便宜癩姑、謝琳、輕雲、上官紅四人掩至妖屍寢室之外。四人才一進門，忽聽室中起了豔歌之聲，萬分柔媚之中，隱含無限幽怨，詞句尤為纏綿深意，只管情深一往，卻無一句淫蕩之言。四人那麼痛恨妖屍，也覺情致動人憐愛，聲更十分娛耳。知道妖屍正用此歌召一同黨，人來必定放進，立可跟蹤而入，正是一絕好時機。

待了一會，妖屍又在室內曼聲長嘆道：「朱道友，你怎麼不知我的苦衷？就不願再理我！難道略說我不得已的苦況，你也不屑聽麼？」邊說邊又哽咽起來，聲甚淒婉，益發動人憐意。

四人又等了片刻，忽見妖屍由左邊六角小紅門內現身走出，眾人中只有輕雲一人以前兩進幻波池和妖屍對過面，這時看她論容貌並非不美，只滿面上帶著獰笑，眉梢眼角威稜隱隱，時閃凶光，好似蘊蓄著無限殺氣。豔冶柔媚的姿容體態，變作了冰冷薄情，一臉獰厲之相！

妖屍才一出現，便戟指向前空畫了七八下，立有一片符籙形的輕雲出現，浮空停立在她面前。妖屍再以左手掐訣，照符煙上一揚，張口一噴，那符煙也一閃即隱。妖屍隨又曼聲悲嘆道：「朱道友，既有今日，何必當初！既然見拒，我已無顏再見你面，我已止住前洞埋伏，開放門戶，請自便吧！」四人見妖屍邊說邊側耳靜聽，面色越發獰厲難看，語聲卻更覺柔媚淒婉！如非眼見，幾疑說話的乃是另一個癡情少女，絕不是她！

妖屍施完法，便向寢宮內走進，四人仗著佛家「有無相神光」隱身，立時趁隙跟進。進去一看，俱都暗中驚奇不置。原來那間臥室通體正圓，分成內外兩個半間，當中隔著一道簾幕，質類五色鮫綃，雲錦雙懸，流蘇下垂，看去鮮豔絕倫。妖屍臥榻設在裡面的半間。外半陳設坐具，已是巧奪鬼工，寶氣珠光輝映全室；而內半陳設之綺麗新奇，尤非筆墨所能形容。當中放著一個腰圓形的碧玉榻，一切鏡臺奩具以至衣覆被褥之類無不齊備，應有盡有，只是所有物品，珍奇異常，塵世上多富貴的人家也不易見到一件。

就在這妖屍回房俄頃之間，先前極惡窮凶，滿臉獰厲的本相已收拾淨盡，連容貌神情都似變過。這時正做出閨中美眷午夢初回，睡眼惺忪，春情蕩漾，所思不至，無可奈何，嬌慵欲墮之狀。一副妖軀正半臥半坐靠在榻頭玉屏風上，那腰圓形的玉榻，只近頭一面兩邊有近二尺長雕鏤精工的扶手矮欄，餘者三面全都空著。榻上鋪陳著極厚而軟的錦茵，人臥其上，身體便陷沒了小半。

妖屍身上半蓋半裹著一床色作淡青，看去又輕又軟的被單，上半身雙肩前胸和手臂露出在外，一手微搭胸前，另一手臂懶洋洋支向右側玉欄之上。身穿一件薄如蟬翼雪也似白的道衣，前胸微敞，露出雪白粉頸半段酥胸，乳峰隱隱墳起。沒蓋著的地方肌膚玉映，露出半截臂膀和那十指春蔥，說不出的粉鑄脂合，圓滑朗潤。

下半身雖被蓋住，卻在有意無意之中半隱半現的露出一段玉腿。神情隱含幽怨，玉頰春生，櫻唇紅破，瓠犀微露，蘊藏著萬種風流，無限情思。端的穠纖合度，體態妖嬈，從頭到腳無一處不撩撥人的遐想！

癩姑先見榻旁綠玉案上擺著好幾件閨閣中人所用粉奩妝具，多半蘊有奇光，隱隱有邪氣透出。同吋謝琳也自發現，二人正同向輕雲、上官紅打手勢指點，令其留心戒備時，猛聞到這股妖香，立覺心神微微一蕩，忙運玄功把心神鎮住。癲姑覺著自己和謝琳、輕雲無妨，上官紅年幼道淺，禁不住邪法潛侵，方欲行法防禦，謝琳的「有無相神光」隨著心念動處，已發出威力將香氣隔斷。

此是妖屍「白骨鎖魂香」，道力稍差一點的人只聞到這香氣，立被迷惑，軟醉如泥，任她盡情擺佈，決無倖免！

四人小心翼翼，不敢露絲毫形跡，忽聽門外有人說道：「玉娘子，容我進來麼？」連問兩聲，妖屍通未答理。四人料定是那姓朱的同黨，來人竟是一身仙風道骨，羽衣星冠，儀容秀朗，通體不帶一絲邪氣！舉止神情也極文雅從容！四人心中奇怪：「此人怎也會為妖屍所迷？」

妖屍在裡面微微嘆息一聲，那道者聞妖屍微嘆之聲，好似感動，倏地把牙關一咬，從容款步走入，當道者初來在外喚玉娘子時，妖屍一面裝著負氣不理，一面手持兩寸大小晶鏡隔著簾幕往外照著，面上微有慍色。直到道者入室，口角邊忽又帶著一點冷笑，四人看得逼真。那道者好似常作入幕之賓，一進門便直往簾內走去，目光卻四面注視，意似查看室中有無可疑形跡。到了榻前，便向妖屍身側坐下。

妖屍也不起立招呼，只媚目流波，斜睨了一眼，便自將目合攏不再理睬。道者只把雙目注定妖屍，由頭至腳仔細領略端詳，大有秀色可餐、愛極忘形之意。漸漸由上而下看到那隻欺霜勝雪、纖細柔滑的白足微露被角之外，竟情不自禁俯身下去，在那綿軟溫柔、無異初剝春蔥的纖指上親了又一親，更又伸手下去將那隻美妙無雙的白足握住，撫摩了一會，又跪將下去親了親，手也漸漸往粉腿上摸去。

這時妖屍元神早已離身飛起，現出一副滿頭鮮血狼藉的惡相，正站道者身後。那道者直似始終不曾覺察。妖屍元神忽又不見。冷不防把足一縮，用力稍猛，將下半身蓋的那床錦被掀開了些。那一雙脂滑玉潤的粉腿立即呈現，道者也就勢撲將上去，雙手摟緊，不住溫存撫愛。妖屍毫無躲閃，滿面微笑，媚波瑩活，俯睨著俯伏在她身上的道者，眉梢眼角春情蕩意自然流露，那搭在胸前的纖纖玉手伸向道者頭上輕輕撫弄，好似柔情款款，不能自禁之狀。

謝琳見此邪情醜態，忍不住要出手，癩姑心細多識，覺那道者功候法力不是尋常，雖然迷戀妖屍，面上並無邪氣，人也不帶分毫奸惡之相，這等放浪無恥情形，太過可怪！忙止謝琳先勿下手，徐觀其變。

只見妖屍粉頰紅暈，媚目春情淫蕩之態益發不堪，淫心已然大動，正欠嬌軀抬起左邊一條粉腿，待要夾向對方頭上，同時櫻口微動，吐出一絲粉紅色的輕煙，飛向對方頭上。

那道者忽似驟然遇到毒蛇猛獸一般，倏地捨了妖屍兩條粉腿，慌不迭飛身縱退兩丈以外，也把口一張，一股青色的道家內元真氣立噴出來護住全身，帶著滿臉愁苦之容，悲聲說道：「請你念在前情，暫且寬緩一步，等我說完了話，死活由你如何？」

變出非常，大出妖屍與四人意料之外！妖屍正在發動春情，噴出香霧迷誘對方，本心同作淫樂，不料突然躍起，再看到那等愁眉淚眼情景，怒火慾焰一起點燃，當時毒念重生，不顧發話，首先把手一指，那右方垂著的半片簾幔立化一大片血赤色的火焰，火網一般電掣飛墮，將對方罩住。一面目射凶光注定對方，那雙淫凶眼裡直要冒出火來，先前玉豔花嬌，柔情密愛，全化烏有，豔色美人頓成羅剎變相！冷冷獰笑道：「你不知我性情麼？還有甚說的！」

道者滿面悲憤，道：「玉娘子，你不但想殺我，且欲用血焰銷魂之法，逼我生魂供你破法之用！實對你說，我也不想逃，要想殺我，除非自甘就死，也非容易！你如稍念舊情，便請容我兵解。能否攝我生魂為用，那要看你法力，言盡於此，你意如何？」

妖屍聽了，連連獰笑，手指處，由床頭短屏上發出萬千縷其細如針的五色光華，朝火焰中射去。只見血焰大盛，飛針彩光閃閃，蝟集如雨。道者意似有些苦痛，依然強忍。旁邊謝琳見此淫凶，又要動手，又是癩姑強行止住。

正在此際，四人覺著外面似有微聲飛入，隨見簾外有烏金影子一閃。妖屍卻如未見，更肆毒口，神情愈惡。四人知是毒手摩什妒火中燒，潛蹤窺伺，只不知他隱身法入門會有聲形，方覺奇怪。妖屍已然縱身飛起，化作一片碧陰陰的光影，朝道者撲去。

癩姑知是時候，立把手一揮，上官紅暫立原處不動，癩姑等三人各把飛刀、飛劍、法寶、神雷，冷不防一齊發動，先朝榻上妖屍肉身飛去！只見白、金、紅、青各色光華七八道一齊飛射。同時霹靂連聲，打得滿屋俱是星光雷火！

妖屍剛一發覺有警，心下驚急，慌不迭返身回救時，那一副千嬌百媚粉鑄脂凝的豔骨香肌，已被三人的寶劍神雷連絞帶炸，成了一堆焦黑糜爛的血肉，狼藉滿地，四下飛濺！妖屍萬分情急之下，只顧得搶救那具肉身，猛撲上去，癩姑等三人立同移鋒相向！

妖屍原身沒有搶救成功，反迎著中了謝琳一雷！癩姑出手便用「屠龍刀」，連同輕雲青索劍一齊電掣飛繞上去，妖屍縱然神通廣大，也禁不住這三人的幾面夾攻，元神受創不輕，見勢不佳，咬牙切齒厲嘯一聲，遁向一旁，晃眼無蹤！

當四人成功，妖屍受傷遁走時，毒手摩什也自動手。首先發出一大片烏金光華，將裡外室一齊佈滿，一面施展邪法迫令敵人現形。那烏金光華乃是妖人所煉「七煞玄陰天羅」，為軒轅老怪獨門邪法，一任隱形護身法寶如何神妙，均有感覺，不必見人便可圍困，威力絕大，神速異常！

四人雖仗神光護身，沒有受傷，離身兩丈以外卻被四面緊迫，離頭丈許也受到了重壓。這時全室充滿妖光，只四人立處空出不到兩丈大小一團，照此情形，隱不隱相等。反正隱已無用，便把身形一同現出。一面運用神光抵禦，一面把飛刀、飛劍、法寶、神雷發出去向妖人夾攻。

哪知劍光、寶光上去便覺出有了阻力，妖光更是隨分隨合，「屠龍刀」與「青索劍」竟傷妖人不得！只見烏金色妖光頻頻閃動明滅，隨著刀劍寶光飛馳繞射，變幻不已，一任四人全力夾攻，竟奈何不得分毫。

癩姑見長此相持不是辦法，想衝到到外面再作計較。妖屍忽然出現，披頭散髮，滿面血污狼藉，狀極凶厲，戟指跳足向四人厲聲喝罵：「該萬死的賤婢，竟敢暗算仙姑法體，少時擒到，不教你們受我一千年煉魂磨身之刑，誓不為人！」說罷，轉身又向道者大罵：「你這死有餘辜的狗賊道，速將生魂借我以報今日之仇，將來還能放你轉世，否則我夫妻已將仇人困住，一樣也能報仇，你卻要受煉魂之慘，早晚形神皆滅，連轉劫再世都無望了！」

那道者聞言略一尋思，在火焰中高聲答道：「我本想以此身了這孽債，現和你孽緣已盡，百年迷夢也自覺醒。你想用我生魂行使妖法，此時我已在你們掌握之中，可將妖火撤去，隨便一刀一劍均可殺我，你下手罷！」

四人本就覺那道者可憐，俱想救他。後來癩姑聽出此人因為毀了戒禮，自懺前非，欲以一死了此孽緣。方改主意，決計助他兵解，再救他元神脫險。謝琳素性仁俠，更是早抱不平。二人同一心理，正在算計如何解救，妖屍已自冷笑道：「諒你也逃不脫我夫妻的手內！」

妖屍說著，把手一招，赤紅火焰立即飛回，那道者仍在真氣護身之下昂立不動。妖屍怒喝：「狗賊道還在賣弄伎倆，怎能殺你？」道者冷笑道：「你只把刀劍放來，我必無抗拒，一准兵解就是！」

妖屍左肩一搖，立有尺許長一口飛刀向前飛去，那道者瞥見刀光臨頭，哈哈一笑，護身正氣立即收斂，毫不閃避。刀光往下一落，將頭斬斷。緊跟著便見一團青氣裹住一個小人疾飛而起。妖屍也真歹毒，人一殺死，揚手便是一蓬黑紗般的妖霧朝那小人當頭罩下。

癩姑等四人早就打好主意，準備道者一死，立即猛衝上前解救。謝琳所習《滅魔寶籙》，專破這類攝魂邪法。一眼瞥見妖屍手上放出黑色煙網，倏地轉身衝盪開烏金妖光，往道者身前趕去。一面手掐靈訣，往外一揚，手上立現出明如皓月的寒光，妖網便有似潑雪向火，一閃即消。

謝琳隨手再把寒光罩向小人身上，那小人似喜極，連在光中稽首不已。癩姑、輕雲惟恐妖屍又有別的邪法，也在此時指揮法寶、飛劍向妖屍攻去。妖屍萬想不到敵人被困妖光之內還有這等法力，竟被鬧了個措手不及，只得先運玄功，變化抵禦躲閃，設法還攻。

毒手摩什怪吼一聲，連忙趕去，已自無及。四人往前只一湊，那小人早在「有無相神光」以內，益發無如之何！妖屍、毒手見此情形，憤怒欲狂！四人救了道者元神，想轉身往前衝逃出去，猛覺天旋地轉，頓成了黑暗世界。身外妖光加了力量，烏金雲光不住明滅閃變。連癩姑、謝琳的慧目法眼均看不出眼前景物，彷彿存身之所已非原處。上下四外無邊無際，妖光以外一無所見。

原來妖屍已暗中顛倒禁法，變換地形門戶。就在天旋地轉、妖光明滅甚急之際，四人已被移出室外。二妖孽正在全力施為。洞中原有禁制埋伏，本就厲害非常，況又加上二妖孽全力施為，自然其力更強。謝琳初次經歷，和癩姑、輕雲一樣，只知妖屍已用五行大挪移法換了地方，身已不在原地。至於五遁，妖屍既恐無功，又恐仇敵因以警覺，打草驚蛇，轉生枝節，不來上套，意欲一舉便致死命，雖然移來，隱忍未發，只仗妖光掩護，陰施毒計。妖光以外一片混亂，暗影昏沉，渺無邊際。

謝琳以為這類妖術邪法破之甚易，便把《滅魔寶籙》上的「三陽降魔禪焰」和「五火神雷」相繼施展出來。只見金光寶焰、五色神雷火花雹雨一般發將出去，再加上原發出去的刀劍法寶，電掣虹飛，威力立時大增。初意這一發動，妖術邪法定必失敗。哪知妖屍用的是聖姑所遺諸般禁制，謝琳所施二法不但未能得手，反倒引發內中妙用！

癩姑畢竟經歷得多，見謝琳所施諸法毫無回應，越覺形勢不佳，和三人一商議，四人隨把飛刀、飛劍、法寶聚向護身神光之外，一面癩姑和周、謝二人各掐靈訣，運用玄功合力發動神雷。這時那烏金色雲光越來越盛，似排山倒海一般閃變成無限金星，飛花雹舞，四方八面潮湧而來。

三人神雷同時發動，只聽霹靂連聲，金光雷火紛紛爆散，剛覺出雷聲沉悶，妖光略為排蕩，立又合攏，勢轉加強，倏地眼前一暗，四外妖光忽然一閃全隱，妖屍和毒手摩什也不見蹤跡。阻力雖去，神光以外仍是一片沉寂，宛如置身黑暗世界之中，什麼也看不見。試將法寶、飛劍放將出去探查遠近，只見一道道的劍光、寶光在暗影中向前急駛，既無止境，也不能照見別的人物影跡，謝琳施法由手上放出兩道光華照向前去，也是如此。

那道者元神自從遇救到了神光裡面，朝四人拜謝之後，便由口中噴出一股青氣將身托住，趺坐其上。及至眼前形勢驟變，忽聽道者發出極細微的口音說道：「諸位道友此時已被移向中洞，聖姑禁法神妙無方，貧道連日在此暗中留意，觀察五遁生剋變化與顛倒挪移之妙，約略得知一點大概，變化無窮，威力至大。少時戊土威力必要發動，甚或生出許多幻相，請位最好不出光外，靜候時機！」

道者說完便自四面張望，神情似頗緊張。四人也猛瞥見左側暗影中飛來一團邪霧，妖屍披頭散髮，滿面鮮血狼藉，目射凶光。神光以外暗霧沉沉，妖屍身上只籠著一團綠色濃霧，如非四人慧目，直看不真切！來勢特迅，彷彿暗夜荒郊突由側面飛來一個厲鬼，神態比前還要兇惡得多。到了近側，便咬牙切齒，戟指厲聲咒罵不已。

第十回 五遁禁制 荼毒同黨

四人把飛刀、飛劍、法寶、神雷，齊朝妖屍猛發出去，癩姑的「屠龍刀」尤為神妙迅速，一道紅光當先而出。說時遲，那時快，妖屍瞥見敵人突然發難，先猶輕敵，飛向一旁，手掐靈訣往外一揚，滿擬戊土禁制必要發動。誰知黃光一閃之下，仇敵刀光已然臨頭！忙施玄功變化逃遁，已自無及，癩姑「屠龍刀」首先攔腰而過！

跟著周、謝、上官三人的飛劍法寶也急如閃電互相飛到。除輕雲出手最遲，青索劍只掃中一點芒尾外，下餘全都奏功。妖屍連受重創之下，身形已被飛劍、法寶分裂，當時不及復原，接連兩聲厲嘯，化為幾縷飛煙，投入暗影之下，一閃即隱。四人見此情形，立縱遁光往妖屍逃路衝去，剛一起飛，猛又覺出天旋地轉，光景越發黑暗！

四人一見又是適才景象，方恨先前疏忽，不曾留意觀察方向門戶，正戒備間，倏地眼前一亮，毒手摩什的「七煞玄陰天羅」又閃動起千萬層烏金雲光，排山倒海，四方八面潮湧而來。

謝琳忙即運用「有無相神光」奮力前衝。衝了一會，妖屍毒手全未現形眼前，光景忽又一暗，隨著煞光變滅之間，面前忽現出一處高大廣堂，通體作長方形，橫裡闊約十五、六丈，外壁是一圓門，不知如何走進。門外煞光邪霧依舊濃烈，卻不能侵入門內一步。左半壁前設著一個大蒲團，旁列鐘磬、木魚，各有欄架，似是參禪誦經之所。右壁空無一物，只玉壁當中有一大圓圈，色黃如金，深入玉裡，彷彿天生成的玉斑。

此外全室空曠，更無別物。只當中地上現出丈許寬一條青色的界痕，由身後圓門起直達裡面，其直如矢。盡頭處又是一個極高大的圓門，看去甚深，知已到了中洞內層聖姑靈寢所在。

四人因是適才妖光中運用法寶飛劍全力向前猛衝到此，又見門外妖光邪氣尚在蒸騰暴湧，卻不能侵入雷池一步，心疑誤打誤撞，無心中撞來此地，二妖孽不是被隔斷在外，便是不敢闖入！並無一人料到，來至此處，是被妖屍正準備藉四人之力去觸動中宮禁制，好讓她從容破法！

當下四人不知中了妖屍毒計，向盡頭處門中飛去，飛入門內一看，那門高約九丈，寬約兩丈，作長圓形。內裡乃是一間極高大的玉室，上下四壁通是整片碧玉，當中一方臺，有兩級不到半尺高的臺階。臺上有一三丈大小圓形的白玉榻，榻上端端正正坐著一個妙齡少女，身著一件薄如蟬翼的白色禪裝，又長又黑的秀髮披拂於後，一手指地，一手掐著印訣，口角微帶一絲笑容，面上容光更似朝霞，玉朗珠輝，望之自然生敬。

白玉榻後環立著十二扇黃金屏風，隱具風、雲、雷、水、火、刀箭、林木、黃沙之形，金光燦爛，閃變無停。榻前立著一盞白玉燈檠，佛火青瑩，光焰若定。燈側地上插著一柄金戈，長只尺許，一根樹枝，彷彿剛摘下來，晨露未乾，青翠欲滴。此外一個盛水的小金缽盂和一堆金黃色的沙土，為物俱都不大，一樣接一樣，做一圈環起。

四人知榻上坐著的就是「聖姑」伽因，不禁肅然起敬。身在禁中，以為那十二扇金屏中蘊五行和風、雲、雷、電，便是寢宮中的禁制埋伏中樞，那五行法物一樣也未看見，一心還在打算同去榻前向聖姑禮拜通誠，危機四伏，一觸即發，絲毫也未覺察出來！

當下癩姑、謝琳、輕雲三人在前，忽聽上官紅低喚：「二位師叔，請看這位朱道長為何如此？」三人忙即回顧，那道者元神本和上官紅並肩在後，這時忽然滿面驚懼之容，作出奮力強掙、大聲疾呼之狀，手也往後亂指，偏是有形無音，一字也聽不出！

三人情知有異，忙向所指之處回顧，這才見那五樣法物陳列在身側不遠，業已走過。明顯放著五樣奇怪的東西，尤其那座神燈有一人多高，兀立在中，憑四人的目力竟會一人未見，直似本來隱起突自出現光景！再往前一看，先前分明行離玉榻前面臺階僅丈許遠近，就這聞聲回顧略一掉頭之間，竟會遠退出了好幾丈！

癩姑三人俱都驚疑起來，輕雲道：「此是五行法物，先隱後現，莫非中了妖屍誘敵之計，陷入埋伏了吧！」

一句話把眾人提醒，癩姑終是久經大敵，一經警覺，忙即一面鎮攝心神，一面忙喚：「先勿妄動，我們陷入伏內，少時五遁威力便要發作，第一步務要鎮攝心神，再打出困主意。如若心神一分，便受禁制，神智昏迷，多高法力也無所施了！」

癩姑話才說完，倏地一片祥光閃過，地上五行法物全都失蹤。眼前一暗，緊跟著便聽水火、風雷、刀兵之聲與揚沙、拔木之聲，宛如天鳴地叱，海嘯山崩，四方八面一齊襲來！眼前只是青濛濛一片氤氳，上不見天，下不見地，無邊無涯！

謝琳天性好強，一見中了妖屍之計，困入五行禁制以內，心便有氣。又認定「有無相神光」威力妙用甚大，現有神光護身，也必無害。再如真個不妙，豁出耗一點元氣，多用四十九日苦功，施展新由《滅魔寶籙》中學來的「諸天元會九遁神功」，帶了眾人由地下遁走，也可無事！

謝琳想到這裡，見癩姑、輕雲、上官紅和那道者元神都在運用玄功守定心神，神情十分肅靜，心暗笑眾人過慮，嗔妄之念一動，笑道：「癩姊，我們不妨往外退幾步試試，不能行再作罷！」話到末句上，也不聽回話，便運神光後退。癩姑自從驚覺中了詭計，便自提心吊膽，一聽謝琳口氣不妙，想攔沒等出口，謝琳已運神光！

說時遲、那時快，神光剛一轉動，火上澆油，一觸即燃。猛瞥見四外青濛濛的景色恰似千萬花筒一齊點燃！同時捲動起千萬層大小雲漩，勢子比電還快，一閃即滅。四人還未及看真，就在青氣隱滅光影閃變中，面前景色忽轉混茫。先前水、火、風、雷、土、木、金戈轟隆巨震，以及一切澎湃奔騰的怒吼狂鳴全都靜止，不再聽到一點聲息。身子卻似包在無邊無際的黃色霧海裏面。

這時謝琳已被癩姑一把拉住，不令再有行動。謝琳看出戊土禁制已被觸發，這霧奇怪，乍看不甚濃厚，但卻直似被包沒在極厚密的實物以內！

謝琳心想把「有無相神光」往外擴大，可試出戊土禁制威力強弱。隨想隨施法力將神光往外展開。哪知不動，只是身陷戊土之中，還不甚大妨事。這一施為，戊土禁制立生妙用！四外黃塵看似無甚阻力，及至神光往外一脹，不特上下四外堅逾鋼鐵，人和神光被包在內分寸難移，反倒生出極猛烈的重壓往中心擠來！神光竟被迫緊，一點撐張不開！

謝琳見狀不禁大驚，忙以全力抵禦時，上下四外倏地黃影一閃，化為千萬層黃色雲濤，金光電閃，齊往中心壓來。內中夾著無量數的暗黃星光，暴雨一般打到。始而挨近神光便即爆炸分裂，末後越現越多，不等到達便自相蕩擊，紛紛爆裂。

每團黃光看去最大的只酒杯大小，那威力卻極驚人，一經爆裂，便是震天價的霹靂。漸漸匯成一片連不斷的轟隆巨震。那爆裂出來的火花互相激射飛濺，合為星山火海，聲勢猛烈雄奇，難以形容，雖隔著一層神光，兀自震得人目眩神昏，耳鳴心悸！

謝琳自出生以來，未曾見到過這等陣仗，如換功力稍差一點的道術之士，處此境地定必驚惶失措，不知如何是好！心神再一搖惑不能自攝，護身神光首先失效，稍有疏隙，五行真氣立即侵入，人為幻相所迷，魔念一起，便自不可救藥！就算同來諸人未為魔頭所乘，也是愛莫能助，至多不受牽累已萬幸了。此時情勢端的危機繫於一髮，險到極處！

尚幸謝琳仙骨仙根，本身定力堅強，一見情勢危險，神光為戊土神雷所逼，直往內退縮，大有支持不住之勢！想起受人重託，數千里遠來，只內中有一失閃，也應愧死！便拼著死命運用神光強行撐拒。

戊土威力強烈異常，那萬丈雲濤已難抵禦，神雷上下四外六面一齊往中央打到，身外神光受不住那猛惡威力的震撼排蕩，已起了波動，光圈越來越小！

謝琳苦苦支持，忽然黃光一閃，那上下四外的無限雲濤忽全隱去，緊跟著風雷大作，雜以金戈刀箭之聲。眼前雪亮，先是金、銀二色奇光層層相間，閃幻若電，又似狂濤一般上下四外排山倒海齊湧上來，身外神光又受重壓。

眾人知是戊土禁制，久攻不下，妖屍化土為金，又運用庚金來攻。果然轉眼之間，金銀光中忽現出千萬金戈刀劍，耀如霜雪，齊向神光飛射而來。中雜無量數的大小箭弩彈丸，宛如暴雨飛瀑射到面前。萬頃金銀光濤中閃變起千萬點星雷火雨，精芒耀目，難以逼視！一時金鐵交鳴，無限繁響，匯成一種極猛烈的炸音，益發驚心眩目，比起先前戊土猶有過之！

四人鎮定心神守在神光以內，聽其自然。似這樣半盞茶時，金銀二光連閃兩閃，先前戊土黃雲重又出現。跟著面前一暗，上下四外全被陰雲包沒。倏地大片玄雲起處，隱聞海嘯之聲自遠而近，隨見一線白光成一極大圓圈，遠遠飛來，晃眼之間化作萬丈銀濤，發著「轟轟隆隆」的巨響異聲，泰山壓頂般齊往神光上面打到！

四人皆知，那是庚金化為癸水，不但神光之上受了擠壓，神光下面又突起了幾根巨大晶柱，飛泉猛噴直衝上來。猛然連聲巨震，爆裂分開，化作千萬團大小灰白光華。有的往外打到，有的自行擊撞衝擊，二次散裂，雹雨一般打到。那些由水柱爆散的灰白光華才一撞裂，立即暴長加大，聲勢猛惡，比起戊土、庚金，又加勝些！

謝琳施展佛法，運用神光一心應付，覺出形勢危急，分毫不敢鬆懈！緊跟著青綠雲光電閃翻飛，忽又現出千百萬根大小青柱，由上下四外一齊打到。這乙木神雷又與先前土、金、水三遁不同。那青柱撞將上來，並不爆炸散裂。狂濤一般湧壓而來。

第一層到了近前吃護身神光阻住，依然向前猛力壓迫，後面無數青柱又接踵趕到，晃眼之間越聚越密，環光矗列。神光之外，無論何方全被這類青光柱佈滿。

這些大小高低不等的千百萬青柱互相旋轉擠軋，發出一種極繁密的軋軋怒聲，尖銳淒厲，悸人心魄！壓力也增加了不知多少倍！四人雖看出這五遁禁制變化一回便加出好些威力，卻沒想到乙木禁制竟有如此猛惡！更不知層層相生已變化到第四宮上，一會便要萬木生火，五行全數合運，危機瞬息，大難已將臨頭！

輕雲和癩姑相對驚顧間，謝琳覺著乙木威力遠勝於前，一任自己運用全力抵禦，竟會相形見絀！只有拼命竭力相抗！乙木神光還在不斷增長，威力如此險惡，何能終局！想了又想，除卻拼犯大險，用「諸天遁法」穿地而出，直無逃路！一時情勢迫急，正待施為，就在這籌思轉念之間，那上下四外乙木神光所化千百萬根青柱，因摩擦擠軋時久，壓力有增無減，每根柱上都有煙嵐娓娓冒起，漸漸射出一兩絲青色火星。

四人之中，上官紅道力雖淺，木遁禁制卻出諸聖姑傳授。青光青柱一現，就看出形勢不妙，但未敢出聲，癩姑見青柱上煙絲一起，猛觸靈機，頓時醒悟，木一生火，五行齊備，自然合運。又看出謝琳大有力絀之勢，此時形勢如此猛惡，再一合運，怎能抵擋！

癩姑心念一動，正命上官紅不等丙火化生，即速下手以木制木時，忽見所救道者睜眼面向謝琳，雙手亂指，嘶聲疾呼。

同時瞥見謝琳面容突轉沉肅，眉間隱帶煞氣，手掐靈訣將有舉動。癩姑識貨，一眼看出那是屠龍師太所說的「諸天印訣」！知道謝琳不耐久困，見情勢危急，竟想把《滅魔寶籙》上的殺著施展出來！口說勸阻恐來不及，忙縱遁光過去，出其不意先施法力把謝琳左手「諸天靈訣」閉住，同時口中大喝：「二妹且慢！」

另一方面，上官紅令下即行，俱是快極。無如一眨眼的功夫，那千百萬根青柱已如快刀斬石，火星四下飛射。幸是木火化生接續之交，火光火星尚是青色，上官紅發動神速，否則青柱上激射出來的火星由青變紅，丙火也必就此引發，化成一片火海。戊土、庚金、癸水也全由隱而現，連同乙木、丙火五行合運，發出不可思議的威力，一任四人神通廣大，決支持不了多少時候！

謝琳吃癩姑飛來一擋，瞥見神光外面青色煙光火花四下激射，上官紅已雙手一揚，一片奇光閃閃的青霞，電也似疾飛向神光之外，展布開來，也分上下四方六面，向那千萬青柱由內而外反罩上去。謝琳覺光外阻力一輕，忙收「諸天訣印」。

只見青柱火花吃青霞罩住，連衝突了幾下，忽然如電掣一閃即收，倏地「轟」的一聲驚天價的大震過處，上下四外已是一片赤紅，光中隱隱現出一些景物。一條青煞正由光中斜射出去。癩姑、輕雲同運慧目一看，身外神光已被一幢銀焰包沒。銀焰之外又包著一層紅光，光外已現出殿臺靈寢，聖姑依然安穩趺坐在玉榻之上。

那五件法物也重出現，神光內射出去的那條青煞，乃上官紅所放青霞，正斜射在那五行法物樹枝之上。眾人再互相裡外一看，原來四人已全陷入火遁法物以內，連人帶光一齊暴縮，困在殿前神燈之上，那四外包圍的銀光便是神燈的焰頭。指頭大小的燈焰，眾人身在其中，並不嫌仄。並且心神一懈，火外景物便自模糊隱去！

四人被困在火焰以內進退不得，均覺神奇不可思議，都知此時最易走火入魔。上官紅關係尤為重要，身在火禁之中行法，所運又是乙木，與火相生，如定力稍差，萬念紛集，一為魔頭所乘，神智稍被搖惑，對方木不受制，五行立可合運，全數遭殃仍所不免！其勢又無法相助，都替她擔著心，及至仔細一觀察，上官紅趺坐光中，靈光活潑，心智專一，這才略為放心。

當初那木宮法物的樹枝，還有兩三縷煙絲火焰在青霞中衝突，騰騰欲起。就這一會，竟被制得除仍蒼潤欲滴，似自樹頭新折而外，不見一點異兆！那青霞卻是分外鮮明澄潔，宛若實質，比起先前只是一道青煞強得多，知已無礙。想不到她小小年紀，入門未久，居然如此精進，有這麼高定力，俱都暗中誇讚不置。謝琳不謀而行，幾乎生出亂子，好生慚忿，正在盤算別法。

四人被困在聖姑靈寢五遁禁制的火宮法物之內，無法脫身，只能靜以待變，各自守定心神，不多時，忽聽男女笑罵之聲由遠而近，聽出內有妖屍口音。隨見妖屍、毒手摩什和七個妖黨來到門口，妖屍行法施為，一片煙光閃過，外面多了一個丈許方圓的法臺當門而立。妖屍朝毒手摩什一聲媚笑，當先走上臺去，毒手摩什跟著走上，立在妖屍身後，拔起臺上一面主旛，面帶獰笑，神情甚傲。

同來七妖黨神情半帶勉強，妖屍此時越發妖豔，已非披頭散髮、血流滿面獰厲之相，除不時回顧毒手摩什，媚眼流波外，忙著行法部署，將臺上預設的法物一一現將出來。輕雲等人看那些法物，與殿前五行法物一般無二，只內中多了一鼎。料妖屍要由代形禁法毀那五行法物。妖屍纖腰微扭，倚向毒手摩什胸前，斜著一雙媚眼，呼指臺下同黨，暱聲說了兩句。

妖黨中有一赤面長身的妖道勃然暴怒，口方喝得一聲：「玉娘子！」底下話未出口，毒手摩什一聲怪笑，隨手揚處，撒出一蓬烏金光華向前罩去。

妖道原是行家，一見妖屍現出法臺，看情形，分明是要選出五個人作犧牲，去破那五行法物，是以在暗中行法準備逃走。哪知他快，對方比他更快，烏金色光疾如電掣當頭罩下，妖道百忙中剛急飛起兩丈來高，便吃妖光困住，懸在空際。一面施展邪法防身，一面厲聲大罵。

毒手摩什微微獰笑，隨手又是一揚，滿室都是烏光雲光佈滿，通無隙地，然後抬頭戟指妖道喝道：「無知蠢畜！你們這些豬狗，今日之事，勝者為強。門內設有五遁法物，無論何宮破去，均可直入書榻後面取寶。本來我可隨手而取，你們必又不服。不論何人只能破去一宮，直入藏珍複壁將寶物和道書取出，願將玉娘子出讓。如自知不行，則需聽從差遣！如有不從，這妖道便是榜樣！」

毒手摩什說罷，將手連指兩指，妖光便似電一般急閃起來，旋轉不休。妖光才一轉動，護身諸寶首失靈效，妖光只閃兩閃，便自紛紛爆裂，在烏金雲光中灑了一蓬星光彩雨，晃眼消滅。跟著全身便被束緊，因身已如烈火焚燒，萬箭鑽射，並還麻癢交集，苦痛有甚於死！

妖道身受慘痛，顫聲哀告道：「玉娘子，我由海外萬里遠來為你出力，只求你念我數百年苦修之功不容易，許我兵解，情願以我生魂供你行法，惟望保住靈魂，恩如山海！」

妖屍聞言媚笑道：「你想我放你走麼？」妖道說到末兩句上，已被妖光制得通身戰慄，力竭聲嘶，痛苦難耐已達極點。瞥見妖屍辭色不惡，覺著有了生機，方強忍荼毒，抖著語聲斷斷續續答道：「我自知罪，不敢求生，只求饒我真魂，好為你效力破法取寶。」

妖道話未說完，妖屍立刻面色驟變，滿臉立改獰厲之容，厲聲喝道：「該死豬狗，做你娘的夢呢！我自出世以來，只有我不愛人，幾曾有人敢中途背叛我過，就這一樣，你便慘死百回，再化劫灰，也難消我的恨！這不過是我今夜忙於取寶，便宜你少受一點活罪！」

毒手摩什接口怒喝道：「我們正事要緊，即早完功，好隨我回山享受快活，哪有許多閒話！」隨說雙手一搓，往上一指，妖光立即加強，連珠炮火一般紛紛爆裂起來。

妖道聽出二妖孽毒心難回，生望已絕，一時悲憤慘痛，咬牙切齒，強掙扎著顫聲罵道：「你兩個妖鬼淫魔休要快意，我自孽重，落你毒手，命數如此！可是你們——」底下的話未及出口，妖光中毒火陰雷已自爆炸，一聲慘嗥過處，妖道全身立被震成粉碎。元神化作一團黑煙還待飛逃，吃妖光往起一兜，只閃得兩閃，連那黑煙和那些殘屍剩肉一齊毀化，無影無蹤！

妖屍重又恢復了妖嬈體態，一臉媚笑，扭著嬌軀，款啟朱唇，笑向臺下眾妖黨嬌聲說道：「這蠻子不知自量，才落到這等結果。你們如若不能相助，當可明言。」

眾妖黨雖全是邪教中有名人物，但比毒手摩什卻差得多。一見二妖孽如此惡毒窮凶，前人死狀奇慘，淫威暴力之下，早已觸目驚心。空自悔恨交加，心內雖在盤算，口中哪裡還敢道個「不」字！

內有三妖，原是師兄弟兩個帶一得意妖徒，法力較高，並煉有兩件破五遁法寶。未來以前，本想人寶兩得，懷著滿腹奢望而來，到後看出艱難才死了心。及見此情形，一面心寒膽怯，意欲暫且敷衍，稍有空隙，冷不防施展全副神通乘機遁走。三人同聲答道：「玉娘子，我師徒助你出困，委實下了不少苦功——」

那三妖黨人極機警狡詐，口裡說著，暗中早自留意。說時偷覷毒手摩什滿面獰厲容色，正注視著右側兩個妖黨，目光全未留意自己這一面。念頭一轉，互相一使眼色，悄沒聲息的同時發動。法力最高的一個當先開路，揚手發出兩團碧陰陰的火球，一團直撲妖屍，一團直衝妖光，一現便即爆炸。妖屍和毒手摩什驟不及防，妖光竟被衝盪開一個大洞！

三妖黨聲東擊西，雙管齊下，一面運用全力發出兩大「陰雷」，同時施展邪法催動肉身衝破妖光逃走。一面卻運用玄功變化將元神離體，往法臺一方隱形飛遁，其勢極速！

妖屍忙不迭避開，但「陰雷」一爆炸，還是不免受傷！毒手摩什更是大怒，急向妖屍趕去，手揚處一片妖光將妖屍罩住，方欲喝問受傷如何，猛想起仇人正用「陰雷」開路逃走，益發大怒，急得厲聲怪嘯，暴跳如雷。

毒手摩什一面狂叫，一面手揮處，烏金色的妖光似狂濤一般飛湧！妖光煞火這一加盛，立將「陰雷」困入重圍。毒手摩什斷定仇人隱形飛遁，必緊隨在這「陰雷」之後，大罵：「無知孽畜，任你如何隱形，也難逃我眼底！」說罷，正待行法使再現形擒拿時，三妖黨自知力絀勢窮，同時現身，忽然陰雷自炸，一聲極沉悶的雷震，已然全身粉碎斃命。

妖屍在旁忙喊：「快些停手！」毒手摩什仇深切齒，及想到元神還有大用處，妖光連連電閃了兩下，休說血肉無蹤，連劫灰影子也未見冒起。妖屍雖面有慍色，無奈木已成舟。

另三妖黨一見如此，益發膽寒，面面相覷，做聲不得。毒手摩什餘怒尚未全消，朝臺下三妖黨頻頻獰笑。和妖屍一同返回臺上原位。癩姑等四人被困火宮神燈焰頭之上，目視門外，看得逼真。見那法臺形式與門內殿臺一般無二，只少玉榻和環列的玉屏。那五樣法物也和門內形式一樣，只位列次序顛倒，每件法物之後多了一面妖旛，愁雲慘霧隱隱籠罩其上。

毒手摩什手持一面七尺來高的主旛，上有黑氣飛繞，立在後面。等妖屍佈置停當，將手中旛往前一擲，立有一幢五色妖光擁著那面主旛飛向五行法物之上，虛懸空際。妖屍見旛飛起，喝一聲：「疾！」那旛便急轉起來，煙火隨即大盛，先前黑氣也化作數十道各色妖光，由旛頂當中往四面分射出去。

妖屍正接著行法，內有一道淡黃光華忽似靈蛇吐信連閃了幾閃，大有乘此掙逃之勢。妖屍叱道：「老黃，你到現在還敢倔強麼？我念你對我忠心不二，想你代我主持此旛，雖然你生魂多受煉魂之痛，事完還有你的活路！」

妖屍所煉妖旛附有不少生魂，許多都是左道中高明人物，法力尚存，此時才一上場，內中一個主要生魂便想掙逃！妖屍口中說著，那黃光竟是置若罔聞，掣動越急，漸漸伸長，眼看就要與旛脫離，妖屍見狀不禁大怒，凶威暴發，滿口白牙一挫，戟指厲聲大喝道：「這賊道有他不多，無他不少，如此可惡，就除去了他吧！」

毒手摩什聞言，揚手一片妖光煞火電掣而出，立將那黃光裹住。黃光故意以死相拼，壞他這面主旛，緊附旛上，竟吸取不下來。毒手摩什怒火頭上，竟欲就勢消滅那生魂，隨手一指，妖光立即加盛，煞火星飛，突然爆炸！微聞一聲慘笑過處，黃光固是消滅，主旛也為煞火炸傷！

就在毒手摩什消滅那道黃光之際，妖屍一眼瞥見，先前驟發陰雷逃走，只當已然消滅的三個妖黨，原神被困在法臺水宮法物之內。妖屍一聲厲嘯，見水中被困的元神欲逃甚力，怒從心起，手掐靈訣，往水盂中連指兩指，一口真氣噴去，五面妖旛一陣亂轉，那大只尺許的半盂淺水立似噴泉急湧，噴起丈許高、尺許來粗、下小上大一根水柱。內中三個身有妖光黑氣的小人立時慌了頭路，凍蠅鑽窗一般上下飛馳，亂飛起來。

妖屍一聲獰笑，再朝下一指，那直插地上的一柄金戈一閃不見。同時水柱以內金鐵交鳴，金芒如電，現出無數兩三寸大小的金戈，一窩蜂似急追三小人紛紛環攻，越攻越密，晃眼上下佈滿！外觀宛如水晶包著的一座金塔，金光水影相映生輝，耀眼生光。始而三小人還能勉強在金戈陣中衝突，仗有妖光環繞，也未受傷，只看去狼狽已極，漸漸越來越緊，上下四外齊被金戈迫緊，護身妖光黑氣雖未攻破，但已寸步難移。

再一晃眼，金箭突隱，又生出無量數的飛刀飛箭，暴雨一般朝三小人潮湧而至，內中並夾著許多灰白色的彈丸，打向三人身旁，立即爆裂，銀光一閃，齊化為一蓬蓬的飛針，細如麥芒，光卻強烈，與飛刀、飛箭一齊夾攻。只一兩眨眼功夫，三小人身外妖光黑氣禁不住金水相生交擊，相續破散。

妖屍對敵殘酷，一心欲使多受苦痛，破了小人護身光煙以後，反將金水威力減去。再一施法，立有一片白氣漫過，眨眼之間分作三股將小人周身裹緊，凌空倒吊水柱之內。每人身外各有無數飛針飛箭環攻刺射，毫無休歇。小人受了重創，法力已失，絲毫不能抗禦，全部通身亂顫，突眼吐舌，張口狂叫，隱隱聞得極淒厲的哀號，聽去力竭聲嘶，神情慘痛已達極點！

癩姑等雖知被害的師徒三人也是左道妖邪，見這求生無路，求死不能，比凌遲碎割還要慘酷之狀，也由不得憤慨髮指，不忍卒睹！殘餘同黨中有一妖人名叫「繡帶仙人」朱百靈，人最機警，雖也悔恨上當，繼一想事已至此，只有恭順下心，盼妖屍一切如願，或者還有一線生機。在臺下陪笑說道：「玉娘子，該是破法取寶之時了。」

朱百靈在妖黨中貌最俊美，妖屍瞥見朱百靈一雙秀目正注視著自己，端的丰神俊秀，美如少女，心中一蕩，方生愛憐之念，猛想起似這等知情識趣、善解風情的美好男子，以後再難親近，我不能得，也不甘便宜外人，索性斷送了他，省得牽腸掛肚。想到這裡，表面卻不顯出，假意暗拋了一個眼風媚笑道：「果然是時候了，就煩道友打頭陣，去破土宮吧！」

朱百靈嘆道：「玉娘子，我為你死，原所甘心，請即行法，我去闖這頭關便了！」

毒手摩什見妖屍對朱百靈分外垂青，本蓄妒忿，又聽兩人語意親密，與眾不同，不由怒起，厲聲喝道：「賊狗道既已奉令，不快上前送死，哪有許多話說！」

妖屍知他有了醋意，忙回眸媚笑，佯嗔道：「別人為我夫妻盡力，你怎謾罵起來！」一面又悄聲說道：「你看他能活麼？樂得在死前哄他兩句！這你也氣大！」毒手摩什還待發話，妖屍一邊說話，已自如法施為。

朱百靈也沒理睬毒手摩什，一見妖屍發動，將手一抖，平生得意的護身法寶「鎖陰神帶」立化一道粉紅色的光華由袖內飛出，隨即暴長向身上繞去，從頭到腳縱橫交織環繞了十幾道，把全身護了個風雨不透，內外通明，如在粉光影裡。卻把兩頭留在外面，各長三五丈，頻頻伸縮吞吐，宛如龍飛電舞。光色既極鮮豔，人物手采又極俊美，連妖屍那麼淫兇惡毒的妖邪，心雖不欲其生，也自不無戀惜。

困在火宮法物的四人，見那妖道一表人才，所用的法寶也頗神妙，看神氣法力似非尋常。朱百靈才一入門便自停住，往四外注視，一眼瞥見敵人化作小人安坐火焰之上，身外還隔有一層祥光，另由火光中射出一股青霞，直罩木宮法物，心知有異，忙向門外回身喚道：「玉娘子，那四位仇敵雖被五遁困住，並未受制入魔，乙木反為所制，我不悉此中妙用，你可仔細查看一下，以免有失！」

此時在門外的妖屍及毒手摩什，並看不清門內寢宮的情形，連朱百靈的叫聲也被隔斷，不能外傳。朱百靈叫了幾聲，未聞回音，返身外飛去，妖屍在外面法臺之上，一見朱百靈飛出，不禁大怒，立時行法，向土宮法物一指，一蓬黃霧飛起，立將朱百靈罩住，隱聞一聲極微弱的慘嘯，土遁也隨寧息，法物恢復原狀，朱百靈已形神皆滅！

妖屍粉面一沉，滿臉獰厲之容，戟指殘餘二妖喝道：「你們看見了麼？這廝又是不知死活！好好的我命他去當頭陣，本來是大功，他忽然情虛畏死退出，自己取死！」

尚餘那二妖黨一名唐寰、一名劉霞臺，早已心寒膽怯。人當危急之際總是百計求生，聞言互相看了一眼，吞吐答道：「玉娘子之命不敢違，效死更無二心，只是五遁五宮，我們人只兩個，何如這次命我二人一同入內？」

妖屍聞言，立時冷笑答應，命二人去犯火宮。二人一聽妖屍命他們去犯火宮，更對心思，一聲領命，便即起身。

二人出身原是昔年水母宮中被逐出來的侍者，法力不十分高，但是修道年久，各有幾件異寶奇珍，所用飛劍也與眾不同，昔年經水母用玄天妙法，在北海眼十萬丈寒泉之下採取「癸水真精」與「太陰元磁」凝煉而成，此時水宮侍者各有一柄，發出時寒光逼人，不必上身，道力差的人百步以內吃冷光一罩，立中寒毒，毒發攻心，血髓凍凝，通身泛黑暈倒，難免於死。多猛烈火，遇上即消，二人又與火行者是莫逆之交，煉就火遁，故此覺著有了生機，至少這頭一關火宮總能闖過。

二妖因有所恃，並不似朱百靈那樣發怯，入門便直往前到了五行法物之前。正待犯那丙火神燈，一眼便發現燈焰上停著四女一男五個小人，男的一個正是新在妖屍這裡相識，比較投緣，昨日曾用隱語警告自己速行設法逃回海外，免得玉石俱焚的海外散仙中有名人物朱逍遙。

二人心中疑惑，佇立不動，焰中五人早把妖屍殘殺同類和一切醜態看在眼裡。先見一個妖道飛身入內，進門見火中有人，便向妖屍報知。本是討好，哪知妖屍在外厲聲喝罵了幾句，忽施邪法將妖道攝回門外法臺之上，並將土遁發動，加以慘殺。跟著又命二妖黨飛進門來。這兩妖人卻不似前一人畏縮，直到近前才行停住，朝神燈上看了一眼，面上似有驚異之色。

癩姑因來人專攻火宮，方囑眾人小心應付，忽見所救道者元神起立，朝著下面妖黨連聲說道：「二位道友，你們現受妖屍愚弄，滅亡在即！這裡五行已被先天乙木制住木宮法物，我們可以無害，你卻萬萬觸犯不得！」

癩姑等四人見道者不住急喊狂呼，一面打著手勢。只是新受重創的元嬰，聲細若蠅，甚是吃力，知他心性善良，對來人如此關切，便未阻攔。初意語聲雖是極細，當無不聞之理。哪知白喊了一陣。對方竟似無聞無見。因見道者為友情熱，又知旁門中也有好人，不一定都是極惡窮凶，不禁生出同情之念。

謝琳最是天真仗義，以為語聲太低之故，首先忍不住大聲向外喝道：「喂！你這兩人怎不知死活好歹？有好朋友警告你們，為何連看也不看一眼？」

只見外面二人仍若未聞，道者失聲嚷道：「自作之孽，真難解救！由他倒行逆施去吧！乙木雖被我們制住，丙火威力仍大，這兩人俱精水火二遁，如再引發，我們還須小心應付呢。」

道者元神說完，重又入定，二妖人抬起頭來，先朝前後四外觀察。彷彿若有所悟，面上略現喜色，互看了一眼，摘去道冠，披髮赤足，正對五行法物前面踏罡布斗，各將手往四外一陣亂指亂劃。

二妖人原在一片寒光大團冷霧籠罩下貼地低飛，經此施為，立由光中飛出大片寒星灑向所指之處，各按方位凝聚，晃眼現出一個丈許大小寒光堆成的八卦方陣，然後同飛向巽宮方位上去禹步立定，一個由寶囊內取出一粒黃油油的晶丸往神燈上打到，同時另一個便張口往火宮噴上一口真氣。

那晶丸乃妖人向少陽神君大弟子火行者用本門法寶換來的異寶「烈

火神珠」，出手便是火星飛射，夾著一片爆音飛向前去，後又隨著一陣罡風，勁急異常。不意剛一挨近神燈，忽如石投大海，無影無蹤，罡風也同時遁息！休說引發火遁，連燈焰均未見有絲毫搖閃，只彷彿有一絲紅線微光，略在陣前一閃即隱。

二妖人一見法寶無功，心中大驚，知道再不引動丙火，定將妖屍激怒，用移形之法，和先進來的妖黨一般攝將出去加以殘殺！心下一著忙，更誤以為丙火被人制住，非施全力不能激發。忙又同起施為，二次改了方法，欲以真水之寶激使反應。各將身畔一個小黑玉葫蘆取在手內，掐起靈訣，將葫蘆對準神燈微微一撒，各激射出一股寒光，銀箭也似往神燈焰頭上射去。

就在兩下似接未接之際，那寒光忽然反激回來，就勢布開，往二妖人當頭罩下。同時八卦陣圖中的寒光冷霧也潮湧而起。癩姑等四人適才隱約見到的一絲紅線突然現出，電閃一般急掣動了幾下，倏地變作一片薄而又亮的火雲包在外面。晃眼之間，忽聞轟轟火發與水沸之聲由八卦陣中隱隱透出，再定睛一看，見神燈焰頭上有一線極細紅光射將出去，一直注向妖陣之上，方始緊貼著化為紅雲布散開來。那光細如游絲，才知火宮妙用已被引發，一行居然未受危害，好生忻幸！

二妖人不但毫未覺出身已入阱，反在裡面奮力鼓勇，就在八卦陣中環繞飛馳起來。謝琳笑向眾人道：「這兩妖黨所用飛劍法寶乃水火精氣所煉，均非常見之物，想是旁門中知名之士。」

癩姑笑道：「二妹真有眼力，這兩妖黨定是昔年水母宮徒眾無疑。第一次所發小珠乃磨球島離珠宮用太陽真火煉成之寶，足見與少陽神君師徒也有淵源。這類人死無足惜，只是他那兩道劍光和那玉葫蘆中萬年月魄寒精所煉『天一玄陰真煞』，連那粒火珠也同斷送了，真個可惜已極！」

只見二妖人繞完全陣之後，忽變成兩小人，仍在光中飛行不已，飛勢卻緩了許多。知他肉身已化，元神轉眼也就消滅。正想查看所帶法寶飛劍存在與否，猛覺神燈焰火連連閃動，似有變故。

癩姑忙令大家小心戒備，一面留神四下觀察，跟著門外震天價一聲巨震，神燈焰火立又靜定如恆。再看門外煙光雜遝，狂濤怒湧中，妖屍和毒手摩什同聲叫囂。同時光霞倏地大盛，一閃之間，前面圓門忽隱。水、火、風、雷與拔木揚沙、金鐵交鳴之聲一時盡起。回看聖姑法體和玉榻後面十二屏風一齊隱去，先二妖黨元神失蹤，那幢寒光連同外圍紅雲也同不見。到處都被五色光華佈滿，寢宮和外間廣堂似已打通，連成一片。

妖屍、毒手摩什同在烏金色雲光環繞之下，正在五色光海之中往來飛馳，飛行甚急。毒手摩什仍是原來惡相，妖屍卻貌相獰厲，披頭散髮，面上血污狼藉，鐵青著一張臉，凶睛怒突，白牙森列，通體赤裸，不掛一絲，搖舞著兩隻瘦長利爪。腰懸革囊，前額左肩釘著七把金刀和七枝小飛叉。周身有一片青綠色煙氣籠罩，外面包上一團玄霧，霧外方是妖光、煞火籠護，神態惶遽，凶暴如狂。

這時洞中禁制似已全被引發，妖屍、毒手正以玄功變化全力拼命施為。妖屍死生呼吸之間，情急自不必說。便連毒手摩什那麼自恃，只管厲聲叫囂，施展神通，猛力相抗，也未似先前一味驕狂自大之狀。

第十一回 全得藏珍 火煉妖屍

癩姑等四人見二妖孽雖然被困在五色光霞海中，仍能上下飛舞，往來馳突，並未將他制住。在癩姑等四人眼裡，只見他們飛行自如，毒手、妖屍卻覺出壓力奇強，越來越甚。

妖屍本來深悉禁法秘奧和一切門戶方位，平日隨心運用自如，此時竟會一無所施，任照以往精習頻頻如法施為，想先遁出圈外觀察清楚，再行相機進退。末後覺出陷入危機，又想全身遁逃，哪知兩層全未辦到，一任想盡方法，無論逃向何方，全是前路茫茫，無有止境，並且每變換一回，禁力必要加大許多！

毒手摩什覺出對方五遁禁制威力絕大，竟是從來未見之奇。盛氣雖餒了不少，尚不十分驚惶，力言：「有我在此，必能保你出險！」

說時遲，那時快，先是五色雲光上下四方如驚濤怒奔猛壓上來，二妖孽仗著妖光煞火抵禦，還能強力衝突。晃眼之間五遁威力驟轉強烈，五色光華電閃也似連連變幻明滅。旁觀看去，直似一片浩無邊際的五色光海之中，隱現著一團四圍火花亂爆的烏金光球，在裡面滾來滾去，令人心驚目眩，不可逼視！毒手摩什見此形勢，越發情急，暴跳如雷，厲聲咆哮，惡口咒罵，拼命加強妖光煞火之力四下亂撞！

五行神雷相繼發動，始而現出成團成陣大小黃光，挾著無量黃沙猛襲上來。才一抵禦，又化作千百萬根金戈，挾著無量飛刀、飛箭暴雨一般襲來。緊跟著水、木、火三行接連出現，有的是千百萬根大小水柱，有的是狂濤一般的大木影子，都是前後相催，一層緊迫一層壓迫下來！

每化生一回，便相會合，加強許多威力。等到丙火神雷發動，勢力又為之一變，千百萬火球、火箭剛剛出現，五行便自合運！五色神雷互相擊觸猛軋，紛紛爆炸。風雷之勢也比先前加增百倍，宛如地覆天翻，海山怒嘯，聲勢之浩大猛惡，直非言語所能形容！

五行合運，化生出無限威力，二妖孽身外妖光煞火禁受不住六面重壓夾攻，逐漸縮退迫緊。毒手摩什空自怪嘯狂吼，猛力抵禦，已然進退不得！

癩姑等在神燈焰頭之上，眼看妖孽進退不得，苦在自身也被困在火宮法物之內，難以脫身，正不知如何是了之局，忽聽「轟轟」風雷之聲自殿後壁內發出，跟著一聲清磬，風雷聲止處，緊貼金屏後壁上方，霞光連閃兩閃，現出一個大圓門。同時瞥見易靜、李英瓊、謝瓔三人，同駕「有無相神光」現形飛出。

才一照面，易靜當先，見四人困入火宮，忙於救人，行法將掐就的靈訣往外一放。癩姑等四人只覺「轟」的一聲，面前火花亂爆中，一片紅霞閃過。身外一輕，人已離開焰頭，脫困出禁，同時所有一切禁制以及五遁風雷的繁喧一齊靜止。

癩姑、謝、周三人見易靜等飛出，心方驚喜，百忙中忽又聽一聲厲嘯，眼前一暗，一片烏金色的雲光電也似疾當頭罩下！妖光、煞火中擁著毒手、妖屍二妖孽，各搖舞著一雙利爪，惡狠狠正往屏前玉榻上聖姑法體抓去！猛想起禁制一停，二妖孽也脫困飛起，謝琳忙催遁光上前抵禦，一面癩姑、輕雲也忙指飛劍、法寶迎敵時，本來勢已無及，幸得上官紅乙木真煞未撤，忙把飛劍和乙木真氣同時發將出去。

那先天乙木神雷好不厲害，二妖孽又當受創之餘，竟然阻住。癩姑等三人法寶飛劍再相繼發動。易靜、英瓊、謝瓔三人也自飛出。七人一同合力，英瓊一到便將「定珠」飛起，化作一團禪光照在聖姑頭上。二妖孽幾番衝突搶撲不得近身。

周、李二人的紫郢、青索雙劍合璧，謝琳更把《滅魔寶籙》所習諸法頻頻施展，大顯神通。妖屍首先受創，雖仗邪法高強，玄功變化，不致滅亡，到底受傷不輕。毒手摩什還算見機，一面以全力運用妖光，抵禦眾人法寶飛劍，一面運用玄機變化飛遁，隱現無常，飄倏若電，不曾受到傷害。

二妖孽沒料到這班新出道的仇敵竟是如此難敵，只管厲聲獰嘯，暴跳如雷，全無一毫用處。嗣見放出法寶紛紛斷送，每施邪法，不是無功，便被謝琳破去。別的尚可，那合璧雙寶劍實難抵敵！「七煞玄陰天羅」雖未毀破，竟被衝入，急怒攻心之下，施展軒轅老怪嫡傳最狠毒猛烈的邪法，欲倒反地肺，猛發地、水、火、風，將新舊外敵一網打盡！毒手摩什已在暗中行法施為，邪法一施展，眾人只覺得倏地眼前一暗，隨聽四外上下洞壁地底殷殷震動。

眾人並未想到邪法如此陰毒，地覆天翻的巨變就要發作！妖屍眼看邪法發動在即，一眼瞥見聖姑玉榻前神燈後面有幾點寒光閃動。目光剛注過去，緊跟著又見一片祥霞閃過，榻前倏地現出一個玲瓏剔透的玉墩，上有金磬、玉魚等法器，中間端端正正放著一個玉匣。妖屍以前原在聖姑門下多年，一見便認出那是聖姑當年修道時用的圓玉几，不但天書秘笈，連聖姑多年辛苦煉成的鎮山三寶也在其上，可以為所欲為！

這等千載一時的良機，如何捨得放過！利令智昏之下，本和毒手摩什暗中約定以進為退，稍一前放，倏地抽身飛遁。這時一經發現，立運玄功飛撲過去！

眾人見二妖孽由合而分，不約而同各將法寶、飛劍紛紛追殺之際，妖屍已然撲到神燈後面，目光到處，認出那幾點寒光乃是最末兩妖人失落禁遁中的兩件水母宮中至寶，那圓玉几在一片祥霞輕籠圍護之下，已全現形，心中狂喜，正要伸手攫奪，連那兩件水宮至寶也同時取走，無如她快，別人也快，易靜的「滅魔彈月弩」已由身後打到。

此寶專傷妖邪元神，妖屍深知，偏是事機瞬息，沒奈何只得勉強運用玄功，拼著挨上一下重的，只把玉几上法寶、天書取到手內，終有復仇之日。心念動處，全身已往玉几上撲下，滿擬手到成功，做夢也沒想到，看得逼真的東西，手下去竟會撈了個空！未及再加查看，已聽毒手摩什傳聲令同速退的暗號。

就這微一遲疑疏神，「彈月弩」的寒光正好打中身上，化為無數寒星，圍繞四面，紛紛爆散，元神立時受傷。

毒手摩什以為妖屍必預計行事，百忙中也未看清妖屍處境不利，一聲招呼便自發難，這些全是瞬息間事，眾人剛占到一點上風，便聽四壁地底上下風雷殷殷，一齊震動！

幸而癩姑機警沉練，震聲才一發動，便覺出激烈猛急有異尋常，立即發話大喝：「瓊妹速發『定珠』妙用！謝家大妹留心妖孽弄鬼！」

癩姑才一發話示警，周遭震聲中忽起了一種極沉悶的巨響，四壁上下隨著震聲搖晃，眾人全都覺著不妙，癩姑發話才完，忽聽有人傳聲大喝：「速展『七寶金幢』鎮壓禍變，瓊兒速護法體！」

說時遲，那時快，來人話才入耳，那亙古難見的奇災浩劫也自猛然暴發！「七寶金幢」神妙無方，不可思議，謝瓔心念動處，一座金霞萬道，彩焰千重，通體祥輝閃閃，七色七層的金幢寶相，忽自謝瓔身後飛起！端的比電還急，當時長大矗立殿中，每層祥光中各射出一片極強烈耀眼的精芒光氣，往上下四外交織射去，再徐徐轉了一轉。

本來地底有一股極猛烈的大力，帶著一種沉悶異常的巨震剛在狂湧而上，洞頂四壁受不住巨力震撼，已在一齊晃動，搖搖欲崩，地面也似吹脹了的氣泡倏地往上墳起老高，眼見危機一髮，金幢一出，立即鎮住！

寶光照處，洞頂四壁寧靜復原，地上的大泡也自平復如初，地底卻似開了鍋的沸水，水、火、風、雷宛如海嘯天崩，轟轟怒鳴。

自從金幢徐徐一轉，轟聲頓止，只聽一片極繁密的騷音響過，跟著似地動一般，全洞上下略為搖晃，便自寧息無聲。

妖屍猛瞥見前面敵人身後飛起一幢七層金霞，看出是件具有無上威力的佛門至寶，不禁神魂皆顫，一聲厲嘯，運用玄功往外飛去！

妖屍本極機警狡詐，情知此寶難擋，逃時不但隱了形影，並還施展「身外化身」之法，幻出一條人影聲東擊西，在一片妖光環繞之下故意往斜裡飛去，真神卻由右側相反加急飛逃！

但這時金幢在中，妖屍在後，想由後面繞過金幢飛向前面，如何能夠！休說無隙可逃，便有空隙，此寶靈異微妙，對於妖邪仇敵，如磁引針，一經施為，不必主持，自能發揮威力妙用！何況內中還發出一種「滅魂寶煞神光」，依著對方妖邪法力深淺加以誅擒，多深功候的妖邪也禁不住一照！

癩姑見妖屍逃時妖光隱現，心疑有詐，正指「屠龍刀」堵截，口中大喝：「留神妖屍化身隱遁！」話才出口，那帶有妖光的假妖屍吃金幢精芒射中，也沒聽有響聲，便自消滅無蹤。

又聽謝瓔喝道：「該死妖屍，我叫你逃！」循聲一看，金幢下面多了一個妖屍影子，同時殿門前一片金光雷火斂處，李寧已現身形，手止眾人，不令往外追趕。謝瓔、輕雲、易靜諸人正往前迎去，毒手摩什已然逃走。

原來毒手摩什離門最近，隨著山崩地陷，萬丈烈火，熔石沸漿衝空直上，到了空中準備大施毒手，及至「七寶金幢」出現，神光首與妖光接觸，那「七煞玄陰天羅」立被吸住，竟和紙一般燒起來！毒手摩什見此情勢，由不得嚇了個魂飛膽落！急痛交加，哪裡還敢停留！慌不迭運用玄功，切斷未被寶光燃著的殘餘妖光邪火，往前洞竄出。

剛出頭層殿門，猛瞥見迎頭一片金光，擁著一個身材高大的神僧迎面飛來。因是生平初遭慘敗，毀了性命相連的至寶。悔恨痛惜，眼裡都要冒出火來！萬分情急之下，怒吼一聲，張口便是一團其紅如血帶著大片黃煙的妖光朝前打去！此是毒手摩什苦煉多年的內丹，不到危急輕易不用，一經施為，爆炸開來，立即石破天驚，整座山頭也能震成粉碎！

誰知那麼猛烈的妖光竟似打在一片厚棉之上，對面金霞一閃，同時鼻端聞到一股旃檀異香，那團妖光好似四面有絕大潛力壓緊，不特不曾爆裂，反有被那金霞祥光吸住之勢！這一驚更是亡魂皆冒，忙施全力張口猛往回一吸，僥倖吸了回來！情知不妙，一面忙發出殘餘的烏金雲光，護住全身，拼命由旃檀香光中硬衝出去。

毒手摩什飛遁神速，急逾雷電，又在逃命急竄之際，眨眼已自無蹤。那神僧乃是李英瓊之父李寧，當毒手摩什發出妖光邪火時，人早由他頭上隱形飛過，直達殿內。易、謝、周、李諸人瞥見毒手摩什逃走，方要追趕，李寧已自飛進，搖手將眾人止住，眾人也忙上前禮見不迭。

李寧笑道：「可喜你們大功告成，妖屍殘魂由我發付！」

李寧說罷，便令謝瓔將金幢寶光暫且收縮，再命眾人離榻丈許分兩旁立定，令英瓊一人在榻前手指牟尼寶珠放出祥光照向聖姑頭上。剛剛佈置停妥，李寧立處忽煥奇光，隨見地面上突然湧現出一個蓮花玉墩，上面放著娑羅樹葉織就色如翠羽的大蒲團。

李寧訝道：「這是絕尊者昔年坐禪的金剛靈娑羅蒲團！絕尊者二十三般法物，俱是佛門奇珍至寶，千百年來顯晦無常，尤以這金剛石蓮禪座、娑羅蒲團最關緊要，自從尊者證果飛升，久無音息，不知怎會落在聖姑手內！法物奇珍返諸本門真是幸事！」

李寧說罷，向南九拜，逕往寶座蒲團之上趺坐。英瓊隨運玄功將手一指，「牟尼定珠」立即大放光華，祥輝閃閃，籠罩全殿。跟著李寧垂簾入定，約有半盞茶時，李寧頭頂上激升一道白光往「定珠」上射去。晃眼，珠光越強，珠卻停定空中，不再似以前浮空徐轉。前半面忽煥奇輝，宛如一面晶鏡，發射出一道極強烈的銀光，帶著繽紛瑞彩，將那壁上圓門緊緊照住。

光注之處與門一般大小，乍看又似自門內發出。珠光照射約有半個多時辰，壁上圓門依然如故！易、謝諸人知道「定珠」威力至大，無堅不摧，何況此時李寧運用，益應發揮無上妙用，聖姑封閉的殿壁死關竟會攻它不開！

眾人方自驚異，李寧倏地張目大喝道：「聖姑，你諸般魔障業已解消，三千大千世界，無罣無礙，貧僧現下奉白眉禪師大金剛旃檀佛偈，送你返本還原，重歸極樂，即速勘破玄關，西方去者！」

說到末句，雙手齊掐訣印往外一揚，十指齊發毫光射向圓門之上。緊跟著再一口真氣噴向門上，隨聽霹靂一聲，圓門上金霞電轉，連閃了幾閃，由門內射出一片白光。李寧將手一指，「牟尼珠」上祥光立即包圍上去，化成一個由小而大的光巷，一頭直抵洞門將白光罩住，然後逐漸放大，到了聖姑頭上，再似一口鐘般籠罩下去。剛一罩定，便見門內一個妙齡女尼在一幢祥光環繞之下冉冉飛出，含笑朝著李寧諸人略一點首，逕往法體頭上落去。

李寧雙手連掐訣印，往那法體一揚，一聲雷震過，聖姑元神往下一沉，與身合而為一，頭上立有一圈佛光現出。聖姑這時勘破死關，功行圓滿，寶相莊嚴，儀態萬方，神光照人，不可逼視，只是目仍未啟。

李寧也重行閉目入定，雙方趺坐相對。約有頓飯光景。倏地四目同開。

李寧笑道：「既然聖姑昔年預有安排，恕不遠送了。」一言甫畢，聖姑徐伸右手往上一指，又是一聲輕雷震過，當頭洞頂忽然裂開，現出兩丈方圓一個天窗，宛如一口數百丈深井，直達幻波池上面，接著聖姑含笑指了指上面，又指了指外面和易、李諸人，然後起立朝李寧合掌為禮。

李寧笑道：「多謝聖姑，少時傳示諸後輩，定照尊意行事便了。」說罷將手一招，「牟尼珠」飛回來，英瓊揚手接去。聖姑便在一陣祥光霞彩簇擁之下冉冉上升，李寧和易靜諸人也分別禮拜相送不迭。

聖姑初起頗慢，漸上漸速，一會快要升到頂上，倏地一道金光由聖姑身畔發出，直射下來。隱聞一串連珠霹靂，再看洞頂已復原狀。

李寧起立道：「妖屍法力高強，即用『七寶金幢』消滅，也須三日三夜！毒手摩什受傷遁走，他與你們仇深刺骨，尤以瓔、琳姊妹為甚，如不乘此時機將他除去，必留下許多後患！乘其法寶已毀之際前往下手，正是時候。」

謝琳聞言，首先雀躍，李寧又道：「『七寶金幢』誅戮邪魅的威力太大，幢頂舍利子已失，一經展動，方圓數百里內稍有絲毫邪毒之氣的生靈全遭毀滅，山丘陵谷也不免於崩頹，並且寶光遠燭，上沖霄漢，或許把一干有名邪魔引來潛侵暗算！你姊妹法力雖高，到底經歷尚淺，要小心才好！」

謝家姊妹謝了指點，眾人在李寧指令之下，將飛劍、法寶放起，結成一個光網，謝瓔手指金幢，帶了妖屍「玉娘子」崔盈元神，移入光網以內。李寧將手一揮，謝瓔手掐靈訣一指，妖屍立由寶幢金霞影裡甩跌出來。似知萬無倖理，神態悽惶，兇焰盡去，在光網中縮伏成一團黑影，嗚聲哀厲，看去受創奇重，狼狽已極。

李寧望著妖屍微笑不語，仙都二女和眾人拜辭作別，由易靜、癩姑、上官紅師徒三人陪送出洞。英瓊、輕雲侍立在側，未曾隨送出去，見妖屍那等委頓之狀，以為她法力已失。

哪知仙都二女剛走不多一會，忽聽得一聲厲嘯，妖屍突回原形，披髮流血，咬牙切齒，滿臉獰厲，搖伸雙爪由地上飛身而起，電也似疾往李寧頭上撲去！同時身上妖煙環繞中，隨手發出大蓬碧瑩般的妖火向李寧當頭罩下！

猛聽一聲斷喝，光網之中金光霞彩忽然一齊煥發。李寧頭上「定珠」祥輝暴漲，妖屍並未撲近身去！

李寧手掐訣印，由中指上飛起一股酒杯粗細的純青色火焰，結成一朵斗大的靈焰停於空際，一聲喝罷，人已雙目垂簾入定。再看妖屍，已被收入青色佛火靈焰之中，另由「牟尼珠」上發出一蓬花雨般的祥光，由上而下將她罩住，同時鼻端聞到一股旃檀異香。

妖屍急得連聲厲嘯，在佛火靈焰中亂蹦亂跳，形容慘厲。晃眼佛光靈焰隨著妖屍叫嘯騰躍逐漸加盛，妖屍由勉強衝突變成拼命掙扎抗拒。不到盞茶光景，便由厲嘯狂怒變作極淒厲的慘嗥哀鳴，通身似被束緊，口眼以外再也不能動轉。

李寧將妖屍收向旃檀佛火之中，重又雙目垂簾入定起來。只左手訣印中指上發出一股純青色的光焰，神態莊嚴而又安詳，不見分毫著力之狀。周、李二人方覺正宗佛法微妙高深，迥異尋常，忽見易靜、癩姑領了趙燕兒、上官紅、袁星、米、劉諸弟子一同飛入。

英瓊問起在洞中相救的那道者元神，才知已被仙都二女帶走。易靜是趁送仙都二女外出之便，將眾弟子帶來。

癩姑便問易靜等人在幻波也中的遭遇。原來易靜因緣際會，得了幻波池聖姑的總圖之後，已可出入自如，送走趙燕兒之後，重又入洞，暗中破了不少妖屍設下的妖法禁制。及至癩姑等人再次入洞，癩姑、輕雲、謝琳、上官紅四人一路，英瓊、謝瓔一路，英、瓔入洞不久，便和易靜會合。

英瓊、謝瓔和易靜會合之後，直趨洞中藏寶的寶鼎之前。三人才一來到寶鼎近前，原有禁制便被引發，五遁首發，威力驚人，謝瓔運用佛法，在本身元靈主馭之下，「七寶金幢」由身後現出寶相飛將起來。

這時室中五遁一同施威，合運相生，威力極猛，「七寶金幢」照例是敵勢越強，所生反應威力也是越大！只見一幢七層七彩，上具七色寶相光霞剛現出來，微一展動，幢上金光霞彩便似狂濤一般，往四外湧射出去。頭層金輪寶相轉動，射出一片祥光，將人護住。

三人乘這五遁威力為佛光所逼，忙搶過去到鼎旁立定。那五行禁遁吃佛光一迫，生出反應，互相生化，五色光焰夾著大量烈火迅雷如狂濤一般上下四方六面壓湧緊迫上來，金幢寶光也增加了無窮威力往外排蕩開去！一時金戈電閃，巨木如林，水柱撐空，橫雲匝地，烈火赤焰，如山如海！

這一面的七色光霞迎將上去一撞，只見光焰萬丈，芒雨橫飛，金霞異彩雜遝生滅，千變萬化，耀眼生輝，不可逼視！雙方威力同時有加無已，越往後去，聲勢越發駭人，彷彿地動天驚！全洞壁一齊震撼，大有轉眼即要崩塌之勢！

三人更不怠慢，由謝瓔獨當全局，英瓊照著妙一真人仙示，取出開鼎靈符往鼎一揚，一片祥光閃過，鼎蓋往上升起，鼎內「大五行絕滅光線」似暴雨一般激射出來。英瓊在紫郢劍光籠罩之下，早有防備。加上「七寶金幢」護法，光雨一出便被金幢寶光消滅。

英瓊向鼎內看去，首先觸目的便是那柄如意形的玉鑰，輕輕一拔便到了手內。下面蓮房跟著上湧，那蓮房大約一尺多方圓，共有五十個穴巢，內有十多個空著，中藏之物似已被人取走。餘者飽滿豐盈，寶霞流輝，有的異香撲鼻，聞之心清。知道那異香的是「毒龍丸」，每一蓮巢之內各藏數十粒，下餘發寶光的全是聖姑當年自煉小巧精細的法寶。

那玉蓮不等動手，逐個兒自行張開，迸將起來，英瓊大喜，快喊：「二位師姊快來幫同取寶！」

謝、易二人聞聲飛過，那先飛上的全是大如彈丸，小才如豆的一些小巧靈奇的法寶，共約十二、三件。以下全是「毒龍丸」，芳香流溢，丸光閃閃，飛躍不已。

二人到時，英瓊業已到手多半，只相助取了些「毒龍丸」，英瓊請謝瓔隨心選取，謝瓔謙謝不取。易靜笑道：「瓊妹無須亟亟，你仍全數保藏，少時事完再議。最要緊的還是開那壁中的秘徑，好取出聖姑最後秘藏的天書異寶。」

鼎開寶現，洞中五行禁制也自停止，因易靜已得總圖，取天書異寶由易靜主持，易靜請謝瓔將「七寶金幢」緩緩轉動。金輪徐轉，寶光照處，右洞壁漸漸消融，現出一條甬道，暗影沉沉，隱隱聞得風雷之聲，英瓊縱遁光欲當先飛進，吃易靜一把拉住說道：「瓊妹不可造次，此中險阻尚多！」

英瓊聞言止步，易靜隨令謝瓔暫收金幢，自己居中，謝、李二人為左右輔，各縱遁光一同飛進。一路留神戒備，緩緩向前飛去，只見來去兩途都是一望沉溟，渺無邊際，三人那高明的慧目法眼，均看不出一點影跡。風雷之聲反倒渺然無聞！

易靜知已入伏。正在留意覽察，一面告知謝瓔準備「七寶金幢」，隨時應變。猛瞥見前途暗霧影中，似有豆大的一粒火星閃了一閃，忙喝：「二位妹子小心埋伏！」

一言未畢，那前後左右的濃霧好似一片油海，當時全著，一齊燃燒，化為無邊火海，火浪千層，爭向著三人湧到。

同時上空更飛墮了一座火山，千百道烈焰赤雲壓下。火勢既極狂烈，中間還有不可思議的怪異吸力，威勢驚人已極。

三人見此情形，不約而同各將法寶相繼發出。仗著三人法寶各有妙用，英瓊「牟尼珠」尤為神妙，一片祥光將一行三人罩定，那上方和四外的火浪只管爭先擁來，到了祥光圈外全被阻止，赤火烈焰鬱怒莫伸，自相翻騰排蕩，終是不能近身。

易靜率李、謝二人同運玄功，由火海中強力衝將過去。那火「轟」的一聲大震過處，火勢忽狂潮一般捲退下去，隨起了極猛烈的罡風。這風勢如山海，迎面當頭壓到，風力之大，從來未遇！三人連施法寶飛劍，加上謝瓔的「有無相神光」護身，也只不被衝退，前進越發艱難！

四外烈火剛剛退下去，吃罡風一吹一捲，倏地由分而合，化作碗缽大小的火球，似雹雨一般重又夾攻上來。吃寶光神光一擋，立化作震天價的霹靂紛紛爆炸。每團雷火震過，便化成一片火雲，包在三人護身光圈之外，漸漸越包越厚，圍成了一個大火團。

易靜見前進越難，便向謝瓔示意，謝瓔立時揚了揚手，只見一幢七色的金光霞彩突由三人光圍中升起，七層法物一齊轉動，同射出精芒。四邊更有一圈繁霞彩焰，一齊往外湧射出去。緊壓光圍外面的火雲，直似狂風之掃浮雲，立被衝散蕩將開去。跟著寶光大盛，四外火球只一挨近便即震裂，化為縷縷殘焰而散。

三人身上一輕，立時前飛，謝瓔在前飛之際，收了「七寶金幢」。剛由斜坡轉入平路，眼前忽有一片黃光阻路。定睛一看，原來那甬道已變作了圓形，只有丈許方圓，宛如一條長蛇，一路蜿蜒而來。

圓洞盡頭有一片同樣大小的黃光將路阻住，光景沉靜晦暗，色彩並不鮮明，慧目注視，也看不出那光有多厚多深。易靜知是全程最厲害的戊土重關，那黃光乃聖姑昔年神泥所煉，比起前後洞的戊土禁遁厲害十倍，是聖姑所煉五行法寶之一。便止住謝、李二人，暫停前進，笑道：「此是聖姑一丸神泥，用來封閉這主宮入口要道，破解煞是費事，只有煩勞大妹，用佛門至寶一試。」

原來這些途徑多是天造地設，原石生成。中經聖姑多年苦心佈置設施開闢，參合陰陽五行、九宮八卦諸天星躔之妙，加上諸般禁制埋伏，本就具有極大威力，外人休想擅入一步。易靜雖然悟出總圖微妙，獨此一處尚未深悉，快到盡頭，才知此是神泥所化。總算破解通行之法已得，到了急時省悟，尚來得及，不致遇困被阻，仍能過此難關罷了。

當下謝瓔手指七寶金幢，與易靜並肩而立，金幢凌空矗立，高約兩丈，七層法物齊煥光霞，彩氣蓬勃。頭層上面的金輪徐徐轉動，由邊沿上射出一圈金霞，廣約畝許，宛如華蓋撐空，寶相輝煌，奇麗無儔。先前所見黃光雲光已化作黃塵暗霧，疾如奔馬，正往金幢之下湧去。

吃光霞連捲幾捲，轉瞬消滅。適才所經圓形甬道也已不見。方覺地形不對，好似換了一個所在，隨見謝瓔手揚訣印一指，金幢不見，手上托著一粒寸許大的黃色晶丸，遞與易靜。再看立處，乃是一座圓頂形的宮門外面，門作青色，緊閉未開。

易靜笑道：「此係聖姑神泥，好不厲害，連這一段圓徑也是神泥所化，我連日細參總圖，竟未看出。如非事前有了準備，說不定還要吃它點虧呢。現在神泥已蒙大妹相助收下，有此一丸到手，事完再收其餘三門便甚容易。日後稍微重煉，即可全部應用。現往寢宮還有兩處關口，內只一處尚須借用金幢，餘均不難，且先開了此門再說。」

那門看去本是一片整玉，僅具門形，當中有一圓圈。易靜略一端詳，隨和英瓊一同走近，仍照前法施為，手掐訣印，畫了一道符。英瓊便持玉鑰往圓圈中點去，一片風雷之聲過處，玉門立向兩邊開放，現出一條黃玉甬道。

三人飛身同入，易靜重又行法將門閉好，再同前行。走到盡頭，又有一門阻路，門作金色，中有五行符籙。

易靜便令謝、李二人止住，笑向謝瓔道：「門內便是聖姑藏珍之所，我本來可以按照總圖如法制止。一則匆匆參悟，疑有未盡，萬一有甚失措，關係非小；二則此門禁制，五道俱全，一時同發，威力聲勢太大，惟恐打草驚蛇，別生枝節。如果不等施威，便用金幢將五遁制住，我再行法一收，就省事多了。」

謝琳口中應諾，運用玄功，將金幢準備停當，行抵門前兩丈遠近，突將金幢放起。七層寶光齊指門上，兩下才一接觸，門上立即彩光電旋，水、火、風、雷之聲同時怒開，猛惡已極，易靜忙行法，一聲輕雷，五遁華光全都斂去，謝瓔也將金幢收起。

英瓊金玉鑰將門開進去，內裡乃是一間大約半畝的玉室。室中心橫著一條青玉案，天書藏珍俱在其中。有的奇寶騰輝，精芒奪目，有的形制古異，五光十色，觀之目眩。

三人仔細一看，那天書只存下半部，上附一小柬，大意說此書連同上官紅所得均是副冊，尚有正籍藏在靈寢殿臺之下。本是天府秘笈，全書均是天書奇字，非尋常修道人所能領解。

三人看完柬帖，先向聖姑分別禮拜通誠，再行查點。除天書外，藏珍共是大小二十三件，內有幾件俱是前古奇珍、仙府異寶，比頭次幻波池連同今番鼎中所得諸寶更關緊要。三人見大功告成十之八九，好生歡喜。

英瓊念著癩姑等一行人，催著易靜將天書藏珍收入法寶囊內重上路，不一會直達靈殿，與癩姑等四人會合。

易靜又將經過說完，忽聽李寧傳聲說道：「仙府新得，爾等尚未全部親歷，易賢姪可領他們遊行全洞。」易靜欣然領命，率眾辭出。只英瓊孺慕情殷，知道父親別遠會稀，難得相見，好容易為煉妖屍暫留數日，如何肯捨離去，堅持不肯同行。

英瓊守侍在老父旁邊，細看妖屍被困佛火焰光之中，神情萬分慘厲，已不再似先前那等凶野。忍不住問道：「爹爹，妖屍伎倆已窮，女兒也看出她元神受創甚重，掙扎皆難，怎還值這等重視呢？」

李寧仍以傳聲答道：「你休小看這妖孽，此時她元神重創，實則邪法神通尚在，元神未被煉滅以前，仍能變化飛遁！」

妖屍身陷佛火焰光中，一味瑟縮戰慄，忽又哀聲求告起來。

李寧知她仍在妄想運用陰謀，以圖逃走，微笑說道：「我佛慈悲，回頭是岸，旃檀佛火神光威力無上，如能自己解脫，一樣可以逃生！照你此時心志，便我想放你也辦不到，能否保全殘魂在你自己，求我何益！」

妖屍聞言，若有所悟，待不一會兒，重又囂張起來，李寧也自入定，不再理會。

另一面「女神嬰」易靜同了癩姑、周輕雲、趙燕兒以及門下男女弟子上官紅、袁星、米鼉、劉裕安等師徒八人巡行全洞，並傳眾人通行出入之法，再回到寢宮，見李寧端坐蒲團之上，英瓊仍舊侍於側，佛火中的妖屍仍是原樣，神態反更兇惡獰厲！已然連經「紫青雙劍」、「散光丸」、「彈月弩」、「定珠」和「七寶金幢」等仙佛門內最具威力的至寶重創之餘，又經佛火神光連煉，元神居然還未耗散。

英瓊見易靜等回來。笑道：「你們怎去這久，爹爹都快走了。」

癩姑笑答：「妖屍還是好好的，伯父怎就要走？」

英瓊道：「妖屍自為佛火神光所困，幾次行詐暗算，未得如願，後被佛火神光束緊，不動還稍好些，微一掙扎，苦孽更甚。她這一妄想衝逃，不久便受降魔真火反應，侵入體內，與她元神相合，內火外火，裡煎外燃，此時元神真氣已被旃檀佛火熔化將盡，就快形消神散了！」

眾人聽英瓊一說，看出妖屍雖然影貌慘厲，凶睛怒突，手舞足蹈，似要撲人之狀，但和泥人一樣，就這一個姿態，休說手足，連眉眼都未見分毫動轉。身外薄薄籠著一層祥輝，也分辨不出那是伏魔神光還是旃檀佛火。

易靜、癩姑俱都內行，知道妖屍好似一具薄紙胎殼包著滿滿的佛油，內裡已完全熔化，只一點燃，立時爆發消滅。

只聽一聲佛號，李寧睜開雙目，手掐訣印，往外一彈，只見指甲上似有一絲極細微的火星彈出。妖屍身上忽有一片青霞自內透映，身外祥輝立往上合，身疾如電，只閃得一閃，眾人倒有一半不曾看清，便即隱去。再看妖屍，已無蹤影。先前連李寧帶妖屍籠在一起的光霞也全不見。眾人齊向李寧參拜，敬讚佛法神妙，不可思議。

請續看《紫青雙劍錄》第七卷 寒蛇・啖魔

天下第一奇書

紫青雙劍錄 6 毒手・髗屍

作者：倪匡 新著 ／ 還珠樓主 原著
發行人：陳曉林
出版所：風雲時代出版股份有限公司
地址：10576台北市民生東路五段178號7樓之3
電話：(02) 2756-0949　　傳真：(02) 2765-3799
執行主編：朱墨菲
美術設計：許惠芳
行銷企劃：林安莉
業務總監：張瑋鳳
出版日期：2023年3月
版權授權：倪匡
ISBN ：978-626-7153-63-5
風雲書網：http://www.eastbooks.com.tw
官方部落格：http://eastbooks.pixnet.net/blog
Facebook：http://www.facebook.com/h7560949
E-mail：h7560949@ms15.hinet.net
劃撥帳號：12043291
戶名：風雲時代出版股份有限公司

風雲發行所：33373桃園市龜山區公西村2鄰復興街304巷96號
電話：(03) 318-1378　　傳真：(03) 318-1378
法律顧問：永然法律事務所 李永然律師
　　　　　北辰著作權事務所 蕭雄淋律師

行政院新聞局局版台業字第3595號 營利事業統一編號22759935

定價：299元　

國家圖書館出版品預行編目資料

天下第一奇書之紫青雙劍錄／還珠樓主 原著；倪匡 新著. -- 臺北市：風雲時代出版股份有限公司， 2022.11
冊；　公分.
ISBN : 978-626-7153-63-5（第6冊 : 平裝）

857.9　　111016918